九八·九江

1998
JIUJIANG

葛羽哲◎著

百花洲文艺出版社
BAIHUAZHOU LITERATURE AND ART PRESS

图书在版编目（CIP）数据

九八·九江 / 葛羽哲著. -- 南昌：百花洲文艺出版社，2018.8

ISBN 978-7-5500-2910-1

Ⅰ.①九… Ⅱ.①葛… Ⅲ.①报告文学－中国－当代 Ⅳ.①I25

中国版本图书馆CIP数据核字(2018)第132159号

九八·九江

葛羽哲　著

出 版 人	姚雪雪
责任编辑	胡青松　余　茌
美术编辑	赵　霞
封面设计	黄敏俊
制　　作	周璐敏
出版发行	百花洲文艺出版社
社　　址	南昌市红谷滩新区世贸路898号博能中心A座20楼
邮　　编	330038
经　　销	全国新华书店
印　　刷	江西华奥印务有限责任公司
开　　本	710mm×1000mm 1/16　印张 17
版　　次	2018年8月第1版第1次印刷
字　　数	300千字
书　　号	ISBN 978-7-5500-2910-1
定　　价	59.00元

赣版权登字 05-2018-179

邮购联系　0791-86895108

网　　址　http://www.bhzwy.com

图书若有印装错误，影响阅读，可向承印厂联系调换。

谨以此书纪念’98抗洪胜利20周年

序：长江洪魔止于此

雷鸣球

一

这是一个让人揪心而又激情迸发的夏天；

这是一场三军协同波澜壮阔的抗洪史诗；

这是一次人类与大自然之间的殊死较量。

空旷而平静的九江抗洪纪念广场，高高耸立着一座石碑，碑身镂刻的"1998"字样格外醒目，驳船形状的抗洪纪念馆静静地横卧在江边，远处不时传来涛起涛落的声音，仿佛诉说着在这里曾经发生的历历往事，以及人类对大自然的深深思索。

1998年仲夏，在厄尔尼诺和拉尼娜现象的双重夹击下，我国三江流域发生了百年罕见的全流域性特大洪水，长江、嫩江、松花江，甚至珠江流域，到处都是大雨、暴雨、大暴雨，黄祸滔滔，水天茫茫。

九江告急！荆州告急！武汉告急！大庆告急！哈尔滨告急！

8月1日20时30分，湖北咸宁簰州湾长江民堤突发溃口，洪水一夜灌满堤垸；

8月4日21时15分，长江孤岛江新洲大堤被撕开百米长的大口子，江洲镇遭遇灭顶之灾；

8月7日14时30分，长江干堤九江段4–5号闸口决堤，48万九江市民处于生死关口，纵贯中国的京九铁路面临中断危境，全国乃至世界为之震惊。

在国家财产和人民生命安全受到严重威胁的紧急时刻，英勇的人民子弟兵，坚决执行党中央、中央军委的决策指示，发扬"一不怕苦、二不怕死"的革命精神，以"抗洪抗到水低头，堵水堵到水不流""严防死守，人在堤在，誓与大堤共存亡"的大无畏英雄气概，与广大干部群众一道，同洪水进行了惊心动魄的大决战，奏响了一曲曲可歌可泣的生命壮歌，创造了防洪史上的人间奇迹。

这场波澜壮阔的抗洪斗争，是渡江战役以来我军在长江沿岸投入兵力最多一次的重大行动，十几万官兵用血肉之躯筑起了不决的钢铁长城，涌现出"抗洪抢险模范团"和"抗洪英雄"高建成、"抗洪钢铁战士"吴良珠等一大批先进集体和英模人物，创造了"万众一心、众志成城、不怕困难、顽强拼搏、坚韧不拔、敢于胜利"的24字抗洪精神。南京军区5万余官兵、70余万民兵和预备役人员，在江西、安徽、江苏、上海等长江沿线摆开战场，仅在九江就投入了4个建制师，会同武警官兵和北京军区工兵技术分队、驻浔海、空军部队，与特大洪灾展开了殊死搏斗。这场抗洪斗争的胜利再一次雄辩地证明：我军永远与人民群众同呼吸、共命运、心连心，是保卫国家和人民的坚强柱石，是攻无不克、战无不胜的胜利之师，是"最可爱的人"。

二

九江是一座江南水城，与水相生相伴、休戚与共。城内有赛城湖、八里湖、甘棠湖、白水湖等湖泊，水在城中，城在水中。万里长江自瑞昌市黄金乡下巢湖的帅山入境，到彭泽马当镇下钱湾出境，浩浩荡荡300里；我国第一大淡水湖鄱阳湖吞纳赣江、抚河、修河、信江、饶河等主要江河，集聚江西全境90%以上的水流，经九江湖口汇入长江；区内万亩以上的湖泊有10个，千亩以上31个，境内柘林水库库容达79.2亿立方米，列江西省第一。可以说，水于九江无处不在。

九江之名源于水。最早见于《尚书·禹贡》之记载："江汉朝宗于海，九江孔殷"，古人"以为湖汉九水入彭蠡泽也"，把九条江汇集的地方称为九江。早在夏禹年间，九江就有治水记录，相传大禹"过九江，至于敷浅原"，将乌石山劈为两半，引导高涨的博阳河水从中穿过流入鄱阳湖，现两侧山崖仍留有疏凿痕迹。

　　九江之重寄于水。九江地处长江、鄱阳湖等大江大湖交汇处，得舟楫之便利，自古就是通都大邑，鸦片战争时期又被迫成为通商口岸，改革开放后成为首批5个沿江对外开放城市之一，其经济发展和人民生活受到了一江一湖的无穷滋养。

　　九江之美见于水。长江流经九江境内，百川汇集，水势浩渺，留下"孤帆远影碧空尽""一江春水向东流"的绝美意境。浩瀚万顷的鄱阳湖，更是芦荻丛丛，候鸟翩飞，碧波荡漾，美不胜收，惹得诗人杨万里"夜来徐汉伴鸥眠，西径晨炊小泊船"。

　　九江之韵凝于水。自秦在九江设郡已有2200多年，其文化底蕴厚重而灵秀。汉朝车骑大将军灌婴凿井筑城，倾心守护这一方山水；东吴周公瑾练兵甘棠湖，造就赤壁大战传奇战例；梁山头领宋江发配江州，浔阳楼上长叹"他日若遂凌云志，敢笑黄巢不丈夫"；江州司马白居易浔阳江头夜送客，留下千古名篇《琵琶行》；诗人陶渊明放歌柴桑山水，采菊东篱下，其"不为五斗米折腰"的气节为后人称颂。

　　然九江之祸也在于水。九江三面环水，地势低洼，而近些年来，长江上游由于人工采伐，水土流失加剧，河床淤塞日益严重；中下游通江湖泊围垦造田，调蓄能力减弱。此外，长江河段大部分为向南突出的弧形构造，形成北淤南刷，主流不断南移。加上江新洲发育，使水流更加复杂多变。经年累月的水涨堤高，使长江名副其实地成为一条"悬河"，平时高出九江市区路面2—3米，大汛期峰值时高出达6—7米，有时甚至更高。一到汛期，长江水位上涨，大堤闸口紧关，头顶"悬河"的九江不再是诗人笔下的"落霞孤鹜""秋水长天"景象，而是处于内外夹击、腹背受敌的危险境地。

正所谓"得于斯也毁于斯"。水是九江的乳汁，也是九江的祸根。

三

人类文明起源于水。千百年来，华夏民族先祖逐水而居，傍水而作，依靠充沛湿润的季风气候和千万条河流的滋养哺育，形成了以农耕为主要生产方式的"亲水文明"，也称"大河文明"。但随着以科学技术为主要内容的工业文明的出现，人类把自然看作是一种异己存在，直接导致人与自然的对立、人与水的疏离，使人类赖以生存的生态环境不断恶化。在一次次与大自然抗争的过程中，人们逐渐认识到向大自然的过度索取必定伤及自身，只有尊重自然、顺应自然、保护自然才能不走弯路，"绿水青山就是金山银山"，必须还自然以宁静、和谐、美丽，真正走出一条人与自然和谐共生的现代文明发展之路。

从依赖自然到征服自然，再到敬畏自然、融入自然，反映出人类认识自然界的进步阶梯，也紧紧伴随着人类文明的发展历程。无论是我国古代神话中的"女娲补天"，还是《创世纪》中的"诺亚方舟"，都印证了人类从诞生之初就与洪灾相遇相识、对立对抗。从某种程度上说，华夏文明的发展史，既是一部人类开发利用自然的征服史，也是一部抗拒各种自然灾害侵袭的斗争史。

恩格斯在《自然辩证法》中指出："我们不要过分陶醉于我们人类对自然界的胜利，对于每一次这样的胜利，自然界都对我们进行报复。"诚然，人类在创造财富和文明的进程中，必然要通过大自然获取资源和动力，但这些努力一旦突破了某种平衡，大自然便会反向惩罚人类，甚至变本加厉剥夺人类从大自然获得的文明成果。楼兰古城湮灭、智利大海啸、秘鲁大雪崩、孟加拉国特大水灾等都是非常典型的例子。

在具有强大摧毁力的自然灾害面前，人类显得那么渺小，那么无能为力，但又是那么坚韧不拔、不屈不挠。硬币的另一面，灾害又是很好的清醒剂、凝合剂，"殷忧启明，多难兴邦"，讲的就是这个道理。当人类生存受到威胁的时候，往往会空前团结起来，抱团取暖。智慧和力量一旦融合叠加，就会产生强烈的化学反应，即使微不足道的人，也会变成顶天立地的人，变成掌握自己命运的人，变成主宰大自然的人，从而最终战胜灾害，完成自我救赎。

四

忆往昔，峥嵘岁月稠；看今朝，壮美山河秀。习近平总书记在十九大报告中指出："人与自然是生命共同体，人类必须尊重自然、顺应自然、保护自然。人类只有遵循自然规律才能有效防止在开发利用自然上走弯路，人类对大自然的伤害最终会伤及人类自身，这是无法抗拒的规律。"同时又强调："中华民族是历经磨难、不屈不挠的伟大民族，中国人民是勤劳勇敢、自强不息的伟大人民，中国共产党是敢于斗争、敢于胜利的伟大政党。"习总书记的重要讲话，深刻地揭示了新时代传承弘扬伟大抗洪精神的现实意义和实践价值。

伟大的时代孕育伟大的事业，伟大的事业需要伟大的精神。抗洪精神，集中彰显了我们党带领广大军民在前进路上战胜任何艰难险阻的道路自信，体现了社会主义巨大优越性的制度自信，展示了中国精神、中国价值、中国力量的文化自信，具有超越时空的恒久价值和旺盛生命力，也必将成为我们决胜全面建成小康社会、实现中华民族伟大复兴中国梦的宝贵精神财富。

当前，全国上下正高举习近平新时代中国特色社会主义思想的伟大旗帜，朝着实现"两个一百年"奋斗目标奋勇前进，比任何时候都更需要宁静和谐美丽的生态环境，更需要包括抗洪精神在内的伟大民族精神的信念路标，更需要植根于新时代中国特色社会主义伟大实践的向心凝聚力。回眸九八岁月，重拾九江故事，正是基于通过重温这场伟大的斗争，共同筑起我们党不忘历史、映照现实、折射未来的精神丰碑。

（雷鸣球，原南京军区政委，上将，中共第十三、十四、十五、十六届中央委员，第十一届全国人大常委会委员）

欣闻本书出版，当年抗洪战场上的一师师长戚建国将军即兴作词，以示祝贺——

沁园春·九八大抗洪

戚建国

　　粤桂潮惊，湘鄂波汹，北国涌高。望三江上下，潦原淼淼；九州内外，广宇滔滔。血肉长城，连心大坝，战地银花逐浪超。洪魔处，赞磐山镇怪，砥柱降妖。

　　人间奇迹多娇，颂浔阳楼前会英豪。看锁澜追月，钉波破晓；十船堵口，七夜封涛。万脊安锚，一堤铁铸，千年头回捷报飘。当欢庆，奏问天神曲，戏水民谣。

（戚建国，全国政协常委，原中央军委联合参谋部副参谋长，上将）

目　录

第一章　石破天惊

● 老天漏了，长江疯了。

● 悬河长江，不堪重负。

● 洪魔出笼，顿时石破天惊。

● 大战一触即发！

1. 防汛第一号令

1998 年 6 月 26 日，在日历上只是一个普通的日子，但又是中国外交史上的一个重要日子。

这天，美国总统克林顿与夫人希拉里一行，应邀前来我国进行国事访问。25 日夜抵达中国古都西安。26 日，他们参观了被誉为"世界第八大奇迹"的秦始皇兵马俑和陕西历史博物馆，访问了兵马俑博物馆附近的下和村，沉醉于 5000 年灿烂悠久的华夏文明。

全国各级党报都在头版头条位置刊登了美国总统访华的新华社通稿，而细心的读者发现，唯独《九江日报》对这条新闻的处理稍有不同，头版头条位置赫然刊登了九江市防汛抗旱指挥部总指挥长的《第一号令》，署名为刘积福。

《第一号令》宣布九江全市进入防汛抗洪紧急状态，斩钉截铁地连续用了"七个必须"：

各县（市、区）特别是沿江滨湖地区，所有市属机关、驻市单位、驻浔部队，必须服从命令，全力投入抗洪，务必确保大小圩堤和水库安全度汛；

所有防汛责任领导、巡逻队、抢险队，必须在 6 月 27 日 8 时前到岗到位，加强巡逻查险，落实报险信号；

所有沿江滨湖圩堤，必须在 6 月 27 日 18 时前每公里搭好一个防汛值班棚，划分好责任段，落实责任人，突击队由乡、村干部带班，住棚待命；

所有防汛物资必须按标准备足备齐，险工险段的抢险物资要立即到位；

各级防汛指挥部必须做到昼夜值班，领导带班，风雨无阻，上传下达，联络畅通；

各级纪委、监察机关，必须加强监督检查，设立举报电话，对违抗命令、玩忽职守的依纪、依法严肃查处；

广大党员、团员、干部必须身先士卒，带领广大群众奋勇抗洪，做到水涨堤高，人在堤在，誓夺今年防汛抗洪工作的全胜。

这"七个必须"仿佛部队上前线时的动员令，让人听了有一种大战将临的热血沸腾。在 6 月下旬就宣布全市进入防汛抗洪紧急状态，这在江西省乃至全国都是最早的。

这个第一号令，挤占了国家重要外交活动新闻稿的位置，使敏感的九江市民感到了一丝不安。广播电视和报纸在不间断喊的"狼来了"，可能真的要来了。

军令岂是儿戏。九江市防汛抗旱指挥部发出这道过去只有军队才使用的命令，不是拍脑袋的决策，而是建立在多年水文气象数据分析的基础上，特别是深刻把握当年全国汛情而作出的慎重决定。

山雨欲来风满楼。1998 年，是厄尔尼诺现象最为猖獗的一年，水灾、旱灾、虫灾、沙尘暴、森林大火等肆虐全球，我国也不例外。春节刚过，本该属于枯水季节的长江，水位却比往年高出好几米。罕见的早汛引起了水文气象专家的警觉，4 月底，他们深入分析有记录以来的水文气象数据，详细起草了一份《九江市 1998 年 5—9 月降雨趋势预报》，

3

| 大堤决口，洪水倾泻

提出警告：今年我国大气环流变化异常，将会造成长江流域大范围持续降水，要做好防大汛抗大洪准备。此报告送到了九江市委书记刘上洋、代市长刘积福案头。

　　刘上洋和刘积福，是分别从江西省委副秘书长、政策研究室主任和宜春地委书记任上同时调任九江的，时间是 1998 年 2 月。虽然是平级调动，其实质上是重用。九江市在江西这个内陆省份有着特殊的地位，它既是省域副中心城市，昌九一体化的双核之一，也是开放的港口、改革的样板、发展的引擎，地位作用相当于江苏的苏州、浙江的宁波、安徽的芜湖。

　　上任伊始，他们还来不及细细勾画九江发展的前景蓝图，就遇上了百年不遇的汛情，一头扎进了防汛抗洪的战斗中。6 月中旬接连发生的两次大范围集中强降雨过程，更是向他们发出了强烈的示警信号。

　　6 月 17 日，九江市委召开防汛紧急会议研究应对之策。会上，听

取了气象、水文专家和防汛指挥部汛情预测报告，刘上洋书记要求各级把防汛抗洪作为压倒一切的头等大事，迅速组织动员力量，以临战姿态投入防汛抗洪工作，不能大意失荆州，不当历史的罪人。并对市委领导作了分工，刘上洋负责全面工作，刘积福任九江市防汛抗旱指挥部总指挥长，市委常委、农工委书记张华东任常务副总指挥长，副市长吕明任副总指挥长。

危难之际走马上任的总指挥长，迫不及待地向全市干部群众及驻浔部队发出了防汛抗洪的总动员令。

透过历史的天空，可以清晰地看到，九江是一个多灾多难的地区，其中洪水就是九江人的无尽梦魇。

公元421年，鄱阳湖边繁华的枭阳县，一夜之间淹没于湖底；

公元425年，拥有600年历史的海昏县神秘消失，有民谣"沉掉海昏县，吴城立起来"为证；

康熙五十五年（1716年），夏大水，桑落、封郭二洲堤溃，灾民多乞食于市；

嘉庆二十二年（1817年），六月连日大雨，山洪陡发，白鹤、甘泉、楚城等乡冲毁民房千余间、民田700余亩；

道光二十八年（1848年），九江德化夏秋雨，江水陡涨，郡城西门由舟出入，秋季始落，严家闸溃，大小民房尽被摧毁，淹毙无数；

道光二十九年（1849年），五月积雨，平地水深数尺，城内水高齐屋檐，居民逃亡，淹毙者无数；

1926年，内涝成灾，九江西门外正街全淹，水深4尺，街上行船；

1931年，出现特大洪涝，长江水位高达20.71米，全县大小圩堤30多座溃决，破口120多次，农作物颗粒无收，溺毙1810人；

1935年，6月下旬江水泛涨，赤心堤等圩堤溃决22座；

1938年，国民党军队为阻止日军入侵，在永安徐家湾地段挖开长江大堤，农田受淹4000余亩；

1947年，长江水位比1931年仅低0.1米，受灾面积3.63万亩，灾民2.32万人；

1949年，长江水位升至21.09米，全县圩堤溃尽。

新中国成立后发生特大洪水5次，尤以1954年为甚。从4月14日至7月19日，境内平均降雨量高达1375.3毫米，长江水位最高至22.08米，对岸的黄广大堤和同马大堤相继溃决，九江市的街道几乎都遭水淹，西门口以西街道行船。全市大小圩堤漫溢崩溃，受灾人口8.8万余人，淹没农田12.78万亩。6月27日江新洲洪水漫顶。7月4日赤心堤上2000米长泡泉塌坡溃堤。

说起1931年、1954年这两场特大洪水，老一代的九江人记忆犹新。被当地群众称为"逸事华佗"的李金彪老人，是锁江楼塔一带小有名气的个体医生。谈起1931年那场大洪水，仍心有余悸，他说："记

昔日汽车穿行的九江开发区大街，如今小船待客

得 1931 年九江发大水时，我才 13 岁，懵懵懂懂的。洪水漫堤后，城里乱成了一锅粥，就像到了人间末日。我父母相信迷信，拉着我的手说：'儿啊，别怕，没事儿，江边的锁江楼、镇江塔会把洪魔镇住的，上天会保佑我们全家的。'话没落音，大水已冲到家门口，父母拉着我赶紧跌跌撞撞地上了二楼。不久，二楼也进水了，只听到周围的房子在大水里轰隆隆地倒掉了。父母极为后悔没有及时跑走，只得下了一块门板，把又冷又饿又害怕的我放了上去，我才捡回一条命……"

历史是否将在这里重演，所有九江人的心也都是悬着的。

2. 女娲在哪里

天昏地暗，盆泼桶倒。用这八个字来形容 1998 年入夏以来，发生在四川、湖北、湖南、江西等长江中下游地区的大暴雨，一点也不为过。

7

| 九江开发区内小船来往穿梭

在九江，一位耄耋老人，站在城防大堤上，望着持续上涨的长江江水，喃喃地说："天漏了，老天漏了。"

可炼石补天的女娲娘娘，又在哪里？

这年，汛期要比往年来得更早一些。刚进6月，长江沿线省市的天空，犹如被捅漏了一般，先后有两股强降雨集中在洞庭湖、鄱阳湖水系。支流大雨，湖泊水涨，百川汇流，历史罕见的特大洪水如出林巨蟒，从四面八方涌入长江，聚成一江狂澜怒涛，九江水位站测得最高水位达23.03米，超历史最高水位0.83米。长江干堤、支流河堤、孤岛圩堤都处于风雨飘摇之中，岌岌可危，险情不断。

昔日千帆竞渡的长江，一夜之间变成了张牙舞爪的洪水猛兽；昔日养育华夏子孙的母亲河，甘甜的乳汁变成了浑浊的黄汤。

洪水气势汹汹，一路攻城略地，九江市德安县、湖口县、都昌县、星子县等没有设防的县城相继陷落。

6月27日凌晨5时，洪水呼啸着闯进了德安县城。德安成为洪水攻入的第一个县城。德安县城北门桥下游标尺水位不断上蹿，至22.95米，超出警戒线3.95米。其时，北门桥上游水位已近29米，城郊已是一片泽国，位于传说中的大禹劈山疏水处的乌石门村在水中消失了。

素有"江湖锁钥"之称的湖口县紧随其后，县城所在地双钟镇水深处达1.8米，沿街店铺，包括县委县政府在内的县直48个单位全部泡在水里。渡口停渡，出门靠舟，可以用作涉水工具的小船、木盆、门板布满了街头巷尾，脑子灵光一点的人还做起了水上生意。

紧挨鄱阳湖的都昌县更是损失惨重，32个乡镇全部受灾，其中22个乡镇交通中断，被洪水围困的村庄有956个，灾民达21.8万余人，大部分住在堤坝上临时搭起的各式棚子里，缺食无电，生活十分艰苦。

星子县虽有庐山背靠，但其大部分区域也是临湖襟水，受灾同样严重，灾民大都被转移到了大堤上。无家可归的灾民们，除了脚下踩着的堤坝是陆地外，四周都是茫茫的洪水，满眼无助地望着天！

不设防的城市无一幸免，设防的永修县也未能逃过此劫。7月31日至8月1日，永修县的立新圩、三角圩和东风圩，在历经多月高水位浸泡后，先后漫堤溃决。白浪滔天的修河水、鄱阳湖水猛兽般涌向堤外，淹没了良田，冲断了道路，吞噬了村庄。

大灾将临的阴影笼罩着整个九江。

作为属地最高军事机关的九江军分区，从汛期一开始就定下了防大汛、抗大洪的决心，从人员、装备、预案、组织机构等多方面做好充足准备。4月初，军分区党委作出四项决定：

紧急收拢外出打工的民兵1.6万余人，并以营连为单位组织点验，成立突击抢险队、护堤巡逻队、打桩队、应急小分队4支队伍，并区分责任地段，组织防汛应急演练；

组建江西省首支民兵舟艇分队，协调市里投入25万元，购买6艘

9

冲锋舟，抽调 40 名民兵，到南昌预备役师水上训练基地苦练一个月；

建立了军分区、人武部、基层武装部三级抗洪领导机构，中止所有人员休假和双休日休息，防汛值班人员全时在职在位，确保上下信息畅通、指挥不断；

向市委、市政府请战，率领 10 多万民兵日夜坚守在长江大堤和鄱阳湖圩堤最危险的地段。

军分区司令员吕录庭、政委马永祥不分白天黑夜，展开了大战前的各项准备，从舟艇部队的训练，到防汛器材的购置，从值班值勤的安排，到巡堤查险的落实，一件件、一桩桩地督促到位。身体上的连日劳累，精神上的巨大压力，使他们两人变得又黑又瘦，都像换了个样。参谋长黄蔚桂分工负责坚守指挥所，根据险情调动民兵、协调部队。一个个不眠之夜，使患有高血压的他经常头晕目眩，但他一步也没有离开值班室，实在太困了，拉过椅子拼起来靠着躺一会儿，饿了泡袋方便面填填肚子。说起这种难熬的日子，黄参谋长说："这是职责所在，如果可以选择，我情愿上堤扛沙袋。"在抗洪进入最紧张阶段的时候，政治部主任秦仕学远在南京的妻子被诊断患有鼻咽癌，需要到北京一家专科医院去复查。于情于理他都应该赶回去，但眼看着抗洪任务压顶，这里更需要他，秦仕学没有声张，始终坚持在抗洪一线。

6 月 30 日下午，九江长江大堤闽赣供应站附近出现险情，大堤部分江岸崩塌，堤内出现 10 多处泡泉，此处一旦决堤，九江市河西地区将变成一片汪洋。此时，九江灾情尚未引起外界注意，当然谈不上有援兵帮助，抵御洪魔的任务义不容辞地落在了九江军分区的肩上。他们立即组织市民兵应急营和浔阳区 400 余名民兵火速赶到险段，轮番上阵，昼夜奋战，在险段内侧重新构筑起一道长 120 米、高 4 米、宽 3 米的防护堤，确保大堤安然无恙。

7 月 27 日下午 6 时，在第二次集中雨汛的末期，位于九江长江大桥下的 56 号闸门突然断裂，江水夹带着泥沙从裂口喷涌而出，情况万分危急。军分区立即派遣民兵应急营 600 余人紧急出动，半小时就赶到指定地点，立即扑向闸口，与武警九江市支队、海军后勤部武汉办事处的官兵们协同奋战，肩扛手提，将一袋袋沙包垒在新筑的堤坝上。

一波未平，一浪又起。就在同一天，长江大堤益公段出现一个泡泉群，面积约 20 平方米，并伴有多处渗流，像刚煮开了的稀饭直冒泡。险情出现后，军分区迅速调集了 500 多名民兵赶到险段，会同刚刚赶来的南昌陆军学院 117 名学员，运土石，压泡泉，打坝撑，筑子堤，做围堰，连续苦战 18 小时，使益公堤在超警戒线 3.42 米的巨大压力下渡过险关。

属地作战的基层武装部干部和民兵，大堤的背后就是他们的家乡，他们在洪水面前义无反顾，交上了一份合格答卷。

都昌县北山乡武装部副部长于冠智，心中装的只有大堤。7 月中旬，他受命担任民兵突击队队长，领着 300 名民兵日夜守护在矶山堤上。27

▌九江军分区舟桥小分队接送放学的孩子

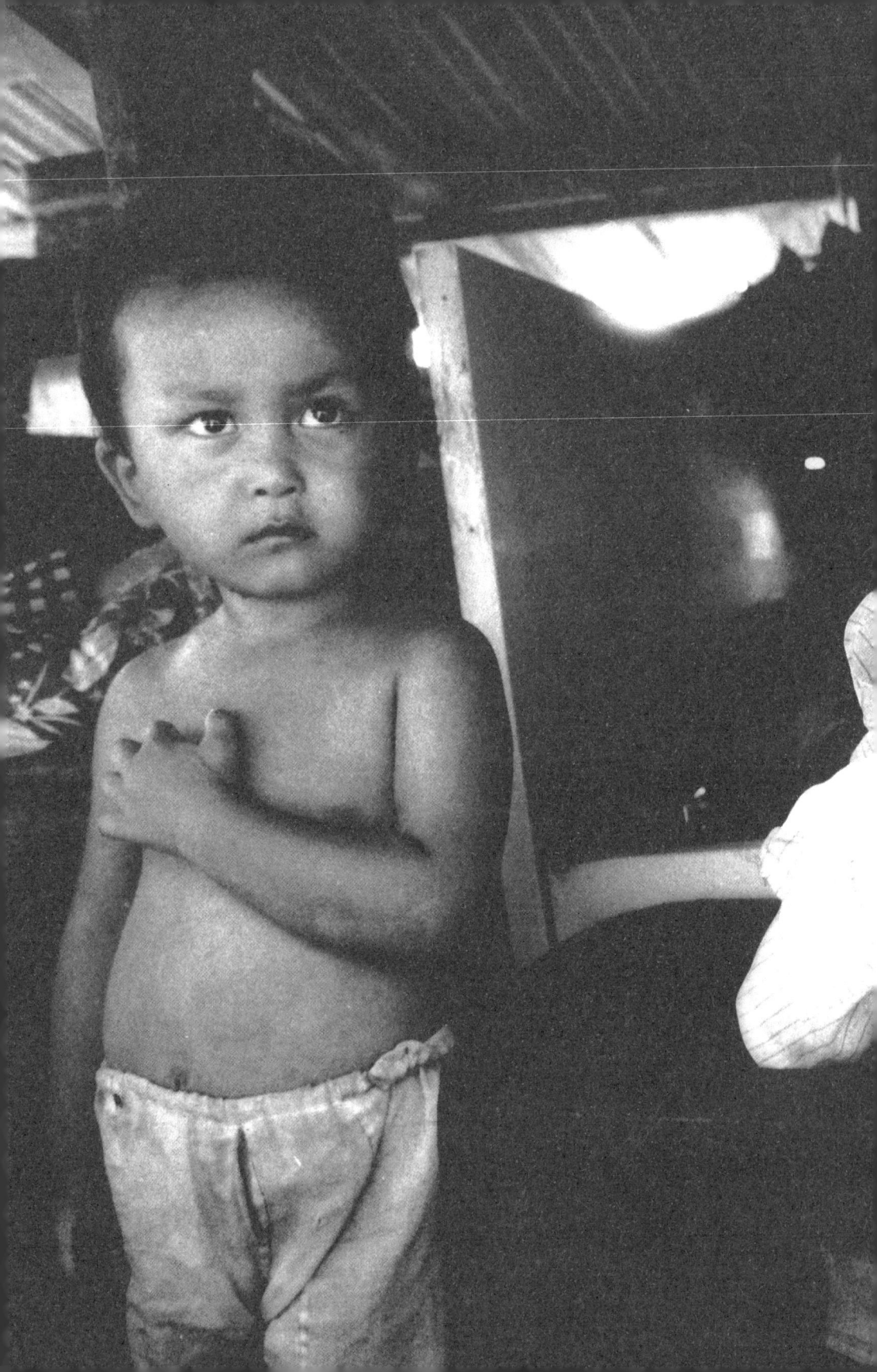

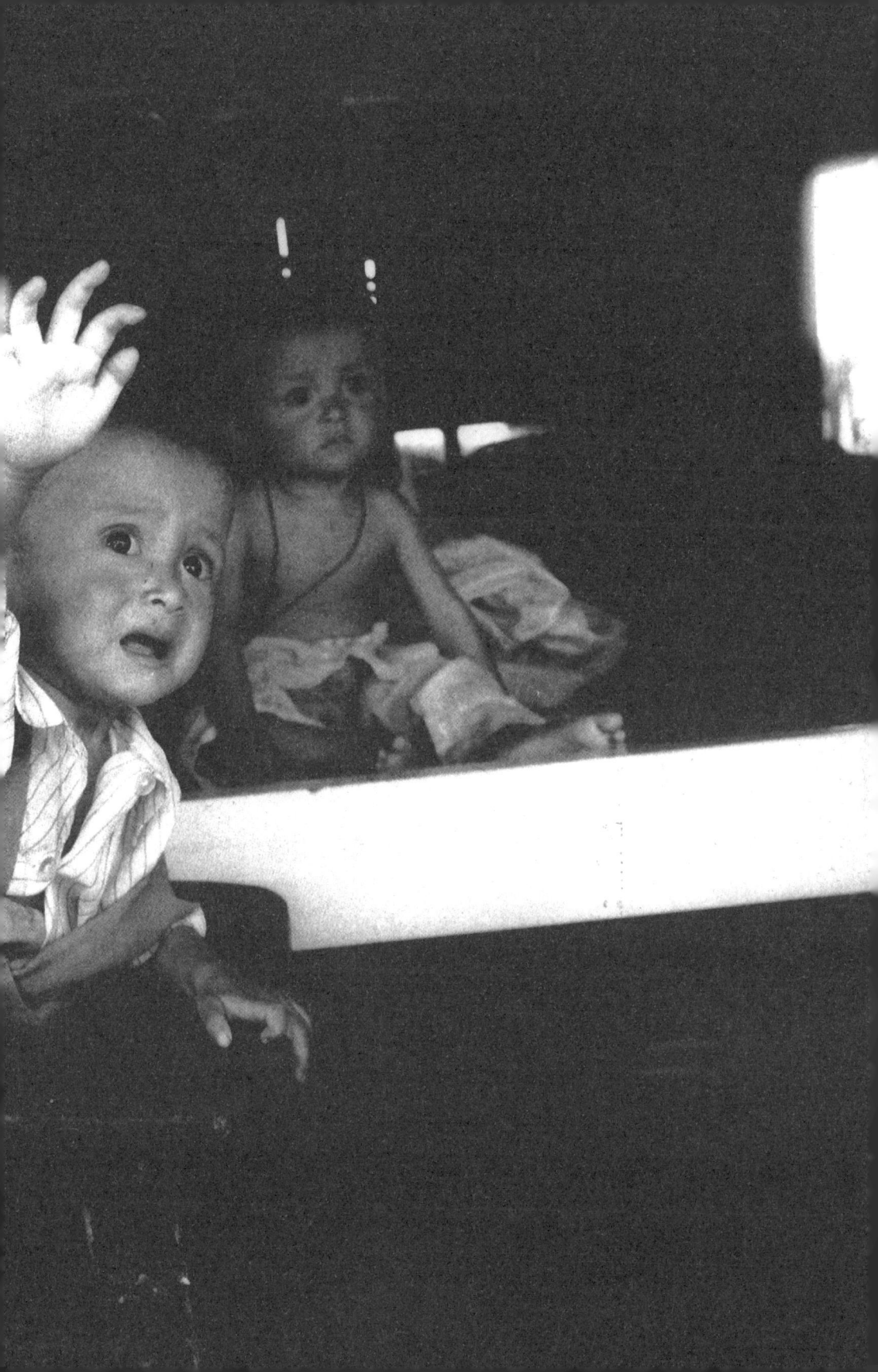

日父母亲住的房子被水淹了，他捎信让双亲住到亲戚家。两天后，自己的小家也进水了，妻子又急又怕，哭着打电话来要他回去。他说："我走不开呀，你先回娘家避避吧。"没承想5天后岳父家也淹了，妻子和岳父一家又要转移，他还是没能帮上一把。说起这事，于冠智这个铮铮铁汉子内疚得掉下眼泪。

九江钢铁公司武装部部长刘家明，右脚踝关节曾经受过伤，里面还留着两根钢筋，仍坚持带领民兵昼夜奋战在抢险第一线。单位经济效益不好，资金困难，抢险紧要关头那几天，他自己向亲友借来钱，为参加抢险的民兵买盒饭和饮料。为了抢险，他无怨无悔。

九江国棉一厂处于半停产状态，工人只能拿到一半工资，厂里平时召集开会没几个人搭理。可是这一次，军分区一声令下，全厂散居在城区的100多个民兵一个不少，仅一个小时就齐刷刷地站在武装部部长卢玉居面前。

召之即来、来之能战的国防后备军，散是满天星，聚是一团火。

贡献岂止在大堤，关键时刻，九江军分区充分发挥了军事机关的独特作用。

7月中旬以来，面对不断升高的长江水位、全面告急的城防大堤、险情不断的江湖闸口，九江防汛指挥部已经乱成了"一锅粥"，到处都要人力，到处都要麻包，到处都要沙石。各市县的机关干部都放弃了双休日，基干民兵和预备役官兵已全员集结，但撒在300里干堤、84个闸口上，还是显得有些捉襟见肘。

有过作训处长经历的吕录庭，敏锐地感到四面出击、平均用力是兵家大忌，"撒胡椒面"必定"按下葫芦浮起瓢"，便及时向九江市委、市政府提出建议：变全面设防为重点设防，变发动民众上堤为调集突击力强的部队上堤，全力以赴做到"三个确保"，即确保长江大堤不倒，确保九江城区不进水，确保京九大动脉不中断。

7月24日，九江军分区向江西省军区和九江市委、市政府郑重提出：根据当下险情，应立即请求南京军区派兵增援，并对部队到达兵力如何部署、如何搞好各种保障等拿出了具体建议方案。

正是九江军分区的及时建议，南京军区才提前预置两个步兵师的兵力到九江和南昌，确保了当九江长江大堤 4-5 号闸口决堤后，抢险部队第一时间赶赴现场。

战场瞬息万变，快人一步者胜。事后，一些地方领导深有感触地说："假如军分区不及时提出调兵建议，大部队晚来几天甚至几个小时，后果将不堪设想。"

3. 谁来缚住"苍龙"

8 月 7 日 13 时许，九江大堤上没有一丝风，闷热得使人发狂，无数蜻蜓低飞盘旋，遍地都是爬坡的蚂蚁。

"指导员，有泡泉！"九班长刘意疾步跑向指导员胡维君，神色既疑惑又显得有点慌张。

有点防汛知识的人明白，防洪守堤最可怕的就是遇到泡泉，它有"明修栈道，暗度陈仓"之功力，潜伏在几米乃至十几米深的堤脚下，悄无声息地把堤坝一点一点地掏空，进而发展成管涌。泡泉是溃坝的祸根之源，神出鬼没，防不胜防。

胡维君所在的反坦克连，隶属驻浙江金华的陆军第三师。该师由红军第二军团在山西境内组建，以"中国工人旅"为主体，起初叫 120 师独立第一旅，后来在 20 世纪 80 年代因培养军地两用人才闻名全军。因为江西省没有野战军部队，而该师是离江西最近的一支拳头部队，又紧靠浙赣铁路。江西境内一旦有险，该部队必将冲在前头，所以南京军区就把支援江西方向抢险救灾作为该师的重要任务。事实证明，这个决策是相当英明的，在关键时刻起到了关键作用。

反坦克连的任务是负责九江城防大堤 3-8 号闸口，也叫官牌夹的

| 九江城防大堤4–5号闸决口处

江堤巡查排险，连队就驻守在大堤百米开外的一处民房里。

胡维君急急抵近一看，在4号闸口以东约200米处，堤坝内侧底部杂草中有个泡泉，直径为3—5厘米，差不多鸡蛋那么大，正在咕咕地往外冒水，水有些浑浊。凭着这些天积累的防汛知识和军人的敏锐直觉，胡维君感到这是一个重要险情，必须马上上报和处理！

他迅即命令战士刘松波到离现场最近的炊事班驻点，向在连队蹲点的团副参谋长王耀报告，并让炊事班人员停下手中活计迅速赶来，又命令战士徐俊跑到4号闸口向负责守护这一堤段的地方责任单位——九江水泥造船厂防洪办公室罗主任报告险情。

　　险情很快上报到九江市防汛抗旱指挥部和九江军分区作战值班室。而这边，长时间泡在高水位的大堤早已不堪重负，险情的升级速度远远超过常人的想象。最早赶到现场的是副参谋长王耀和反坦克连连长贺德华带领的 70 名官兵，时间是 13 时 13 分。兵贵神速，一直在驻地蓄势待发的官兵们，赶到出事地点仅仅用了 3 分钟。

　　王耀当即命令连队分成 3 个小组：第一组由他自己带队，在大堤内侧用沙袋堵泡泉眼，减少江水穿越堤坝的冲击量；第二组由贺德华带领 13 名战士跳入江中，在堤外侧寻找泡泉口；第三组由胡维君带队，组织人员装运沙石，配合第二组堵住泡泉口。数分钟后，九江水泥造船厂的工人们也陆续赶到险情现场。

　　矢在弦上，一触即发。

　　波涛汹涌的长江中，连长贺德华和 13 名突击队员，与造船厂的 10 名工人一道，冒着随时被洪水冲走的危险，在水中手牵着手摸索着寻找泉口。突然，一名队员在离防浪墙五六米的水中呼叫："这儿有吸力！"贺连长马上游过去，但穿着救生衣无法下潜，他把救生衣一脱，就要往 3 米多深的水底下钻。见贺连长这样不顾死活，旁边的一名群众忙抓住他："救生衣不能脱，脱了更危险！"贺连长挣开他的手，毅然向江底钻去。可是，由于江水浑浊、水流湍急，江底全是淤泥，贺德华根本无法确定泉口的具体位置。无奈之下，只能指挥岸上的官兵朝他的身体方向，大致瞄准快速抛掷沙袋，试图通过高密度大面积的覆盖实现堵口的目的。浑浊的江水溅得贺德华全身是泥水，眼睛里也进了水，又酸又痛，而这些酸痛贺德华此时已完全顾不上了。

　　江中的突击队员在拼命堵漏，堤坝内侧堵压泉眼的战斗也在紧张进行。5 名战士在王耀副参谋长指挥下，先筑起了一个小围堰，然后往里倒磷矿石，试图压住泡泉眼。开始还有点效果，水逐渐变缓，正当大家认为可以松口气的时候，突然有人喊了一声："不好！坝上喷水了！"只见大坝腰部冒出一个直径约一米、高六七十厘米的水柱，江水夹杂着泥沙向外喷涌。情况危急！王耀又急忙带大家冲上去用沙袋封堵。

逆水堵口，如果在内外高差不大的情况下，可能还有点作用，现在高差悬殊已起不到任何作用。顷刻间，水柱越来越高，水流越来越急。

"快回去拿被子！"王耀一边命令几名战士们回驻地抱被子，一边果断地挥挥手："跟我跳！"说着，第一个冒着生命危险跳进齐腰深的管涌中。刘意、陈志辉等5名战士也紧跟着跳了下去。岸上的群众急得直跺脚："太危险，快上来！"实际上这时坝底已被江水掏空，一旦塌陷，6个人都将被埋进坝底。但是突击队员们早已把个人安危置之度外，心里只想着：赶快将管涌堵住！堵住！堵住！

很快，40多床军被抱来了。突击队员们拼命用自己的身体堵压水流，使劲把沙袋、棉被往脚下踩。就这样与激流搏斗了六七分钟，忽然一股强大的洪流猛地喷射出来，把6个人翻滚着冲了出去。然而他们谁也没有退缩，奋力从激流中游回爬上大堤，准备向管涌展开新一轮冲击。正在此时，坝顶出现直径约两米的塌陷，探头往里一看，里面的空洞已有一间房子那么大，像一个直立的纺锤形溶洞，上小下大，洪水在洞中发出恐怖的回声。

驻扎在九江市农业学校的炮兵团指挥所接到九江军分区作战值班室的求援电话后，团长洪永生和政委王申东一碰头，决定带一营和二营两个营，拼命跑步前进。13时50分，400名官兵到了现场。官兵们从附近找来一块大篷布，4个人拽着一边，另一边抛入江中，然后拼命向篷布上丢压沙袋，再拉着篷布一步步朝洞口移动。距离越近，拉力越大，眼看着可能连人带布就要被拖入洞中，王耀只好命令松手。篷布转眼就被卷入黑洞。

在洪永生、王申东的指挥下，战士们连续往洞里投床板、扔棉被、抛石料、填沙袋，但一切都已经无济于事。王耀向刚赶到现场的师长裴晓光、政委邹海清和九江市副市长吕明建议：一是迅速增加抢险兵力；二是调船到附近水域，增加土石备料。

13 时 56 分，尚克忠副师长率领刚从永安大堤撤下来的步兵第七团官兵上来了，他们一出门就遇到了齐腰深的洪水，全团官兵用翻越 400 米障碍高墙的速度翻围墙冲上堤坝。邢胜利副政委把在家的炊事员、驾驶员全部集中起来，奔赴 12–13 号闸口处理另一个险情。

13 时 58 分，堤坝外侧突然出现一个巨大的漩涡，打着顺时针的圈，发出有些刺耳的嚣叫声。不一会儿，坝体开始出现整体塌陷。为防止发生意外，王申东命令大坝两侧的突击队员们撤离上岸。战士们刚刚上岸，几乎在同一瞬间，大堤中央突然下陷，洪水咆哮着从洞口向外喷涌。

紧接着，"轰隆隆……"一声雷鸣般的巨响，长江大堤混凝土防洪墙轰然断裂，江水夹着泥浆、水泥块，倾泻而下，浊浪翻滚，惊涛拍岸。正站在水泥堤坝上指挥部队上岸的王申东，眼看不对，说时迟那时快，奋力一跃跨上了东侧大堤，但右腿还是被断裂的水泥墙刮出了一道 14 厘米长的口子，鲜血直流。

险情发生后，九江的电视、广播连续发出警报，要求住在 24 米水位以下的居民必须全部撤离。离决口最近的七里湖火车货运站，闻讯后把一列货车开到江边，用来紧急转移灾民。

反坦克连通信员王晓，立即奔向附近居民区报警，顺手捡起一块铁皮，使劲地敲打，大声呼喊："洪水来了，赶快撤离！洪水来了，赶快撤离！"

小车班长郑志国这时正在洪永生团长身边，一看情形不对，跳上自己开的吉普车，拉响警报器，向居民区疾驶。郑志国一边大声呼喊让大家撤离，一边开着车在没膝的洪水中穿行拉人。忽然，一堵几米高的围墙轰然倒塌，溅起的泥浪迎面扑来，一个泥块重重砸在他的额头上，顿时鼓起了一个大包。他没有理会疼痛，继续边开边喊。待撤到安全地区，郑志国一清点，小小的吉普车竟然走出了 5 名妇女和 5 名小孩。

反坦克连官兵们在大堤决口面前，临危不惧，英勇奋战，想尽了一切办法，尽到了最大的努力，但因为决口下面曾是一条古河道，坝基不实，所有的努力并没有挽回大堤溃决的后果。然而由于官兵们及早发现、及时报告和奋勇抢险，不仅使大堤下的群众无一伤亡，而且使大部队能迅速投入堵口抢险，首功应该记给反坦克连，记给炮兵团和三师。

谁又能想到，这支从 7 月 26 日晚上紧急赶赴九江，昼夜奋战在大堤上的部队，正面临着撤并降改的命运，有相当一部分官兵要在这次调整中脱下军装，但官兵们丝毫没有受到影响，而是以对祖国的绝对忠诚，履行着保卫人民生命和财产安全的神圣职责。

决口越撕越大，情况万分危急。

此时长江第 5 号洪峰即将来临，九江段水位处于 23.03 米的历史最高位，超警戒线 3.68 米，超历史最高水位 0.98 米。在内外高差压力的引领下，洪水如脱缰的野马，裹挟撕扯着两侧的防洪堤，肆无忌惮地向九江城区狂奔猛泄。这个最初仅 3 米左右的决口，如洪魔的血盆大口，越张越大。6 米、10 米、20 米、40 米……长江大堤很快被洪水撕出一个 60 米宽的大豁口。

浑浊的洪水，转眼间吞噬了九江水泥造船厂和田比邻的九江市国棉一厂等几家企业，漫过了铁路涵洞，停在路边的大小车辆顷刻间被淹没，冲得七零八落。

看着狂欢奔腾的洪水，九江市代市长刘积福和九江军分区政委马永祥心急如焚：人算不如天算，两个月的严防死守、日夜操劳，最终还是没有换来九江的平安。

障百川而东之，回狂澜于既倒。留给刘积福和马永祥的只有一条路，就是尽快堵住这个决口，不使九江城区失守，不使京九铁路中断，不使长江主流改道。

电波划破长空，迅速地将决堤的信息传报给了江西省委、南京军区，惊醒了中南海的红机电话。

当天晚上，党中央召开中央政治局常委扩大会议，专门听取国家防总的工作汇报，并作出《关于长江防汛抗洪抢险工作的决定》。《决定》

指出，要把长江抗洪抢险工作作为当前头等大事全力以赴抓好，并指示中央军委迅即调遣更多部队支援九江抢险。

中央军委首长专门给南京军区陈炳德司令员打来电话，传达党中央指示，下达增兵九江的命令。陈炳德和政委方祖岐迅速赶到军区作战值班室，通过电话实时了解一线灾情和部队抢险情况，就地紧急召开党委常委会，学习领会党中央、中央军委的号令指示，决定把抗洪抢险作为当前军区压倒一切的头等大事，向全区部队下达紧急动员令，做好随时出动的准备；先后派出董万瑞副司令员、雷鸣球副政委率前指加强九江地区抗洪抢险的指挥，其他常委分片到江苏南京、镇江和安徽安庆、铜陵等重点地区检查指导。是夜，董万瑞带着精干的指挥小组乘坐军区值班飞机先行抵达九江。

4. 大煤船斗法"乾坤袋"

灾情十万火急，堵口刻不容缓。

危难时刻，刘积福、马永祥和先期到达的南京军区军训部副部长王平，组成三人临时指挥小组。

面对撒开缰绳的洪水，战士们拼了命地往决口处投掷沙包。可是，任凭战士们投多少石料、沙包，都被洪水席卷而去。这时，有人眼尖，看见大堤下停着一辆运送石料的跃进牌货车，便招呼人员齐力将车推上坝顶、推入决口，但根本就不顶用，货车如狂澜中的一只火柴盒，在水中打个滚就淹灭在滔滔洪流中。

战士们用尽了十八般兵器，但决口像《西游记》中那黄眉老怪的乾坤袋，将石料、沙包、货车等一一收入囊中。

"赶快沉船！"曾有过11年戎马生涯、与共和国同龄的刘积福果断地大吼了一声。决战时刻，容不得指挥员有半点迟疑。

江堤决口，沉船是一种比较有效的封堵方法，但船必须符合两个

火车趟着洪水开到决口附近转移受困群众

条件：一是堵口的船必须要重载，这样才能吃水深、锚得住；二是船身要长，大于决口的宽度，才能横跨在决口上。沉船堵口的风险，在于必须在激流中控制好船体的移动方向，保证船体与大堤平行，如果错位顺流，可能会反受其害，决口会被船体撞得更大。

而此时，茫茫的江面见不着一艘船，这样的船又到哪里去找。就在这万分危急的时刻，下游隐隐约约有一艘船正缓缓地向上游行驶。见有船来，大堤上的人群兴奋极了，拼命地挥舞着帽子和救生衣，向船只方向大声高喊："快开过来，快开过来！"或许是距离太远，也可能是决口洪水倾泻的声音太大，船只没有理会，仍然不疾不徐地向上游驶去。

时间不等人，洪永生团长没有丝毫迟疑，派出军务参谋陈民和五连指导员陈鹏飞带两名水性好的战士，"扑通扑通"跳下水，准备强行截船。

此时江水澎湃、大浪滚滚，陈民和陈鹏飞等 4 人在湍急的水流中时隐时现，大堤上的人都为他们捏了一把汗。水性再好，横渡此时的长江，真的是"刀尖上的舞蹈"。

多年以后，问起已任衢州军分区副司令员的陈鹏飞当时怕不怕，陈鹏飞说："当时心中只有一个信念，就是尽快把船拦截住，根本没有时间去考虑生死。"

近了，近了！当他们终于抓住货船的防撞轮胎，奋力爬上船时，船主惊呆了，连声问："你们是干什么的？你们是怎么游过来的？"陈鹏飞顾不得喘气，急切地说："快，快，把船开往 4-5 号闸口！"看船主有些迟疑，他急了，提高嗓门说："根据《中华人民共和国防洪法》，现在长江大堤决口，紧急征用你船！"

看着浑身湿漉漉的 4 名军人急切而又坚定的眼神，船主知道这道征集令里面的分量，毅然掉转船头驶向决口。驶到离决口 50 米处，陈鹏飞他们把货船与另一小组征集到的一艘水泥趸船用缆绳捆在一起，组成连环船体。

在大家充满期望的目光中，两艘船一步步靠近决口，还没等调整好船体方向，就在洪水的巨大吸力下，像两叶扁舟被冲出堤坝。上百吨的水泥趸船和货船一下子被冲出七八十米远，一头撞倒了九江水泥造船厂的一栋二层楼房，船头死死地嵌进了楼房的墙体中。看着漂走的两艘船，堤上众人瞠目结舌，顿时变得沉默起来，洪魔的威力超乎想象。

这边，江水依然以每秒 4000 立方米的流量急速倾泻，如果不加以有效控制，七八个小时后，九江就将变为一座"水城"。

大家把目光再一次聚焦到刘积福身上。

"小船不行，必须找大船！"烈日炙烤下脸色血红的刘积福眉头紧皱，带着沙哑的声音命令在一边的九江港监局局长陈纪如。

如果在平时，叫陈纪如调几艘船，就像张飞吃豆芽——小菜一碟。可早在长江第 4 次洪峰到来之前，九江港监局协调周边市县统一发了禁航通告，此时江面上并没有大船。突然，陈纪如拍了一下脑袋，急急说道："刘市长，马政委，走！跟我走，我知道哪里有船。"

港监局的 042 号快艇带着刘积福、马永祥、洪永生、陈纪如等人，如离弦之箭向下游飞驶而去。

不出所料，下游的九江姚港锚地里停泊着不少船，特别是当他们看到一艘长 75 米、吃水 2.5 米，且满载着 1600 吨煤炭的长航武汉轮船公司的甲 21025 号大驳船，不禁大喜过望。

今日长缨在手，缚住苍龙待何时。

当听说价值 300 多万元的大船将被沉入江底，船长面有难色。

"我是九江港监局局长，现在抗洪任务压倒一切，我命令你把船开到上游决口处，沉船堵口！"陈纪如的话掷地有声，不容置疑。

刘积福接着给了船长一颗定心丸："我是九江市代市长刘积福，船的损失我们政府会负责赔偿！"说完还掏出一张名片递给船长，叫船老大抗洪结束后找他。

大义面前没有退路，船长在请示了长江航运集团领导后，答应积极配合行动，只是表示自己的船没有动力，需要用拖船牵引。

陈纪如又迅速调来两艘动力船，一艘是重庆奉节的"奉港 501"号，一艘是湖北襄阳的"鄂襄阳 012"号，加足马力将大煤船拖至决口附近。

机会可能只有一次，怎么沉成了一个大问题。

15 时 15 分，在现场的军地领导、水利专家以及 3 艘船的船长登上大煤船，进行紧急状态下的作战会议。在综合分析了堤情、流态、水深和驳船吃水等因素后，大家认为驳船前行速度如果太快，很可能造成船翻人亡，还会把决口撞得更大；船行驶得如果太慢，急流会顺势扳正船头，大煤船极有可能像前两艘船一样，从决口顺流而下。这两种后果都是不堪设想的。讨论中，大家迅速形成共识：控制驳船靠近决口的速度是关键所在。

紧急关头会议越短，往往做出的决定越重大。5 分钟的会议，就形

| 大煤船停搁在决口正面

成了施堵方案：两艘动力船分别在驳船首尾，开足马力向两边拉，锁定驳船横移的方位；驳船到达决口上方约 30 米处抛下首锚，控制船下淌的速度，两艘动力船则分别绑首锚和尾锚，形成"∩"形；到达指定位置后，迅速采用氧焊切割的办法，在船底切开一个口子，引水入船，使大煤船恰到好处地沉在决口处。

　　用这么大的船只，封堵这么大的决口，在世界抗洪史上都是第一次。谁也没有干过，谁也没有把握，但洪水滔滔，前面纵使是地雷阵，也只有闯一闯了。

为了使操船的人都了解意图，使沉船一举成功，刘积福想画一个方案草图，因当时没有粉笔，作训股长李蔚然将随身带的工作手册递给刘市长，刘积福就在笔记本上勾勒了煤船航行示意图，把这张草图交给了经验丰富的陈纪如。

受命于危难之际，时年 53 岁的陈纪如深感自己肩头的压力巨大。1967 年，他从武汉交通科技大学毕业后，分配在上海轮船公司，干了 8 年的轮船驾驶员，在万里长江中犁过浪，在茫茫大海中闯过关。今天，他要经受有生以来最大的一次考验，在长江大堤上孤注一掷。作为共产党员，生死面前他没得选择。

15 时 25 分，在上千名官兵和群众的注视下，大煤船这头钢铁"巨鲸"，在一左一右两条动力拖船的"护卫"下，鸣着笛向决口处开进。半小时后，三条船在决口上游 30 米处抛锚。

刘积福用高音喇叭反复喊叫："大家配合好，一定要一举成功！"

30 米，20 米，10 米，大煤船的逼近加大了堤坝内外的水压差，洪魔疯狂地发起反扑，意图迫使船体转向成顺流方向，无奈左右两条拖船拼死拉住，加上大煤船本身的千吨重力，想要扭转方向并不容易。

水是柔软的，可以善利万物而不争；水又是坚韧的，可以滴水穿石而不惊。这次的较量，是水流与沉船的较量，是推力与拉力的比拼。擅长打持久战的水，虽然使出了九牛二虎之力，但终究还是败下阵来。

大煤船按既定的方位一点一点地向决口处挪动，左右两条拖船步步为营，稳扎稳打。16 时 40 分，大煤船稳稳地停搁在了离决口 7 米处，正好横搁在决口正面。

船一到位，由中铁七公司的鄢怀斌担任队长的焊割突击队立马展开工作。鄢怀斌身绑麻绳潜到船底，熟练地把船切割出一个口子，水一冒进来，岸上人员赶快把他拉了上来，大煤船就此沉了下去，牢牢地卡在决口外侧。紧接着，九江港监局又指挥拖轮牵引了 6 艘驳船和一条拖轮，沉没在煤船周围，形成沉船围堰。

洪魔的咽喉被卡住，决口的流量顿时减小了许多。原来"直捣黄龙"的江水变成了"迂回侧击"，怒涛被"巨鲸"阻挡，狂澜被"铁壳"隔离，顿时收敛起嚣张的气焰。堤外的洪水也从二楼门框高度，渐渐回落到了一楼楼顶。

"九江有救了！九江有救了！"雷鸣般的掌声和欢呼声在大堤上响起，洪永生团长激动地说："这艘船是功勋船、救命船！"刘积福代市长握着陈纪如的手不放，连连说："陈局长，你这个沉船指挥长立了大功，你们港监局立了大功，我代表市委、市政府和全市人民感谢你们。"

大煤船的自我牺牲为封堵决口赢得了宝贵的时间，成为'98九江堵决战斗的关键转折点。煤船可能也从来没有料到，自己会以如此悲壮的方式载入历史，成为永恒。

8月8日清晨，《北京青年报》在头版头条第一个向全国读者报道了九江溃口的消息。就在许多读者看到这条消息的时候，大批勇士正在向九江集结，海量物资正在向九江汇聚，一场艰苦卓绝、惊天动地的堵口战斗即将打响。

第二章 生死决战

- 兵来将挡，水来土掩。
- 灾情就是命令，灾区就是战场。
- 三军将士齐出动。
- 人在堤在，誓与大堤共存亡！

1. 车辚马萧向九江

"江西父老，你们的红军后代回来了！"

"当年打响第一枪，今日返乡保九江！"

8月8日14时40分，满载步兵第二团第一梯队近千名官兵的列车急速驶进庐山火车站。看到这支部队打出的两条标语，站台上等候的群众沸腾了。

红军自从诞生起就与江西结下了不解的渊源，当年红军在这块土地上打响第一枪，实现朱、毛红军胜利会师，创下第一个农村革命根据地，打破国民党军队五次"围剿"，启程两万五千里伟大长征，留下了许多可歌可泣的英雄史话。江西因此也被称为"红土地"。

二团这支劲旅最早就是从这里走出去的。1927年8月1日，贺龙率领国民革命军第二十军，与叶挺、朱德所部在南昌打响了中国革命的惊天一枪，南昌起义之后，贺龙率部回湖南桑植组建工农革命军第四军。随后二团在这支英雄部队的编成内，南征北战，功勋卓著，先后走出了贺炳炎、王尚荣、朱辉照、黄新廷、李井泉、廖汉生、周逸群等123位将军，涌现出"全国战斗英雄"王福、"特等战斗英雄"于玉满、"爆破英雄"徐高虎等140多名英模人物。团队始终保持着1个红军团部、2个红军营和10个红军连队的编制，被誉为红军团、百将团。

7日17时30分，二团接到上级关于赴九江参加抢险救灾的预先号令，要求团里做好随时出动的准备。听说要去九江参加抗洪战斗，官兵们如同赴前线打仗一样，个个摩拳擦掌、群情激奋。天天磨牙砺齿的猛虎，等待的就是出山的那一刻。一个小时内，正在外训的高炮连、工兵连赶回来了！70台指挥车、运输车、炊事车等各种车辆启动检修好了！297名在师教导队集训的人员回到了各自的连队！

18时45分，一个急刹车，吉普车稳稳地停在杭州留下镇师部军官训练中心门口。从车上几乎跳着下来三个人，一个是团长王宏，一个是团参谋长程友敏，还有作训股长王立光，他们接紧急命令到师首长处受领任务。

由于时间紧迫，受领任务和动员部署，以及部队的准备工作同时平行展开。团政委魏殿举在团里主持召开党委扩大会，参加人员扩大至全体营连主官和机关干部。从魏殿举沉重、严肃的神情上，大家感到可能出大事了，部队有"大仗"要打，心里也随即躁动起来。

闻战则喜、逢敌亮剑是红军团最喜欢的状态。

19时45分，王宏、程友敏从师里受领任务后返回团队，党委会立即转入作战会，传达了上级关于紧急赶赴九江执行抗洪抢险任务的命令，对部队出动、车辆装载等问题做了明确的安排，随后魏殿举进行了简短的动员。20时05分，各营连迅速集结部队，车辆边加油、边装载、边编队，人员边集中、边登车、边动员。一切都在行进间展开。从下达命令到登车编队，全团仅仅用了40分钟。

车辚辚，马萧萧，千人百车向九江！

整个团编成两个梯队。第一梯队由团前指、一营、二营、直属队、卫生队共964人组成，由团参谋长程友敏带队，一师李锦平副师长带精干机关人员随团指挥，21时从中村营区出发，经摩托化行军、铁路装载，于次日14时40分到达庐山火车站；第二梯队由团基指、三营、炮

营、汽车连、修理所共 930 人组成，由团长王宏、政委魏殿举带队，22
时 30 分从营区出发，于次日 17 时 15 分到达庐山火车站。

临上车前，通信股长沈宏不知从哪里抓了两部大块头手机，一部给
了王宏，一部给了魏殿举，当时手机并不普及，在指挥基本靠吼的大堤
上，这两部全球通手机起了大作用，串起了不断线的移动指挥链。

在铁路输送途中，各营连召开车厢党委会、支委会，进一步传达任
务、明确分工，建立健全各种组织，分析形势，制定预案。以车厢为单

| 誓与洪水决战到底

位搞教育，连与连、排与排之间开展拉歌、挑应战。魏殿举亲自拟写了
"水高一尺，堤高一丈，严防死守，决不后退""江西父老，你们的红军
后代回来了"等12条战斗标语，各营党委、各连队党支部都向团党委
递交了请战书。

一路行进一路歌，红军后代有担当。

熙熙攘攘的九江客运码头，众多九江老百姓正扶老携幼、拖家带口
往外走，当他们看到官兵们跑步登船时，纷纷放下东西、停下脚步，发
出阵阵欢呼声，有的高喊："解放军大部队来了，我们有救了！"有的
喊："快给解放军让路！"还有一些老年人拉住战士交代："孩子，水火
无情，可要当心啊！"并拼命向战士手中塞苹果、橘子和煮熟的鸡蛋。
而此时此刻，官兵顶着危险"逆行"，心中只有一个念头：昔日红土地
养育了人民子弟兵，今天老区群众有难，我们当赴汤蹈火、不负重托。

暮色中，红军团的战旗插上了决口大堤最险处，这是九江大堤决口后
最早驰援的一支部队。一直在沉船上指挥抢险的前线总指挥、南京军区副
司令员董万瑞中将看到红军团大旗和风尘仆仆的官兵，顿时松了一口气。

从7日出现决口开始，第一批上阵的部队，包括来自浙江金华的步
兵第三师的两个团，来自福建南安的步兵第九十二师一个团，以及江西
武警总队的部分官兵已整整苦战了30多个小时，中间没有缓过一口气，
没有吃过一口热饭，一个个疲惫不堪，不少人中暑脱水。

紧急关头，勇兵天降。

"部队换防！"董副司令员一声令下，虽然第一批部队鏖战正酣，
官兵们心里也一百个不愿意，但还是服从命令撤了下来。红军团官兵精
神抖擞地接下了原来3个团的"战斗阵地"。

党的召唤至高无上，人民利益压倒一切。听说部队有重大任务，二团
官兵表现出了强大的凝聚力。在作战部队，战士们最厌烦的就是天天关在
营区，浑身有劲使不出；干部们也总是想方设法变出任务，使战士们没有
时间胡思乱想。最高兴的就是参加全军性的大演习，或是执行全国性的大

抢险，够劲道，有回忆。现在机会来了，谁也不想让它从身边溜走。

于是，18 名身患疾病的官兵，有的怀揣住院单，有的揣上药瓶，不顾医生和连队干部的劝阻纷纷请战；312 名家在湖北、湖南、江西灾区的官兵，把家中房屋被冲、田地被淹、亲人失散的苦痛埋进心底，毅然奔赴抗洪前线；确定留守的官兵谁也不愿留下，有的连队出发号令一下，全连官兵都上了汽车。营连干部检查发现后，急忙从车上把留守人员苦口婆心劝下车。

团参谋长程友敏 8 月底即将进入国防大学深造，准备学习之前休假的他已交接完手头的工作，就在这时参加抢险救灾的命令到了，他二话没说把休假单撕了，向团长、政委极力争取带部队打头阵。

一连班长林红平，军校考试失利，准备休假回家调整一下心情。当天正在军务股办理休假手续的他，看到军务参谋接到电话停下手头的工作，开始整理行囊，他敏锐地感到可能有事了，休假手续也不办了，以冲刺的速度跑回连队。与林红平同一批的落榜考生就有 15 个，他们都以同样的冲锋姿态积极请战。

六连副连长汪业成的爱人 7 日晚恰巧来队探亲，汪业成到团大门口等候，爱人刚下车，汪业成与她只说了几句话，又把她送上了返程的汽车。二连排长张华顺，探家带女友回到连队时，离部队出发只剩下不到 10 分钟。当连队干部通知他留守时，他坚决请战，换上作训服，把女友托付给留守的战友，便迅速登上了启动的军车。

接到命令的官兵义无反顾，在家休假的 14 名官兵，从报纸、电视、广播中得知部队到达九江抗洪的消息后，迅速从四面八方赶过去。一○五连连长郭荣庆，正在安徽贵池老家休假，照顾生病的妻子，当他从江西卫视看到团队在九江抢险的报道后，立即赶到贵池客运码头。因为洪水，开往长江上游的船已封航，他又急忙赶往汽车站，开往九江的汽车因部分公路被淹也停开了。情急之下，他花 120 元钱叫了一辆出租车，绕了 60 多公里路赶到安庆，想从那里乘火车走。当他赶到安庆火车站，当天已没有开往九江的列车，就在候车室苦苦熬了一夜，第二天风尘仆仆地来到连队抗洪现场。这正是：千转百回赴前线，人民利益重于山。

在二团奔赴九江的同时，各路精兵从上海、江苏、浙江、福建、安徽等地，向九江汇集。人们从飘扬的旗帜上，看到了一个个响亮的名字："硬骨头六连""红色尖刀连""尖刀七连""攻坚英雄连""大嶝岛战斗模范连""泰安战斗模范连"……汇聚成一股股绿色的滚滚铁流，从东南西北朝着同一方向挺进。

在千军万马会师决口的过程中，有一个花絮：某团接到下车直奔4-5号闸口的命令，可值班参谋记下的却是45号闸口，部队浩浩荡荡赶到一看，并无决口，掉转车头发现路又被洪水阻挡，只得绕了远路，

| 中暑的战士

赶到决口处时天已微明，参谋也因此吃了处分。但无论怎么绕，都改变不了勇士们涉水挺进的意志和决心。

古城九江一觉醒来，发现大军已然兵临城下，一眼望不到头的运兵车，一色跑步前进的迷彩服。

看着纷纷前来增援的解放军、武警官兵和民兵预备役人员，人们逐渐从最初的惊慌和混乱中稳定下来：有我英雄子弟兵，何愁洪魔不低头。

2. 铁臂合围锁洪魔

"风萧萧兮易水寒，壮士一去兮不复还！"两千多年前，战国壮士荆轲悲情高歌、慷慨刺秦。

两千年之后，李锦平副师长迎着江风站在大煤船上，俯瞰决口，神色凝重，也大有当年荆轲的壮怀激烈。

夜色中，大决口像一个决意要吞噬九江的血盆大口，洪水顺着3米多高的落差，疯狂倾泻，浊浪翻滚，发起令人心颤的咆哮。煤船两边兄弟部队已断断续续筑起一些围堰，但大部分还来不及露出水面，且因叠起匆忙漏洞很多，洪水依旧漫过残缺的围堰肆意奔腾，情况相当危急。

想起刚才交接任务时，兄弟部队领导的委婉相告："这么大的决口，靠人工是很难堵住的。"看来这场仗不好打！而出发前，自己和王宏团长可是在师首长面前立过军令状。再说，无论是创建初期的红二军团主力，还是抗战和解放战争期间的358劲旅，以及威震老山前线的南疆雄师，这支英雄的部队打过无数硬仗恶仗，什么时候害怕过？

破釜沉舟，唯有背水一战。

将门之后、经历过战火洗礼的李锦平内心升腾起一股血性：堵不上，毋宁死！

他与程友敏参谋长简短商量后，便开始指挥部队投入抢填围堰的战斗。964名勇士顾不上长途奔波的疲乏，人马未歇，征尘未掸，直接进入作战状态。两个小时后，王宏团长、魏殿举政委率领的第二梯队也到达外贸码头。一边是备料，一边是抛填，呐喊着前进，奔跑着冲击，每个官兵像开足马力的机器，都在争分夺秒，爆发出一股不可抗拒的力量。

红军部队，就是不一样！红军基因在官兵的血液中奔腾。

长江大堤无娇子，上阵都是硬骨头。他们一个个精神饱满，都是一色肤色紫铜、肌肉突绽的铁汉子。到了大堤，像闻到猎物的猎犬，兴奋不已。他们的臂上都有一个红色的牌子，印着"红军团"的字样，还印着各自的职务，团长就是团长，政委就是政委，班长就是班长，党员就是党员，团员就是团员，叫人一看就与众不同。他们把构筑围堰的任务分成几段，每个团常委承包一段，并立起了常委责任牌。

挂牌上堤，显示的是一种团队荣誉；立起责任，强化的是一种使命担当。这个常委责任牌后被收入中国人民革命军事博物馆。

第一个上去的连队是步兵第三连。三连是二团的王牌。在对越自卫还击作战中，三连夺下两个高地，坚守69个小时，打退敌人从班到营的17次反扑，被中央军委命名为"坚守英雄连"。今天，老山变成了九江，阵地变成了大堤，他们决心发挥坚守精神，发誓做到旗在人在、人在堤在，一个党员一根桩，一个干部一面旗，一个支部一堵墙。出发前，他们三次向团党委请战，要求打头阵、当尖刀。战斗中，他们把围堰最险段抢到手里。这里江水湍急，暗流奔涌，巨大的漩涡中，近两米长的木桩被一口吞进，近百斤重的麻包投下，瞬间被冲得不见踪影。连长马建斌哪里还顾得上天黑夜暗，带领党员突击队，用拇指粗的绳子拴在腰部，冒着被洪水吞噬的危险，奋不顾身跳入江中，手挽着手摸"龙口"、堵漏洞、打钢桩，手脚被石头划破也全然不顾。

当时决口处有8条沉船，船与船之间形成了很多漩涡，一个漩涡是一个陷阱，人一吸进去就出不来，而且决口的两侧仍在不断出现断陷，情况十分危急。排长刘辉自告奋勇潜到水下去探洞，他把绳子拴在身上，上面有人拉着，并约定遇到危险就摇绳子。当他下到约3米深处，

在决口处奋战

突然一个漏洞吸住了他的左腿，他拼命摇绳子，大家赶紧把他拉上来，这时，刘辉已经呛了好几口江水。一个漏洞堵住了，但船的另一头仍然堵不住，刘辉不听劝阻，冒着危险再次下水。他在水中一点一点摸索，手被石块的棱角划开了一道深深的口子，隐隐露出骨头，鲜血顿时漂红江水，战友们劝他上岸包扎一下，可他一咬牙又跳入激流中。一旁来送水的群众看了直惊叹："解放军，了不得！"

还有一个特殊的兵，论年龄，全连他最大，29岁；论兵龄，他最短，当兵不足1个月；论学历，他最高，硕士研究生；论军衔，他最低，是一条杠的列兵；还是山西长大的旱鸭子。出发前，连队党支部考虑他不谙水性，决定让他留守。他死缠硬磨，硬是挤上了奔向九江的

左：抛铁笼
右：渴

列车。9日下午，连队组织党员突击队下水打桩堵漏，不是突击队员的他再一次不听招呼，跟着要往水下跳，被营长张光敏一把拉住："你不会水，不能下去。"他争辩道："我是党员，我有资格下。"说完就找了根绳子，一头捆在腰间，一头系在船上，不顾一切地跳下水，与突击队员们一起冒着随时被洪水卷走的危险，打下一根根钢桩，接过船上投下的沙袋，从水下往上堆，连续在水中奋战了5个多小时。他就是7月刚分到三连当兵锻炼、人称"贺老师"的硕士研究生贺家红。

　　这支党员突击队共13人，除了连长马建斌、排长刘辉、列兵贺家红和其他9名党员突击队员，还有团长王宏。三连在水中激战的画面，通过中央电视台《焦点访谈》的镜头传遍了全国。

大堤堵口，需要勇气，更需要智慧。9日下午，二营在营长张晓玖的带领下，担负东侧围堰合龙任务。当时江水急、漩涡大，水深超过了3米，官兵们采取了很多办法都无法奏效，百来斤重的麻包投入，打个圈就不见了，推入半吨重的大石块，也是泥牛入海。从来没有抗过这么大洪水、堵过这么大缺口的官兵们一时束手无策。情急之下，有些官兵喊着口号准备手拉手跳进江中，用人墙去堵湍急的江水。一直在指挥二营战斗的魏殿举政委及时制止了这种鲁莽的行为。

在岸堤上，魏政委召集二营营连主官紧急召开"阵前诸葛亮会"，大家你一言我一语，纷纷献计献策。你还别说，"三个臭皮匠"，真能"顶个诸葛亮"。大家分析，石料投下水被冲走，主要原因还是分量太轻，不足以抵挡洪水的冲力，重点是要增加石料的分量。但这么大的石块不好找，也不好搬运。他们想到的是"化零为整"战术，把装料船停在离沉船一米远处，在船舷的一侧垒起约一人高的石墙，听口令一起推入江中，大大提高了单位时间里的投料量。这个办法是五连副班长朱海平提出的，官兵们形象地叫它"倒墙法"。

"倒墙法"的运用，使投石堵漏的效率成倍地提高。但随着围堰慢慢合龙，水流越来越急，"倒墙法"也开始不灵了。

这时，四连连长袁传友又献了一计，很好地解决了这一难题。水冲石跑，就用铁笼把石块关进笼子里。魏殿举立即命令工兵连协同地方的技术人员，火速焊接装石料铁笼，本着既增大体量又利于移动的原则，每个铁笼容量定为3个立方米。官兵们先把空的铁笼放入水中，用粗麻绳把它与沉船连接固定，再集中力量向铁笼里投掷石料、沙包，效果立竿见影。

围堰的缺口慢慢在缩小，江水的流速越来越湍急。推入水的铁笼虽有麻绳连接，还是被急流冲得摇摇晃晃、危如累卵，拴在沉船上的麻绳眼看着要崩断，官兵的心再一次揪了起来。

紧迫状态往往会刺激中枢神经，从而产生意想不到的办法，这就是

奋不顾身，勇堵决口

人们常说的急中生智。官兵们再一次建议："麻绳不行，用钢管！单个不行，用串联！"

二营官兵首先把一艘200多吨的驳船紧急调到龙口前方3米处，抛锚并用缆绳固定，然后用一根根粗缆绳一端拴在铁笼上，另一端固定在船上，按不规则的形状、位置将6个空铁笼抛向龙口，使之相互交叉、相互牵制，再沿堤坝将钢管斜向打入江底，铁笼与铁笼之间用钢管锁扣串联，连成一个不规则摆放的整体。铁笼基本稳固后，官兵们马不停蹄地派人扎上绳子跳入水中，手搬脚踩，用装满沙石和稻谷的麻包，把水中的铁笼填满。在大堤上的江西省水利厅5名水利专家连连称赞："90年代的军人，既有'两不怕'精神，还有科学头脑！"

为了与江水抢时间拼速度，二营官兵真是拼了。最快时，他们只用8分钟就卸完了一船近500吨的石料，把船老大都看呆了，说："这船料，我们十几个人装了两天两夜，你们这么快就卸完了，解放军真是在拼命啊！"

勇士的敢死换来了围堰的新生。至9日14时30分，决口外围洪水就像被卡住了喉咙，只能顺着官兵给他指定的路径冲刷。南京军区前线指挥部高度赞扬，经向陈炳德司令员、方祖岐政委汇报，决定给二团通令嘉奖。

官兵的雄性荷尔蒙更加旺盛，亢奋异常，向中间段围堰发起新一轮的冲锋，块石、沙袋就像雨点一样砸向江中。

风声，雨声，涛声，声声悲壮；

洪水，汗水，血水，水水相融。

战至11日上午，一条长247米、上宽4米、高出水面1.5米的完整围堰，稳稳地横卧在决口外侧，疯狂肆虐的洪魔在英勇顽强的官兵

左：倒墙法
右：跳进洪水堵暗流

面前低下了头。

"就地休息半小时！"政委魏殿举一声令下，官兵们席地而坐，有的背对背互靠，有的依沙袋半卧……更大的战斗在等着他们。

大家这才想起，凌晨 2 点钟开始的战斗，因为构筑围堰到了最后阶段，没有时间停下来吃饭，肚子早已饿得咕咕叫了。这边送上来的饭早已凉了。战士们也不管冷的热的，捧起来就吃。

管理股长胡庆良从怀里摸出一盒还有点余温的水饺，递给了魏殿举，他知道魏殿举是山东人，爱吃面食，这几天在大堤上吃冷饭、硬饭，有时还吃不上饭，胃病肯定又犯了，便特意做了一盒水饺送上来，看他们战斗正酣，就焐在怀里，等战斗一结束就赶紧递上去。恰在这时，王敬喜副军长到二团来看望部队。同是山东人的王副军长，一眼就看到魏殿举手里的水饺，他笑着说："殿举，吃独食啊，你这个小老乡

| 与洪水抢时间

不地道！"魏殿举抬头一看，王敬喜已走到跟前，他知道王副军长也是几天没有吃好饭的，赶紧把手中的水饺递了过去。王副军长叫人找了一个饭盒，每人扒拉了半份。水饺一下肚，精神头马上就来。很多年后，魏殿举对这半盒水饺的味道还是念念不忘。

红军后代铁打的汉。在围堰战斗中，脚下是泛滥成灾的大洪水，头顶却是烘烤如火的炎炎烈日，大堤上的温度持续在40度以上，大家的衣服被汗水洇湿了一次又一次，结出斑斑驳驳的盐霜。热急了，有的官兵用编织袋兜起江水冲头降温，有的干脆跳到浑浊的江水里浸泡一下继

| 勇士舍身探险

续战斗。大家靠吃人丹、喝十滴水硬撑着。每天不断有人中暑晕倒，但没有一个人退下火线。

号称"雷神"的工兵连连长梁坤，因为水性好，成为堵决战斗哪里需要哪里去的"排雷"勇士。10日上午眼看着一段10米长的防洪墙轰然倒下，另一段20多米长的也岌岌可危。他不顾自己正在发低烧的身体，跳入江中查险，半截身子被吸入黑洞，出于本能揪住了身边的一根钢管，才化险为夷。后在副班长丁华忠的帮助下，从洞口两侧不断把麻包、沙袋向洞口叠进，最终堵死漏洞。部队撤下休整时，别人伸手捏他的胳膊，一捏一个深窝，原来是他在水中浸泡时间过长，全身都浮肿了。后来在火线立功大会上，雷鸣球中将亲自为他披红戴花。

本来就有些胖的一机连排长王渊明，因患有急性肾炎，来九江前就全身浮肿，变得更加"胖"了。医生告诉他，急性肾炎不及时治疗就会转成慢性，甚至导致尿毒症，危及生命，必须住院治疗。他返回连队，准备请假收拾东西住院时，部队正好接到开赴九江的命令。是去参加抗洪还是住院治病？他想自己入伍7年，第一次遇到部队参加这样大规模的救灾行动，不去怎么行！他毅然把住院单揣进兜里，随部队出发了。在抗洪一线，他忍受着腰部钻心的疼痛，扛沙包，搬石块，打钢管……由于是肾病，在酷热难耐时，战友们可以一瓶一瓶地灌矿泉水，王渊明却不能，他只能用水润润喉咙，忍受着常人难以忍受的干渴。腰痛、干渴、劳累终于摧垮了他。9日中午，他晕倒在工地上。苏醒后，他仍没有将真实病情告诉连队干部，又像常人一样干了起来。到了10日凌晨1点多钟，他全身发烧，四肢无力，看到堤坝边有一堆露出水面的沙，他慢慢走过去，躺在沙堆上，把大半个身子放在水里，静静地浸泡了半个小时，感觉体温下降了一些，又强打精神回到排里。就这样，他一直坚持到11日下午再次晕倒，被紧急送到九江171医院抢救。医院一位清洁工大妈在替王渊明换洗衣服时，从口袋里发现了医院的诊断书和住院单。老人捧着单子找到王渊明，动情地说："解放军同志，你还这么年轻，得这个病，实在不该来啊。"可躺在病床上的王渊明却不这么想。20 天后出院时，他对战友们说："这次抢险，我最大的遗憾，就是由于身体原因没有和大家战斗到底。"

战士柴晓军，身体比较瘦弱，但不甘示弱，与战友们比着干。11 日那天他出现恶心、头昏、发低烧，一天只吃了一个包子。傍晚时分，他昏倒在抢险现场，被战友们抬下去输液。第二天一早，他又出现在大堤上。由于身体太虚弱，下午再一次中暑晕倒。苏醒后，他不顾连队干部和战友们的劝阻，继续在一线作业。14 日中午，柴晓军又一次中暑，躺倒在大坝上，几名前来送水送饭的妇女急忙围上来，有的扯起编织袋为他遮阳，有的拿着草帽为他扇风，还有一位边为他刮痧边哭着说："还是个孩子呢，为我们九江人累成了这样……"柴晓军醒过来后挣脱大家的手，又冲上去扛沙包。

苦痛压不倒，危险抢着上。副班长张峰在搬石料时，左手大拇指指甲盖被掀掉，满手是血，十指连心哪！但张峰只顾搬石块，没有皱一下眉头，绝对的硬汉子！排长钟明，眼睛高度近视，夜间走路十分不便，但干起来活来也是不要命，扛着沙包不停地摔跟斗，双腿被摔得伤痕累累，不管教导员卢修鑫怎么命令，他就是不愿离开。新战士王刚，体重不到 50 公斤，在洪水中 3 次被冲倒，又 3 次从急流中爬起来，鞋子被水冲跑了，他就索性光着脚扛沙包，3 个小时下来，他脚板上磨出 5 个大血泡，鲜血淋淋，还是不肯下火线。

后来九江军分区的马政委逢人就说："这个部队无论干部、战士，无论老兵、新兵，个个都是好样的，真是不一样！"

3. 三军联手降"蛟龙"

8 月 8 日夜，一架伊尔 –76 大型运输机由北方向九江飞来。北京军区第 27 集团军副军长俞海森少将率领一支 222 人的抗洪技术分队，奉

激流勇士

命前来参加堵口决战。

　　这个集团军，是一支传奇的部队，拥有许世友、聂凤智等传奇式的名将，"潍县团""济南第一团"等传奇式的团队，在攻潍县、打济南、战上海时打过许多著名的战役战斗，在朝鲜战场上，以劣势装备全歼美军王牌陆战一师一个加强团。

　　在和平年代的抗洪斗争中，这支传奇的部队创造了新的传奇：他们发明的堵口"杀手锏"——钢木土石组合坝封堵技术，先后在1996年8月河北饶阳和1998年7月湖南安乡两次河堤堵决战斗中大显神威。

　　传统的堵口大多采用沉船沉物、抛投物料等方法，由于物料在水中的稳定性差，容易被激流冲走，不仅浪费物料，而且延误时间。该集团军官兵在抗洪抢险实践中，根据动力学和工程学原理，采用三维钢木框架集拢土石料形成堵口创堤，并运用织物土石做防渗体，从而形成有综合抗力和防渗力的防护堤坝。这项技术先后荣获国家科技进步二等奖、全军科技进步一等奖。

在九江堵口的关键之际，国家防总和中央军委亲自点兵，命令第27集团军的工兵专业分队协助南京军区部队封堵决口。

沙场秋点兵，万里赴戎机。

一下飞机，俞海森没有去九江军分区为他安排好的招待所，执意与机关人员直接驱车乘舟赶到决口。在现场，俞副军长看到，由于洪流的强烈冲击，决口已扩展到 60 米左右，且决口两端坝体松软，虽有围堰缓冲，但决口仍在不断塌陷扩展，险情依然万分危急。俞副军长当机立断，迅速与机关人员商定了"固坝头—设框架—填石料"的科学堵口方

| 搭铁架

案。在向江西省委舒惠国书记和南京军区董万瑞副司令员汇报后，两位领导一致表示："俞副军长，技术你懂，就按你的方案办！"

9日8时30分，封堵技术部队按预定方案，分成植钢桩、打木桩、固定、运料4个小组，在决口两端同时展开作业，他们先用钢架、木桩锁住两端老坝头，使决口不再扩大，并使老坝头成为作业平台起点，开始从东西两个方向对向作业。激流中，4排钢架和3排木桩从决口两端艰难地向中间推进。

在浊浪滔滔的决口，要将10米长的木桩与钢架成三角形打入坝基，难度可想而知。决口处人员密集、钢架林立，挥锤极易伤到人，只能用自行研制的重达150斤的夯头，4人一组往下击打。一时间，决口处，号子此起彼伏，夯头上下扬飞。

时间就是效率，时间就是胜利。为了争分夺秒抢时间，他们昼夜不停，一干就是24小时。虽然戴着手套，战士们的双手还是都磨出了血泡，有的虎口被震裂。俗话说，人无过头力。在水中夯击高人一头的木桩，夯击十来下后，再壮的小伙子也会臂酸手麻。

指导员葛绍翰把打夯的战士分成两组，实施车轮战，第一组打完，第二组接着上，人换夯不停。越往决口中间水越深，腰间捆着麻绳的战士也站立不稳。葛绍翰将党员集中起来，绑上绳索，跳到水中，搭成人梯，让打夯的战友站在肩上打桩。站在上面的战士"一二""一二"地喊着号子，每使一次劲，都震得搭人梯的战士浑身发麻、身子下沉。一方面要承受上面战友的重量、夯击木桩的震力，另一方面还要防止倒下钢管的砸击，甚至被洪水冲走。就这样，党员们以钢铁之躯，托举着打夯的战友分毫不差地打下了200多根木桩。

激战中，意想不到的险情接踵而至。9日15时，大堤右侧防墙再次发生塌陷，两块6米长的水泥防洪板被拉裂，固定的坝头面临松脱的危险。坝头着力处一旦冲塌，整个框架会随之散架。官兵们冒着被冲走的危险，将钢木框架结构向决口两端各延长20米，并在两端坝头外加筑堰堤，使坝体稳固下来。10日上午11时，就在钢木框架即将合龙之际，突发坝体沉降险情，10余个锁扣脱钩，数十根钢管倾斜。连长张国兴沉着冷静，带领战士们采用四周承力、相互支撑的办法，在框架内侧增加斜撑，并在钢木框架上增焊护管，有效地确保了框架稳健牢固。

钢木框架锁"蛟龙"，新型技术建功勋。激战29个小时后，一座钢木结构的框架把决口与两边坝体紧紧连接在一起。有了钢架，再添上土石，"钢木土石组合坝"就形成了。用这一新技术筑起的大坝，能抗十级风浪，能锁万丈狂澜。

军委调奇兵，堵决显神威。第27集团军抗洪专业分队用精湛的技术和勇敢的精神，在激流中搭起了一个大舞台。接下来的大戏又轮到步兵第1师和武警93师来唱了。

武警93师先派253团上场，这个团也是一支劲旅。前身是第三野战军第十兵团第29军85师253团，于1945年10月在山东省莒五县组建。解放战争初期历经苏中战役、东台防御战、盐城保卫战等，华中主力北撤离山东后，坚持苏中、苏北敌后斗争。而后参加了盐城、涟水、淮海、渡江、上海、福州、漳厦等战役，先后涌现出160多个英模单位和功臣模范，五连和二连分别被华东军区授予"大嶝岛战斗模范连"和"泰安战斗模范连"称号。1950年参加金门之战损失惨重，几经调整归入步兵第93师建制。1985—1987年，该部积极响应党中央、中央军委号召，参加援建福马公路鼓山隧道施工，官兵们奋战900个日日夜夜，建成当时全国最长的双向公路隧道，任务完成出色，时任中央军委主席邓小平签署命令给该部队记集体一等功。1996年10月，该团转隶武警部队建制。

他们一到九江，就打出了"有我忠诚卫士在，九江人民请放心"的大标语。

根据抗洪抢险指挥部的分工，步兵第1师官兵从西往东打，武警253团加强师工兵营、侦察连由东往向西打。九江大堤上，一场封堵决

钢木土石组合坝初见成效

口的"擂台赛"就此打响。两支英雄部队的近3000名官兵，如两群猛虎下山，从一开始就达到白热化程度，呼号声一声高过一声，勇猛到了极致，激烈到了顶点。

西坝头上，由第1集团军朱文泉、王敬喜两位将军挂帅。只见朱军长双脚站在决口上方钢架的钢管上，双手抓住钢管俯身指挥。在堵决口的过程中，年过半百的朱军长以这个姿势站了整整10个小时。脸与胳膊都被晒黑晒肿了，唯有左手腕有一圈白色，那是烈日烫下的手表印记，一黑一白，给朱军长的指挥生涯留下了抹不去的记忆。王副军长上堤三天四夜，一直站在最前线，因疲劳过度感冒发烧，人瘦了整整一圈。地方领导劝他下来，他坚决不肯："决口一刻不堵好，我一刻不下

51

指挥台。"

面对被关进笼子的洪魔，官兵们排成两列，扯开嗓子吼起来，这声音，似惊雷，响彻云霄，似战鼓，催人奋进。一个个装满碎石的编织袋，少说也有百来斤，到了战士手中似乎变得轻飘飘的，翻飞腾跃、接力传递，令人目不暇接。站在水中的 12 名壮士，光着膀子，不断从岸上接过编织袋，一包包、一层层地垒起来。王宏团长和魏殿举政委举着喇叭、喊着号子给官兵们加油助威。

东坝头上，满脸泥水的武警官兵们在师长黄谱忠大校的指挥下，背着碎石袋，喊着号子轮番跃向决口。烈日下，战士们身上的迷彩服，早已成了"泥"彩服。有的索性脱掉衣服，饱绽的肌肉充满了雄性的美。

| 铜墙铁壁

　　武警 93 师黄谱忠师长是江西丰城人，还是九江的女婿。7 月底奉命带领 1200 名官兵赶赴九江，80 多岁的老岳母住在十里转盘，近在咫尺，他硬是抽不出时间去看望，带领部队在大堤上全力冲刺。在黄师长的心里，保卫九江，就是保卫家乡，保卫岳母。

　　说起自己带过来的勇士们，黄谱忠充满骄傲，说他们身上有不怕苦、不怕累、不怕脏、不怕死的"四不怕"精神。二营营长刘志敏患十二指肠溃疡，因部队到九江以来连续战斗过度疲劳而晕倒，当听到城防大堤决口的消息后，正在输液的他当即翻身跳起，拔掉针头，拿起电话向"前指"请求参战。五连排长于鹏军，连续 20 多个小时抢锤打桩，一共打坏了 50 个榔头，1.2 米长的榔头柄只剩下 30 厘米。由于长时间抢锤，双手发抖，吃饭时筷子握不住，拿了又掉，掉了又拿，最后没办法，干脆双手捧着饭盒直接用嘴咬，弄得满脸都是菜汁饭粒。这一幕恰巧被走来的黄谱忠看到，顿时湿了眼眶。司务长朱云松更是无惧无畏，为了不使沙袋被水冲走，他叫人用绳子绑在腰间，两手抱一袋，两腿再夹一袋，连人带料一起沉下去，送到位。一个巨大的漩涡把他吸住，战友们拼命拽住绳子，足足与死神对峙了一分多钟。因用力过大，绳索被拉断，刚刚被拉出水面的朱云松又被漩涡卷走，幸亏他抓住一根木桩，才幸免于难。上岸后，朱云松腰间的绳索深深勒入了血肉中。将勇兵强，虽然黄谱忠才带来 1200 名官兵，但在九江大堤上无坚不摧，战功赫赫。

　　无巧不成书，大坝东西两个方向的指挥官曾是同一个战壕的老战友。当年，朱文泉在任职陆军第 31 集团军参谋长时，黄谱忠就是副参谋长。朱军长隔着决口喊："老黄啊，我们在这里见面不容易啊，你的兵少，我派一个团过去帮帮你运料吧！""朱军长，谢谢啦，还是按指挥部的决定办吧。"两位指挥官的一问一答，诙谐风趣，大将风度。

　　决战时分，祖籍浙江新昌的香港凤凰卫视记者吴小莉来到大堤，准备采访抗洪前线总指挥董万瑞副司令员，可将军有个规定，抗洪期间不接受采访。后来，听说吴小莉从早上到现在还没有吃饭，便叫《人民前线》报记者范钦尧请他到指挥部吃方便面。其间，董副司令员给吴小莉讲了两个抗洪官兵的故事，感动得吴小莉两眼泪汪汪，妆容全花了。将军对她说："香港同胞不是认为驻港部队官兵都是经过挑选的吗？你可以看一看，我们这里的士兵哪一个不是同样很优秀？"后来听说，吴小莉在做《真情面对——'98抗洪图》的访谈节目时，节目录制了10个小时，她流了10小时的眼泪。

　　九江长江决口合龙会战现场，坝上战旗挡住了烈日、号子声盖住了江涛。远远望去，简直就是旗帜的山峰、士兵的海洋。经过上万抗洪大军五天五夜的拼死搏斗，被洪水冲决的九江长江大堤正被"钢木框架＋填充石料"一步一步收复失地。

　　12日16时25分，正对决口的沉船煤堆上临时搭起的指挥台上，江西省委副书记、常务副省长黄智权一字一顿地大声宣布："大坝合龙截流现在开始！"

　　此时，战斗已快进至中间线，董副司令员看到对面武警部队的任务还有十三四米，命令一师部队继续向前推进8米。听说可以越过中间线继续战斗，官兵们更是情绪高涨、气势如虹。

　　部队作战，旗在人在，阵地在哪里，旗帜就插到哪里。武警部队的两名战士看到红军团的旗帜插上了原来属于他们的阵地，就过来交涉，他们并不知道抗洪前线指挥部已命令红军团继续往前推进，为此两支不同服装的兄弟部队之间闹了一些不愉快。荣誉是军人的第二生命。当时大家都"杀"红了眼，在这种时候谁也不想当"孬种"。

　　缺口越填越小，江水越流越急，从铁笼间隙中喷出，像瀑布一样狂泻。钢木组合坝被江水冲得嘎嘎直响，固定在船上的钢管锁扣随时有崩裂的危险。千钧一发之际，突击队员们纷纷跳入水中，用身体、肩膀顶住组合坝的主体。负责摄影的宣传干事刘士斌用相机定格了这个瞬间。这幅《生命之堤》，首登于《解放军报》1998年8月20日第一版，荣获中国第八届国际摄影艺术展大奖，成为'98抗洪的标志性摄影作品。

让我们再来认识一下这张照片上的英雄，他们从左至右分别是：连长潘劲、战士林罗华、司务长吕晓鹏、指导员邱在文、副指导员刘桂明、副连长汪业成、排长刘辉⋯⋯

为有牺牲多壮志，敢教日月换新天。

最后时刻，几名战士猫着腰钻到钢木组合大坝中央2米左右深的桥板下，仔细地把最后几包礓石沙袋整整齐齐地填进决口。

此时为8月12日18时30分，历史将铭记这一刻。从7日14时10分溃堤决口，到12日18时30分决口封闭，124个小时零20分钟，九江城从"命悬一线"的危险境地被人民子弟兵硬生生地拉了回来。

俞海森从坝体东头走到西头，认真检查完毕后，向舒惠国书记和董万瑞副司令员报告："堵口合龙成功！"

| 合龙在即

| 生命之堤

晚霞辉映的会战现场，堤上官兵雀跃欢腾，岸下深潭鱼跃龙门。官兵齐声唱起了《团结就是力量》："团结就是力量／团结就是力量／这力量是铁／这力量是钢／比铁还硬／比钢还强……"

"世界第三大河流长江决了口，仅用五天五夜时间就堵上了，不能不说是一个奇迹。而创造这样一个奇迹，竟然没有死一人，这更是奇迹中的奇迹。" 77 岁的许杰夫老人先后经历了 1931 年、1954 年等 7 次特大洪水。1954 年许老是九江市副市长、市防洪指挥部总指挥。他将 1954 年的抗洪与 1998 年的抗洪作比较时，感慨万千，由衷赞言。

决口抢险指挥部总顾问、国家水利部副部长张春园评价说："这次长江九江大堤决口，是长江第一口，决口封堵成功，在我们国家水利史上是个奇迹，在世界水利史上也是空前的。解放军指战员用血肉之躯筑起的大坝，达到了严丝合缝、滴水不漏的水平。"

火辣辣的太阳收尽最后一抹余晖，长江洪流收起了狰狞的面孔，按照既定的河道继续东流奔腾。

4. "愚公" 衔泥筑新堤

夜幕初降，月映江面。

14 日 18 时 30 分，正在指挥部队抛土闭气的王宏、魏殿举，听到高音喇叭上呼点自己，便疾步向指挥部走来。看着两员爱将紫铜色脸上满是煤灰和汗珠，董万瑞眼含热泪、几度哽咽。

这是一场怎样的战斗啊！决口处几千将士在身后万千军民的支持下，与时间赛跑，与洪水角力，自从上了大堤几乎没有合过眼，实在受不了就地躺在煤堆里眯一会儿；一天喝下去十几瓶矿泉水，也拉不出几滴尿；近 40 摄氏度的高温下为了不中暑，藿香正气水两三瓶连着喝……在临时救护所的登记表上，有这么一组血染的数字：1200 多人手上打了血泡磨破了手指，7 人砸掉指甲，187 人烂裆，292 人烂脚，374 人皮肤生了红斑，28 人脚和手受伤，420 人口腔溃烂，89 人因流汗过多缺盐身上浮肿，56 人次中暑晕倒，又跑回大堤……而这仅仅是一个团的统计。

这就是人民的子弟兵！

这就是不屈的英雄团！

"部队下去休整！"董万瑞副司令员的话短促有力，没有过多的铺垫和抒情。他知道，此时部队最需要的是休息，6 个昼夜的奋战使全团官兵几乎都达到了生理极限。11 日上午，当围堰成功合龙时，董万瑞曾经也考虑二团官兵极度疲乏，准备换一支部队上。"不获全胜，决不收兵！"王宏、魏殿举的回答沉着和坚定，并当场立下军令状。

董万瑞从心底相信这对骁勇善战的虎将，相信这支英雄辈出的刀尖子部队，重重地点了一下头。这个点头既是信任，更多的是期望。现在当他再次看到他们欲言而止的神情，董副司令员心头的千言万语，全被泪水凝噎，他知道他们俩想表达什么，没等他们开口，就坚定地朝他们挥了挥手。

接替任务的是与二团一墙之隔，同是红军团、百将团的三团，加上其他后续部队，任务是加固围堰、填土闭气、构筑新堤，这个任务同样十分艰巨。因为自 8 月 11 日到达九江始，三团一直在运送石料、围堰堵漏，并没有休整的时机，官兵同样是极度疲惫。

同样是英雄团，又同在核心地段，但打的一直是支援战，全团上下都憋了一口气，听说要直接顶到前面当主力，2000 余名官兵嗷嗷叫地往前冲。

群雁高飞靠头雁，船载万斤靠舵人。如果说二团的常委班子是一个"功臣班子"，三团的班子则是一个"打仗班子"，"头雁"都打过仗，团长蒋忠良 1979 年、1984 年两上前线，政委吴惠芳也经历过边境战火的洗礼，又是一对虎将。

其实临出发前，官兵们已经得知团队将被撤并，何去何从考验着每

艰难爬坡

个人的内心。得知上级仍然把三团当主力派往九江执行任务，吴惠芳政委首先统一"一班人"的思想，要求团常委带头服从大局，搁置个人去留顾虑，把执行抗洪抢险任务作为"收官之战"，打出"老三团"的威风。他在全团开展"撤并走留听党的，抗洪抢险看我的"教育讨论，号召官兵自觉在急难险重任务中检验作风、锤炼党性。

赤橙黄绿青蓝紫，谁持彩练当空舞。绿色的士兵群，白色的沙石袋，各色的支前群众，构成了一幅奋进的音舞诗画。

大堤外，数不清的船只，满载石料而来，顷刻间被卸得空空荡荡。下一批船又破浪而来，空船而归……整个大堤上，灯火通明，机船轰鸣，人头攒动，除了沙袋就是士兵，兵员之密集堪称"世界之最"。

决口虽然堵住了，决战依然在持续。朱文泉少将决定将集团军指挥部继续留在工地，与王敬喜、高武生两个老搭档继续坚守大堤现场指挥。集团军指挥员如此，师团指挥员更是全部在一线，与战士们同吃同干。

| 敢死队员

　　为了更好地保证筑堤质量，王敬喜副军长把集团军赴九江部队中10多名工程、建筑系毕业的军官集中起来，成立筑堤质量攻关小组，会同5名国家防总专家，加强对新堤构筑质量的指导和把关。3000多名官兵把心血浇进沙石，汗水注入大堤，连续3个昼夜赶筑新堤。专家估算，这条新堤土石方在3万方以上，相当于一座小山的重量。这一方方、一袋袋，可都是从青春的肩膀上运来的，战士们用坚毅的行动当了一回"新愚公"。

　　15日清晨，送早饭到大堤的群众惊喜地发现，决口处巍然耸立了一道长150米、底宽25米、顶宽4米、高度11米、坡比1:3的新城防大堤。爱美的战士们如同整理内务，用背包带拉起了"墨线"，把沙袋砌得整整齐齐。大堤在耀眼的阳光照射下雪白锃亮，编织袋上找不到一个香烟头，有的袋子上沾上了土，战士们上去用手抹得干干净净。整条新堤，像一座巨型的象牙雕刻的工艺品，映照着勇士们的笑脸。

堵口施工正在紧张进行，送一桶水上去都很困难

　　长江长，"长城"更长；洪魔强，"红军"更强！

　　上午9时，张春园副部长、黄智权副省长，在部队首长的陪同下，率领国家水利部、江西省水利厅的专家组联合对大堤工程进行全面验收。

　　长江洪峰连着洪峰，大堤激战连着激战。

　　为巩固堵口新坝、抵御新的洪峰袭击。8月15日，陆军第31集团军林炳尧军长带着86师6000余名官兵赶到了，他们的任务是在决口封堵处将洪水冲击古河道形成的约6900平方米的深塘填平，并沿九江水泥造船厂一线构筑第三道450米长的围堰防洪堤。

　　步兵第86师是全军应急机动作战部队，具有很强的机动力和战斗力。其前身为1945年8月组建的山东军区第4师。解放战争时期该师参加了鲁南、莱芜、孟良崮、洛阳、豫东、淮海、渡江、上海等重要战役战斗，歼敌6万余人，是第三野战军的主力师。1950年11月随军入朝作战，参加第二、第四和第五次战役。1952年6月回国，驻防山东。

1961 年 1 月被中央军委确定为全军首批 10 个战备值班师之一，1962 年参加东南沿海紧急战备行动，1967 年 7 月入赣执行"三支两军"任务。1985 年，整编为陆军第 31 集团军步兵第 86 师。

两顶军用帐篷在沉船上一支，就成了他们的临时指挥所。

又是 5 个昼夜的风餐露宿。官兵们一批一批轮换，一天三班倒着干，可无论是哪一批，无论是白天还是深夜，工地上总能看到林炳尧忙碌的身影。每到深夜，看到军长帐篷里彻夜长明的灯光，战士们的劲头十足。集团军王健副政委、吴昌德主任和师长朱光泉、政委马跃征则扛起沙包，走进了士兵的队伍里。

将不畏死，兵不惜命。将军们无声的行动，化作士兵们排山倒海的力量。

移土填塘，最需要大型工程机械。16 日，被誉为"水电雄师"的武警水电第二总队，自带 10 辆 15 吨自卸车、3 辆反铲车、1 辆装载车和 8 辆翻斗车，加入了填塘大会战，一下子缓解了土石料供应跟不上的紧张局面。

在第 6 次洪峰到来之前，抢险部队圆满完成突击任务，官兵们用双手搬运土石 2 万多方，垒筑土包 65 万余包。86 师打了一场硬仗。

英雄的部队英雄的兵，在人民利益受到威胁的时候，无论是跨区驰援的第 1 集团军、第 27 集团军、第 31 集团军和武警机动 93 师，还是本土作战的江西省军区、武警江西总队、九江军分区，每一个部队都交出了响当当的答卷！

21 日上午 9 时许，九江城防大堤决口抢险工地上，军旗猎猎，场面恢宏。张春园再一次高声宣布："九江长江大堤 4-5 号闸决口处填塘固堤暨第三道防洪堤构筑工程圆满竣工，全部达到优质工程标准。"顿时，场上近万名官兵和群众爆发出雷鸣般的掌声和欢呼声。

至此，九江长江大堤决口处的大决战，经历了"沉船堵口—抢筑围堰—封堵决口—修筑新坝—堵塘固基"5 个阶段，历时 15 天，终于画上了圆满的句号。

人间奇迹在九江大堤上诞生,这是中国军民用热血和智慧联手创造的。

"90 年代的兵,同样能打大仗打硬仗!"陈炳德中将在听到这一喜讯后,自豪地说,"今天,我们的部队能创造封堵长江大决口的奇迹,明天,我们的战士就一定能打赢高科技条件下的局部战争!"这是将军的结论,更是人民的结论、历史的结论!

第三章　守望相助

- ● 风在吼，雨在下，洪水在咆哮。
- ● 险象环生，四面出击。
- ● 京九保卫战，江新洲大营救，阻击龙开河。
- ● 在滔滔洪水中架起生命之桥。

1. 冲不垮的京九线

一线穿南北，千里只等闲。

在中国，没有哪一条铁路像京九铁路那样受人瞩目，全长 2500 多公里的京九铁路就像一条巨龙，北起京城，南至深圳，连接香港九龙，跨越 9 个省级行政区、103 个市县，在东经 115 度线上托起祖国经济腾飞的梦想，被誉为 20 世纪我国最伟大的铁路工程之一。

可是，1998 年的夏天，长江洪峰卷起的激流狂澜，一次又一次地扑向这条经济大动脉，妄图扯断这条生命线，毁灭沿线上亿人民的经济梦想。此时，京九线正面临着 1996 年 9 月 1 日全线通车以来最严峻的威胁。

京九铁路不仅关系到沿线的经济民生，又有国际声誉影响的政治考量。

6 月 25 日夜间，狂风暴雨将碗口粗的大树刮倒。永修县小河圩脱坡！6 公里长的圩堤不仅护卫着 3000 多亩农田，还和郭东堤一起，护卫着千里京九线的安全。

抢险队员们冒雨奋战，经过 7 个多小时的苦斗，圩堤终于转危为安。

险情此起彼伏。26 日晚上，一条长 20 多米的裂缝，再一次召来 1000 多个抢险的人。险情又被排除了。

不甘被驯服的山洪，窜至德安和永修之间奔涌呼啸！

顶着夏日的骄阳，铁路巡道工白印根和往常一样沿着锃亮的路轨朝前走，他锐利的双眼注视着每一条钢轨、每一根枕木、每一颗道钉、每一粒石子。这段时间，暴雨和山洪不断冲刷路基，铁路上常有险情，他必须格外认真和细心。

人们通常担心的事总是会不期而来。当巡查到南昌北 1434 公里 +800 米处时，白印根大吃了一惊：这里的铁道路基在洪水的冲刷下，向前滑陷达 30 多米。

路两侧已是一片汪洋，山洪冲走了路基的泥沙碎石，京九铁轨线像一排脊梁，架空悬在坡面上。

白印根又急又怕，京九线的列车运行排得很满，每隔几分钟就有一趟列车经过，他必须飞速向工区报告。可是此时，轰隆轰隆的车轮声由远而近，他必须先拦截呼啸而来的列车。京九线是复线铁路，他就一个人，急得满头大汗。

正在这时，铁路边过来一个当地的菜农。白印根要他朝南飞奔，去阻拦上行线的列车。他自己朝下行线跑去，拦截由北向南的列车。

两个人分开不久，由深圳开往北京的 106 次列车就飞驰而至。这名叫徐龙子的菜农迎着黑压压的车头拼命地挥动双手，司机一个紧急制动，拉了死闸，可带着巨大惯性的列车并没有马上停下，前四节车厢冲过了下陷地段，后面的十几节车厢却没能通过，沉重的车体正好压在了出险处，本来就不堪重负的路基塌陷得更严重了。

6 月 29 日 9 时 27 分，京九铁路中断了！

警报骤然拉响。南昌铁路局的抢险工人和空军、武警官兵 1000 多人迅速赶到。

抬道、填石、固基，一车一车的石料投入路基。奋战 5 个小时后，上行线抢通了。

接下来的行动却没有那么顺利，洪水冲毁的路段主要在下行线一侧，抢修需要大量的土石方。南昌铁路局向鹰潭大修段紧急求援，第二天上午鹰潭大修段派出一支抢险队，并带来了一列满载片石的货列。运石车刚停下，一位叫于东阳的民工就跳下车去打开车门，准备卸石。就在这个瞬间，从广州开往青岛的60次快客从上行线通过，由于路基不实，列车的震动使上行线路基再次塌陷。于东阳还没反应过来，就随塌陷的路基一起埋进了洪流之中，转眼间就没了踪影。

正在抢险的官兵和群众，眼睁睁地看着于东阳被洪水卷走。当时，边上并没有备用的冲锋舟，两名武警战士腰部拴上绳子，冒着生命危险到洪水中全力搜救，终因洪水浑浊无功而返。

| 堵口之战

一个普通民工的生命，从此搭上了京九铁路永不停息的旅程。

30 日上午 10 时 46 分，京九铁路再次中断。

南昌铁路场段领导、工人和技术人员一起商议临时应急方案，决定先采用将几根铁轨扣为一体、嵌入枕木底下的扣轨法架起轨线，再用马蹄圆钢和螺栓将钢轨和枕木固定起来的吊轨法加固线路。密集的钢轨架起了悬空的线路，滞留了多时的列车缓缓通过抢险工地。

而此时，下行线还在洪水里浸泡着。近 10 米高的路基淹没了一半，30 多米长的一段堤坡坍塌了。4 个车皮的片石抛下去犹如泥牛入海。

关键时刻，武警江西总队三支队 1000 名官兵，在支队长尹佳勋、政委朱孟超的率领下赶来了。骄阳下，构筑围堰的抢险大军有的装土、有的运输、有的抛石。劳动的号子声喊成一片，这场景感动了每一趟列

| 团结就是力量

车的旅客，他们纷纷从窗户里伸出头来，向洪水中的劳动者致敬、鼓掌！

深夜 11 时 15 分，下行线终于修复。

抢险人们长吁一口气，因为再过 45 分钟，就要迎来香港回归一周年纪念日。在这个重要的日子里，连接北京和香港的大动脉无论如何不能断！

南来北往的列车，又一次飞驰在冲不垮的京九线上。

再把镜头转向暴雨夹击中的德安县。7 月 25 日，8000 米长的附城联圩经不住洪峰和暴雨的冲击，导致堤坝再次漫顶决口！

决口距京九铁路只有 30 米！洪水挟带着泥沙和漩涡直扑京九线。

30 米，只是几分钟的事。闻讯而来的胡元斌县长立即调集 3000 名抢险队员冒死抢堵决口，用赤心和臂膀组成的人墙挡住洪水。县委书记邓太火率领县直机关的 2000 名男女老少抢筑第二道防线。

5 天后，以 15.8 万只草包、18.4 万立方沙土的代价，换取了一条 1800 米长、1.7 米高的新坝，京九线再一次渡过险关。

就在此时，紧靠京九线的共青城护堤——金湖堤，也拉响了警报。

共青城位于庐山南麓、鄱阳湖之滨，是我国唯一一座因共青团得名的城市。1955 年，来自上海的第一批志愿青年来到这里开垦荒地。他们披荆斩棘开荒造田，用热血和青春书写了壮美的诗篇。当时的团中央书记胡耀邦专程从北京来看望他们，因为现场没有毛笔，胡耀邦就用筷子夹着棉花，写下了"共青社"三个大字。从此，这座城与胡耀邦结下了不解之缘。1985 年，已任中共中央总书记的胡耀邦再次来到这里，接见垦荒队员，并再次题词，把"共青社"改成了"共青城"。

1990 年 12 月 5 日，根据自己的遗愿，胡耀邦的骨灰被永久安放在这里。陵园坐落在城市的东北角，门两旁是胡耀邦手书的鎏金对联：

"心在人民原无论大事小事，利归天下何必争多得少得"。它远离城市的喧嚣，宁静而祥和。

肆虐的洪水，并没有放过这里。金湖堤危急，共青城临险。共青城开发区党委向 3 万抗洪大军再次发出动员令："严防死守金湖堤！无论如何，不能让洪水打扰到胡耀邦总书记在此安息的灵魂。"防汛指挥部将 8400 米的圩堤分成 4 个责任段，上下一心，联防共守。各级领导与抢险队员昼夜值班，同甘共苦。

正在全国各地跑供销的共青羽绒厂的 80 多个销售员，得知金湖堤危急的消息，从全国各地赶回共青城守护家园，保卫京九线。

与德安毗邻的永修县也正处于修水和鄱阳湖水的夹击中。7 月 26 日，护卫郭东圩的外圩小河圩溃决；7 月 31 日，保卫永修万顷良田的立新圩、三角圩决口；8 月 1 日，东风圩也轰然坍塌。

一道又一道的圩道被洪水突破。

望着白茫茫的洪水，永修县委书记熊才水和县长程利民欲哭无泪。乡亲们失去家园的号啕哭声，更是像刀一样割着他们的心。

为了确保京九线的安全，全县把绝大部分劳力和防汛物资集中到紧挨着铁路的永北圩和郭东圩了，远道赶来的上千名解放军、武警官兵也把主战场设在这两条堤上。

舍卒保帅，那是一种痛苦的抉择。

立新圩、三角圩、东风圩是永修的三条大圩。三条圩一倒，10 万人无家可归，40 多万亩良田绝收，几千个鱼塘的鱼全跑光了。对于靠天吃饭的永修人来说，这几乎是一次毁灭性打击。

"要翻身，得拼死干上几年！"熊才水书记说。

牺牲这一切，为的是确保 9.1 公里长的郭东圩和 24 公里长的永北圩安全。死保郭东圩和永北圩的唯一目标，就是确保京九铁路线的畅通。

舍小家，为大家；识大体，顾大局。为了京九线，永修人舍弃了家园。

而这边，由于外圩小河圩的失守，郭东圩也处于风雨飘摇之中。许多人都记得 1985 年那场悲剧，那一次水虽没有现在这么大，但这条旱土隔堤决了口，洪水冲毁了铁路路基，冲得铁轨拧着麻花，迫使南浔（南昌至九江）铁路中断了 18 天。

这段铁路现已经成为京九铁路的一部分。历史的悲剧绝不允许在这里重演。

军民携手护京九，钢铁意志保畅通。农民、工人、干部，解放军、武警、民兵，圩堤上人声鼎沸，抢险的队伍增加到 2 万多人。

而另一边，京九铁路线的列车从郭东圩边飞驰而过，许多旅客在车窗里向抢险的人们挥手。他们看见了解放军悬挂的醒目标语：严防死守，人在堤在！

2. 洪水中驶来生命之舟

接连不断的特大暴雨，让九江城区周边的几个县到处是汪洋泽国。灾情尤以倚江傍湖的都昌、彭泽、湖口为甚。罕见的暴雨没日没夜地浇，大片良田被洪水淹没，成排房屋被洪水冲倒，人们从低处被逼向山头，广大灾民处于洪魔的包围之中急盼救助。

江苏省军区某舟桥旅接到命令：火速派部队去九江执行抗洪抢险任务。

洪水滔滔，正是舟桥部队大显身手的时候。

第一个去抢任务的是副旅长朱克富。他找到旅长、政委，诚恳地要求把这项任务交给他。旅长、政委考虑到前几天他爱人右手中指被洗衣机绞断，刚做完再植手术，生活尚不能自理，小孩因初中升高中需要转校，难以离得开，就没有同意他的要求。

转移被困群众

　　朱克富说："我爱人和小孩的事，已经拜托邻居帮助照料，组织上尽管放心。个人的事再大也是小事，人民的事哪一件都马虎不得！"

　　在他的再三请求下，旅党委同意由朱克富带领舟桥二营180名官兵、12辆军车、6艘冲锋舟、3只橡皮艇紧急赶往九江。

　　深夜12点，隆隆的车队匆匆驶出安徽繁昌驻地，向着千里之外的九江沿江急驰。7月27日凌晨，由朱克富和舟桥二营营长柏正荣、教导员顾君洪率领的舟桥抢险突击队，经摩托化行军15小时，抵达九江灾区。

　　部队开到灾区后，迅速与防汛指挥所、当地人武部以及气象、交通等部门取得了联系，及时准确地掌握了汛情、灾情、险情。朱克富将舟桥二营分成水、陆两路，水上抢险突击队由教导员顾君洪率领，携6艘冲锋舟、3只橡皮艇，负责都昌、彭泽、湖口方向；陆上抢险突击队由自己率领，则向彭泽县境内的芳湖、太泊湖、芙蓉墩、五联闸等地奔去。

面对大片被淹的农田，面对恐慌求助的灾民，舟桥营的官兵们一个个心情沉重，一种义不容辞的责任感和使命感油然而生。

7月30日下午5时，正在彭泽县五联大堤和茅店大堤抢险的二营官兵，接到赴都昌县营救被洪水围困灾民的任务后，教导员顾君洪立即带领30名水上突击队员连夜赶赴都昌。

都昌县濒临鄱阳湖，湖滨一带地势低洼，每一次鄱阳湖水患发生，都昌都是首当其冲。水上突击队赶到时，都昌县已是浊水滔天，32个乡镇中有22个被淹，离湖最近的周溪镇所有的农田、房屋浸泡在洪水里，几乎全军覆没。有些地方只露出屋顶和树梢，水上到处漂浮着被毁农家的屋梁、家具、衣物和家畜的尸体，看了让人心碎，目不忍睹。官兵们被这个惨状震撼到了，他们奋不顾身地投入到抢救受灾群众的战斗。

冲锋舟和橡皮艇在洪水上行驶，危险重重。藏伏在水下的树木、屋顶和通讯、输电线路，随时都可能导致冲锋舟船翻人亡。然而，官兵们心里想的只有广大灾民，他们到受灾最重的周溪、徐埠、土塘等乡镇，辗转1000多个自然村，奋力抢救被洪水围困的灾民。

在土塘镇港东村一栋三层楼的楼顶上，14名没来得及转移的灾民被困在这里，已经断粮4天了，仅凭楼顶上一堆发了芽的稻谷充饥，渴了就喝浑浊的江水。突击队闻讯赶到这里，克服重重困难接近这栋楼房，班长王震带领战士赵亚辉、吴小羊，从二楼的窗户里潜水进入楼房，又从气窗爬到屋顶，用绳子把灾民一个个接到冲锋舟上。

周溪镇邵家村一位60多岁的周大爷，恋土情深，舍不得自家房子和两头猪，怎么也不愿意离开。眼看房子可能倒塌，排长梁发辉和两名战士爬上摇晃的屋顶，耐心再三劝说，终于将老人安全转移。

7月31日18时，突击队又获悉徐埠镇附近村庄有一位大嫂刚做过胆结石手术，伤口感染化脓，急需送医院抢救。教导员顾君洪立刻带领3名战士驾驶冲锋舟出发了。天越来越黑，水情复杂路不熟，环顾四周，洪水茫茫，也不知何处深、何处浅。官兵们救人心切，冲锋舟开得飞快。突然，冲锋舟重重撞在一堵断墙上，舟上4个人当即被抛出舟舱，有的头部撞在墙壁上鲜血直流，有的被倒挂在树干上，但大家顾不得伤痛，急忙爬上舟舱，重新驾舟直奔农妇家中。19时左右，冲锋舟走到离徐埠镇大约还有3公里的地方，突然被障碍物缠住，在原处直打转。顾君洪心急如火，毫不犹豫地跳到水中去排除障碍。天黑，什么也看不见。顾君洪在水里摸索着干，忙了10多分钟，才把缠住螺旋桨的藤蔓排除，冲锋舟又在黑暗中开动了。经过两个多小时的奋战，终于将这位名叫袁金香的大嫂送进了都昌县城医院。

8月1日上午，排长梁发辉带领一个小组在周溪镇一带营救群众。当冲锋舟行至一个叫三房村的村庄时，官兵们隐隐约约听到附近有微弱的声音在呼救，循声搜索过去，发现前面约200米处有一栋已被洪水淹没了一半的危房，呼救的声音正是从那里发出来的。官兵们赶紧将冲锋舟朝危房驶去。可是到了跟前，只见洪水中漂浮着许多木料、稻草、破家具等物，还有纵横交错的电线和树梢交织在一起，使冲锋舟无法靠近。梁排长让战友稳住冲锋舟，一转身跳入浑浊的洪水中，他一边游泳一边扒开眼前的漂浮物，向随时可能倒塌的危房游去。忽然间一个巨浪猛扑过来，水流形成的漩涡把梁排长卷入水底，散发着腥臭气味的浊水呛入他的鼻孔和口中，使他喘不过气来。他拼命游出水面，使出全身力气爬上屋子的阁楼。只见阁楼里有一位年迈的老大娘和一个瘦弱的小男孩。大娘说，她和孙子在这个随时可能倒塌的阁楼上已经熬了好几个昼夜。见祖孙二人身体虚弱，危在旦夕，梁排长急忙脱下救生衣穿在大

| 鏖战之后

娘身上，抱起孩子转身游向冲锋舟，他将孩子交给舟上的战友，第二次游回危房救大娘。这时一没留神，胳膊被一根铁钉划出两寸多长的口子，鲜红的血和洪水混在一起，伤口火辣辣的痛，可梁排长顾不了这些，他忍住疼痛爬上阁楼，把大娘背在背上，救上了冲锋舟。大娘感动得流着热泪说："多谢解放军，不是你们来救我们祖孙俩，我们非死不可。你们真是救命的活菩萨！"

好样的，梁排长！你为八一建军节献上了一份厚礼！

这一边，陆上抢险突击队也在与洪水赛跑。

8月1日20时，彭泽县芳湖桥闸告急，全县五分之一的人口和8万亩良田处于被洪水吞没的危急之中。舟桥旅陆上抢险突击队官兵接到险情后，徒步急行军两小时，火速赶到出事地点，孤军奋战六昼夜，保住了闸堤的安全。

屋漏偏逢连夜雨。正当彭泽军民以生命为代价奋力抗洪的时候，8月12日上午8时左右，江西临川市振兴船舶有限公司一轮二驳石油船队，途径彭泽县城时，因驾驶失误，油船突然失控，一头撞向城防大堤，使本来已危机四伏的城防堤上部被毁，堤身倾斜，堤基不断渗水，如不及时采取措施，内外落差达3米多的大堤随时可能溃决，彭泽县城已是一片惊慌。

　　南京军区抗洪抢险指挥部也指示："立即构筑围堰，封堵危险部位。"正在五联大堤和芙蓉墩镇紧张抢险的舟桥旅陆上抢险突击队紧急转战被撞江堤。

　　近半个月的连续征战，官兵们已十分疲劳，身体极度虚弱，有将近一半的官兵不同程度地患感冒发烧，但没有一个人叫苦叫累，他们在大堤上庄严宣誓："严防死守，让党中央放心；人在堤在，做彭泽人民守护神。"

　　铿锵的誓言化为坚决的行动。营长柏正荣身先士卒，边高喊"跟我来！"边背起100多斤重的石料投入加固江堤的战斗，战士们争先恐后地抢筑围堰，舟桥营在长江边再次摆开新的战场。

　　整整三天两夜，紧张的施工一刻也没有停止，官兵们经受住高温酷暑和高强度劳动的考验，在被油轮撞击的大堤外，终于筑成了一道长60米、宽10米、高3.5米的围堰，江堤保住了。可以说，围堰上的每一块石头、每一个沙包，都浸透着官兵们的血汗。

　　舟桥旅官兵所到之处，流传着许多感人肺腑的故事和佳话。

　　给养员孙孟悦，由于长期疲劳和生病，在采购食品途中两次昏倒在路上，身上多处被乱石划出血痕，幸亏被一个路过的年轻人相救。当时被送进医院时，高烧已达42℃，肺部严重感染，医生立即给他进行输液治疗。可烧得昏昏迷迷的小孙，此时想的是正在洪水中营救群众的战友，想的是一定要在中午12点以前把饭菜送到他们手里。于是，待体温稍退，他趁医务人员不在，拔下针头，打开瓶盖，把瓶中剩下的药液喝个精光。巡诊的医生发现后，急忙冲上前，夺下他手中的药瓶，指责他做事鲁莽不要命，当他得知小孙急着要为抗洪一线战友送饭时，这位老医生被感动了，流着泪水激动地说："我从医24年了，还没遇见过这种事，你们抗洪战士个个都是硬汉子啊！"

说起舟桥旅的硬汉子，第一个要算副旅长朱克富上校。

被灾区干部群众呼为"黑脸上校"的朱克富，由于长时间在太阳底下曝晒劳作，加上每日泥水加汗水，也没有地方洗澡，不仅晒黑了脸膛，而且患上了严重的痔疮。为了防止与裤子粘连，他折了几张报纸垫在里面，当了一回"女人"，尝到了来"例假"的滋味，但他从不向别人透露。有一次无意中被作训科参谋梅明赞发现，梅参谋吓了一跳，劝他赶快退出工地，去医院治疗。朱克富说："老毛病，犯不着大惊小怪的，战士们哪个没有伤痛？"还再三叮嘱梅参谋："现在险情不断，任务重，你可不要告诉别人，抗洪任务完成后，我就去看病。"朱克富就这样瞒着病痛，转战在各个抗洪战场。

3. 狭路相逢乌石矶

乌石矶堤，被九江人喻为"生命之堤"。俯瞰堤下，京九大动脉从这里穿过，近4万民众在这里安居乐业，加上九江石化总厂、九江发电厂等与民生关系密切的企业，乌石矶堤成了九江市防汛抗洪的重点地段。

名为乌石，其实难副。相反，它是九江长江干堤中唯一全土质结构的堤坝。7月30日上午，这条土堤终于禁不住洪水的长时间浸泡，轰然滑塌。

陆军第31集团军某工兵团临危受命。

这是一场狭路相逢的战斗。一方是拦腰断裂60多米、滑塌1米深且仍在以每小时16厘米的速度继续下陷的危急之堤；一方是在水泽地域顶烈日挖沟布缆一个月，接到命令紧急行军300多公里，在情况不明、立足未稳之际就仓促展开作业的疲惫之师。

要保住大堤，必须迅速排除大堤内部积水，官兵们立即兵分三路：一路在堤的底部抢筑防护坝，一路在江水中筑堤防渗，一路在堤背上开挖"人"字沟。

沟里需要填埋大量的沙石，一位在场的船工用手指着一片江水说："抢险用的碎石和沙都被猛涨的洪水淹进去了。"紧要关头，在这个团代理政委的集团军通信处长倪京华，带领突击小分队跳进齐腰深的江水中，把碎石和沙从水里一锹一锹地捞出来。团长胡宜生在岸上组织官兵传接，然后把碎石和沙填进"人"字沟里，这一干就是整整12个小时。600多米长的"人"字沟里所用沙石，全是官兵们用双手从江水里捞上来的。

江堤内侧，一场加固堤基的战斗打响了，一条条绿色长龙在坝上涌动，一袋袋沙包在坝基上垒起。

战士吴勇在光缆施工中双脚溃烂浮肿，碰到稍硬一点的东西就钻心地痛，鞋子也无法穿。在这次抢险中，吴勇所在连担负的又偏偏是挖土装袋任务，土质坚硬，他的双脚不敢用劲，只好用腋窝强压锹取土。时间不长，他的腋窝被锹把顶得青一块紫一块，痛得额头直冒冷汗。腋窝不能再碰了，他便脱下自己的背心把脚裹住，忍着难以想象的疼痛，用浮肿的双脚轮流踩锹取土，脚上裹着的背心很快被鲜血染红了。当脚痛得使不出一点力气时，他干脆跪在地上，撑开编织袋配合战友们装土……

排长刘崇涛为了抵抗严重胃病的折磨，抱着沙袋顶住腹部，这样既可以搬运沙袋又可以缓解疼痛。排里一名战士实在看不下去了，悄悄地向连长、指导员打"小报告"，性急的连长老远就冲着刘崇涛吼："一排长，休息去！"刘排长故意装作没听见，抱着沙袋继续奔跑。指导员深知刘排长是个干活不要命的家伙。他拉了拉连长说："让我来。"在扛沙袋中两人碰头时，指导员一把拽过他肩上的沙袋说："现在大堤上黑灯瞎火的，万一哪个战友有闪失，被洪水冲走了，可不得了啊！交给你一个重要任务，到大堤上当安全员，这关系到每个战士的生命安全，一定不能麻痹大意！"正是：长江洪水深九尺，不及战友互爱情。

这是何等壮烈的场面呵！这些年轻的共和国勇士，为了国家和人民的利益，不惧艰难困苦，不怕流血牺牲，用血肉之躯忠诚地实践着全心全意为人民服务的根本宗旨。

时至子夜，雨没有丝毫停歇的意思。构筑防浪堤需要大量的沙土，取土是在距乌石矶堤 30 米的一块荒地上。装袋扛到堤上，必须翻过近50 度的堤坡。雨天坡陡路滑，运送沙袋遇到了困难，官兵们脚下一步三滑，不断有人摔倒在地。有的眼看着就快要到坡顶了，脚一滑又回到了坡底。

已连续奋战了近 20 个小时的官兵，本就饥困交加，更加疲惫不堪，但他们始终保持着冲锋的姿态，踩着泥泞光滑的上坡路，把一袋一袋沙石及时送到堤上。

晨曦微露时，一道新的防浪堤矗立在江堤上。这时，官兵们你看看我，我看看你，好像谁也不相识，每个人全身上下都被泥浆糊得严严实实，只剩下两只眼珠在转动。

当盒饭送到堤上时，官兵们才意识到阵阵饥饿感袭上心头。然而，饥饿还是顶不住困意，大家吃着吃着就睡着了。前来巡诊的团卫生队队长姚益明看到熟睡中的战士们，有的手里还捧着饭盒，有的就地斜躺在沙袋上，有的手上布满了伤口……鼻子不禁一阵阵发酸。当他给战士林松玉下身敷药时，看到衣服粘着血肉，揭不下来，就用生理盐水一点一点地涂上浸润，然后用剪刀一条一条地剪下。这一切，睡过去了的林松玉竟没有丝毫察觉。

8 月 5 日 10 时许，陈炳德中将在军地领导的陪同下，专门前来看望工兵团官兵。当他关切地问一营教导员章国炎有没有困难时，章教导员抽噎着回答："报告首长，我个人没有什么困难，只是我们全营有 27 名官兵烂脚，有 14 人和 8 人分别得了皮肤病和烂裆，但他们一直不肯

与洪水博斗了三天三夜的官兵们

下火线……"陈炳德强忍泪水对章国炎说："别哭，教导员，你流的是感情的泪、爱兵的泪。为了九江人民的安全，做出点牺牲，值！我为有你们这样的官兵，感到非常满意、非常高兴！"

说完，陈司令员拿出了手绢，大家分明能看到将军眼角的泪花。

4. 江新洲大营救

天地之间，突然间有了倾诉不完的情话，时而泪花涟涟，时而泪如倾盆，可苦了夹在中间的人。江洲镇党委书记倪国泉望着窗外，突然有一种不好的预感。

江新洲的地形犹如一轮弯月，横卧在长江中央，北堤与湖北、安徽隔江相望，南岸与九江、湖口隔水相对，是一个典型的"长江孤岛"。

历史没有记载，江新洲岛是何年何月形成的，只知道它是长江的流沙日积月累的结果，就像长江入海口的崇明岛，是大自然的神奇造化。岛上土地肥沃，居民以捕鱼和种植棉花为主，生活富足。那些造型别致的小别墅一幢幢地从绿茵中崛起，成为点缀在浩荡大江中的美丽风景线。

水能载舟亦能覆舟，长江水造就了江新洲，也在时时威胁着江新洲。江新洲岛地势为西东走向，最高点海拔 19 米，最低点海拔 13 米，而环岛江堤海拔高度为 24 米，可以说是一个不折不扣的瓮城。每当盛夏雨季来临，抗洪水保家园成了岛上人们生活的主题。据老人们说，新中国成立前，江新洲大堤年年圩损坝破。但 1954 年以来，虽然长江水也是喜怒无常、陡涨陡消，那道悲壮的环岛大堤却一直有惊无险，巍然耸立。

这些天，倪国泉的神经每时每刻都处于高度紧张状态。江新洲环岛大堤的警戒水位是 19.5 米，可 6 月下旬以来，江新洲大堤已在超警戒水位下浸泡了一个多月时间，这些日子九江水位仍在持续上涨，最高水位达到 22.95 米。为了保卫共同的家园，江新洲的男劳力全都操起工具上了坝，挫败了一个又一个隐患和险情。但他总觉得，今日的江新洲，就像一艘超负荷的老船，停泊在一片汪洋之中。说不定什么时候、什么地方，就会发生"船"毁人亡的灭顶之灾。

倪国泉动过从下游破堤放水减轻堤压的念头，也曾私下里与九江县领导和水利局的专家商量过，但这关系到 4 万多江新洲父老乡亲的切身利益，谁也不敢轻易表这个态。这个开堤的决心还得由江新洲人自己来下。

开堤放水，还是守堤堵险？这是一个两难的选择。镇里为此召开了紧急会议商量，镇里的干部、各村的负责人，一些有经验的老渔民都受邀参加了这次会议。会议争论得异常激烈，两种意见泾渭分明。但44年的有惊无险壮实了"守堤派"的底气，最后说服"开堤派"达成共识：誓与大堤共存亡！

做最坏的打算，尽最大的努力，这是底线思维的核心思想。江新洲的百姓不一定知道底线思维的概念，但他们知道不能坐以待毙，在坚守大堤的同时积极做好另一手准备，劝导外面有亲友的，让老人和孩子去投亲靠友，没有亲友的一律向堤坝上转移，住进临时搭设的各色棚子里。镇里专门成立了巡逻队，实行一天24小时的巡逻制度。规定晚上以锣鼓为号，听到鼓声报平安，听到锣声有险情。后来有人提出，方圆几十公里的江新洲岛，锣鼓声不一定都能听到。又重新规定：全镇以拉电为号，要求每个村民把电灯日夜开着，只要电灯连续灭三次、亮三次，表示堤已破，必须就近迅速撤离至坝上。

8月4日这天晚上，对于江新洲人来说，是一个最可怕也最黑暗的夜晚。21时15分许，江新洲人最担心最害怕的残酷现实还是发生了，所有家里的电灯同时明灭了三次。夜色中的江新洲顿时炸开了锅，哭喊声、呼救声响彻夜空，群众纷纷扶老携幼，有的逃往大堤，有的跑上房顶，有的爬到树上，有的把老人小孩放在大木盆里准备漂流。

20时45分，洲头村巡逻小组组长王长青和一名巡逻员，率先在七组堤段发现一个碗口大的泡泉，这个不大的泡泉就是压死骆驼的最后一根稻草。很快，堤坝开裂，洪水犹如一条发了疯的野蟒，终于在堤坝上轰开一个缺口，饿虎扑食般疯狂涌入。

巨大的水位高差，使决口瞬间失去控制。短短十几分钟内，从10米扩展到100多米，汹涌的洪水顺着溃口倾泻而下，以排山倒海的气势疯狂扑来……

倪国泉闻讯狂奔而来，正好看到这些日子与自己并肩奋战的镇党委副书记葛沫初、洲头村村长王亚明等七八个人连船带人被决口冲出的洪

江新洲大营救

水卷走，又想起几万江新洲父老乡亲将遭遇洪水浩劫，他趴在堤坝断面上对着滔滔的洪流，涕泪纵横，长跪不起！这时，堤坝上数百名干部群众也随之下跪，望着将要失去的家园，哭声一片。

灾情就是命令，大堤就是战场。最早到达江新洲抢险的是武警江西总队一支队、三支队和九江支队的官兵。

深夜23时05分，武警九江支队副参谋长洪锦勇，率领7条冲锋舟飞驰而至。决口处江水狂泻，冲锋舟已无法靠近，只能绕到水流较缓的地方，众人弃舟下水，将冲锋舟抬进堤内。此时，洪水已经漫过全岛，岛内一片汪洋，洪水的咆哮声夹杂着灾民撕心裂肺的呼喊声不绝于耳。

当冲锋舟开到洲头村八组时，洪锦勇发现前面不远处有被困的村民在用手电发求救信号，他们沿着一闪一闪的光亮朝前靠近，才看清有一家树荫遮挡的二层楼上，聚集着男女老少几十名群众。

这是洲头村八组村民徐德勇的家，因他家的房子地基较高，又是两层楼，破坝的前几天，家住平房的二叔徐一祥一家、三叔徐一和一家以及邻居杨泽松一家都搬进徐家避难。

夜色沉沉，洪流滚滚。当冲锋舟载上14个人向大堤返回途中，意外的事情发生了，一个急浪打来，冲锋舟顿时被打得横在水面上，一头撞上一棵横倒在水中的大树干，船翻扣，人员全部落水，转眼间被洪水冲散。

舟翻人落，牵动南岸几里长的堤坝上一片惊叫。还来不及转移的徐德勇，这位 29 岁的汉子，亲眼看着自己的亲人同时翻入水中，眼前一黑，昏倒在房顶上。

万幸的是，第二天上午，当天晚上翻船落水的 14 个人，包括副参谋长洪锦勇、宣传股长杨东和退役士兵序守文，都陆续从几个方向死里逃生回来了。更加神奇的是，旱鸭子杨东不但奇迹般"复活"，还与同船翻落的 16 岁少年一起，沿途救起了 5 名群众，包括一名 75 岁高龄的老人和一名中年妇女。

说起这段神奇的经历，杨东记忆犹新，他这样描述当时的情况："等我醒过来时，又漂浮在水面上。不会游泳的我，能够死里逃生，全赖身上的救生衣。我看看天空，漆黑一片，看看水面，看不到房屋和人。我拼命往有树的方向划，可怎么划都顶不过快速流淌的洪水，人顺着水流向下游漂去……在命逢绝路之时，我隐约看见上游一个庞然大物漂了下来。是船！就是刚才被洪水掀翻的冲锋舟。我使劲抓住船帮，船后居然还跟了一个人，就是刚才一起翻落的少年。翻船之后，他一直抓住船尾的绳子……"他们两个借着

| 人民利益高于一切

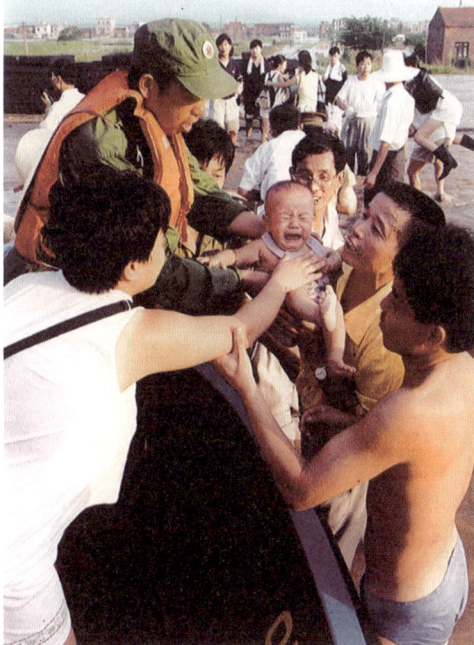

水流的冲力将船翻正过来，开始沿路寻找落水的群众。回到大堤才知道，自己已经失踪了5个小时，武警九江市支队已经向省委和省武警总队报告了自己"不幸"的消息。同船落水的洪锦勇和序守文就势抓住一棵树，被人救了上来。

失守的江新洲，牵动着无数人的心。

这天晚上，正在长江大堤上值班查险的某工兵团参谋长李龙，突然接到赴江洲镇救援的命令。他被临时指定为南京军区赴江新洲抢险突击队队长，率16艘冲锋舟组成的突击队，越波踏浪飞渡江新洲岛。

凌晨1时许，某舟桥营教导员顾君洪，率6艘冲锋舟、3只橡皮艇，共30名官兵，星夜兼程，从百里之外的彭泽县火速赶来。

1时10分，南昌预备役师接到命令，分布在南昌卷烟厂、洪都无线电厂、南昌柴油机厂、南昌市公交公司等7个单位的33名冲锋舟队员闻令而动，仅用了40分钟就全副武装集结完毕，在后勤部长邓武的带领下，直扑200公里以外的江洲镇。

长江对岸正在执行防汛任务的武警安徽总队一支舟艇分队，听说江新洲破堤了，大批灾民转移急需冲锋舟，也跨过长江过来支援。这个时候，再也没有单位之隔，再也没有防区之分，目标只有一个：救人！

水滔滔，情深深，洪水中驶来"生命之舟"。

江西省军区政委郑仕超、副司令员季崇武、武警江西省总队总队长崔阳生、九江军分区政委马永祥、武警九江市支队支队长周林、九江市公安局长黄菊根，都赶到了江新洲大堤，站在最前沿指挥这场惊心动魄的生命大营救。

而崔阳生总队长家就在江洲镇同兴村，老母亲和许多亲人都还住在村里。在亲人们生死攸关之际，崔阳生完全可以指令几条冲锋舟专程去救出他的家人，但他没有这么做，甚至连一个暗示都没有。他说："江洲父老都是我的亲人！"共产党员的人性大爱在洪灾中闪耀。

　　5日清晨6时，当时洪水正以最快的速度猛往里灌，岛上一片混乱。李龙率领的突击队是临时组建的，成员来自军区4个单位，组织指挥面临着水情不明、灾情不明、地形不明、编制不熟、通讯不畅等困难。李龙迅速勘察灾情地形情况，按照各部队实力装备将突击队分成4个组，明确了具体任务。动员部署完毕，他自己带领3名队员开动冲锋舟，率先冲进了暴风骤雨中。

　　刚冲进一个村庄，就发现一块床板上坐着一对夫妻、两个孩子，正顺着翻滚的洪水朝前方的一根电线杆上撞去，一旦撞上，这一家四口在劫难逃！眼看距离电线杆只有20米左右，李龙开足马力，飞驶过去，伸手一把抓住床板，拖向一边，把一家四口接上冲锋舟送上岸去。夫妻俩同时扑通跪在李龙面前，叩头感谢。

　　得知后埂村有位80多岁的老婆婆被困在一幢土屋里，李龙赶紧驾舟冲去。土屋在一条小巷内，一侧已裂开一条30厘米宽的大缝，整幢房子在洪水中摇摇欲坠，随时可能倒塌。李龙为了防止因驾舟激起的水浪晃倒土墙，在离房屋10米远的地方就停下冲锋舟，跳入江中，快速游入房内。老人死活不愿出来，李龙在说服无效后，强行背出老人，在把老人送上冲锋舟的当口，小屋轰然倒塌。老人感动得热泪横流："年轻人，我老了，死了不算啥，可你怎么能这样？用你的命换我的命不值得！"

　　晚上8时许，一位灾民赶来大堤报告，他50多岁的父亲因心脏病刚从江苏南京动完手术回来，见被水围困，惊恐不止，病情发作，生命垂危。此时天色漆黑一团，四周洪水茫茫。李龙没有犹豫，立刻指挥冲锋舟，打着手电筒连夜出发了。这时病人已经昏迷在二楼上，房门紧锁，窗户紧闭，他指挥突击队员冲上二楼，有的撞门，有的砸窗，将病人救出送往医院。幸得救助及时，病人转危为安。

　　刚刚救完病人，另一艘冲锋舟又接着一船村民上了堤坝。其中一位痛苦地呻吟着，李龙忙上前询问，得知这位村民脚后跟被毒蛇咬伤。他当即解下腰带，帮灾民紧紧勒住小腿，弯曲食指给他刮伤口，看病人的伤口黑血始终刮不干净，李龙心中一急，用清水漱了一下口，帮他吸起了毒。村民拼命地想阻止他但使不上力，只得任由李龙吸毒汁。直到吸出来的血颜色变红，李龙才通过电台呼叫随队军医来紧急处理，而他也顾不上有些肿起来的嘴唇，又跨上冲锋舟向洪水中驶进……

| 蛟龙翻江

从投入战斗到结束的三天三夜里，李龙没有安稳地合上一次眼，没有安稳地吃上一顿饭，极度的疲劳使他只要一坐下来，眼皮就往一块粘，饿得胸腹部一阵阵地疼痛。李龙不顾生死所换来的战果是惊人的，仅他驾驶的冲锋舟就救起了200余名被洪水围困的灾民。

李龙飞舟建奇功，君洪浪尖逞英豪。

在破坝之前，素有"水上飞虎队"之称的某舟桥旅水上抢险突击队，在教导员顾君洪的带领下，日夜转战都昌、彭泽和湖口县等地，已威名远扬。

抵达江新洲后，他们马不停蹄，立即投入紧张有序的营救工作。根据多年的水上抢险经验，结合江新洲突然破坝、受灾严重、被困灾民多等特点，他们把儿童、老人、妇女作为营救的重点对象。

听说九号村有位 85 岁的杨老太太，因双目失明行动不便，儿孙们望着不断上涨的洪水，急得直哭。班长王震和副班长刘伟驾着冲锋舟飞奔而来，跳进齐腰深的水，把杨老太太背上冲锋舟，连同一家老小 11 口人送到大堤上。

这天下午 4 时左右，专业军士邱进平驾着冲锋舟行至蔡洲村时，远远就听到有人喊"救命！"，循声望去，只见一位妇女抱着一个两三岁的小男孩，站在一幢房子的屋檐下，洪水已快淹到她的胸口。情况十分紧急，为防止掀起的波浪冲倒房屋，邱进平跳入洪水泅渡到屋檐下，把小男孩举在手上送上冲锋舟，又回头把孩子的妈妈背上冲锋舟。这位年轻的妈妈热泪盈眶。为了感谢解放军的救命之恩，当场把孩子的名字改成"军生"。

排长梁发辉，驾舟来到团洲村，发现一位盲姑娘和她的三姐妹被困在一幢快要倒塌的房子里，这位盲姑娘不知外面情况，不肯离开她的房间，急得姐妹们直流泪。梁排长涉水过去，耐心做说服工作，终于让几个姐妹远离险境。

有位叫张良军的战士，驾着小舟穿行在蔡洲村的树林里，挨家挨户寻找被困村民。正当他把几名妇女和孩子从屋顶上接到冲锋舟上时，没提防碰到一棵树上的马蜂窝，引来一群蜂拥而至的马蜂。舟上的村民大叫："解放军同志，赶紧趴下！"但张良军镇静自若，他一边招呼大家："不要管我，注意保护好自己！"因为他知道，在激流中操纵冲锋舟，稍有不慎就会船翻人亡。

等他把一船灾民送上大堤后，这才发现自己的手臂全肿了，又红又烫，眼睛也肿得只剩下一条缝。正好大堤上有位还在坐月子的妇女，见此情景，再也顾不上羞涩，拿过一只矿泉水瓶，一把撩起衣襟，用力挤

·

出洁白的乳汁，一遍又一遍地用乳汁帮助小张清洗手臂和眼睛。

时间，在这一刻仿佛凝固了。人们不由自主地想起在那炮火纷飞的岁月，沂蒙红嫂用乳汁救护子弟兵的故事。半个多世纪过去了，可人民群众与子弟兵生死相依、水乳交融的情义还是那么深、那么浓！

江新洲失守后，遇难人数曾是国内外新闻媒体关注的焦点。香港某电视台说死了 1000 人，"美国之音"说是 300 人，一时众说纷纭。国内媒体虽然没有胡乱猜测，但也迫切地想知道准确的遇难人数。8 月 14 日，九江市政府正式公布江新洲遇难人数为 4 人。舆论顿时哗然，有啧啧称奇的，也有继续质疑的。从常理上说，这确实有点难以置信。

江堤环绕的洼地被洪水强行突入，几万人能够化险为夷，不能不说又是一个生命奇迹。

回头再看这次生命大营救，主要有四个字的成功秘诀：一个是"早"，破堤前十天，群众疏散工作就已经展开，8000 多名老人、小孩经过思想动员，通过投亲靠友提前转出了江新洲，另有 500 多户人家提前在长堤上搭棚栖身；二个是"全"，巡逻警报的创新起了大作用，用"断电法"比敲锣等其他警示法要更高效、更管用，第一时间通知到了全体人员，留足了向高处转移的时间和空间；三是"快"，当夜绝大部分男壮力都在堤上巡堤护堤，发现快，警报快，抢险快；四个是"救"，数千解放军、武警部队和公安、民兵救援力量的英勇奋战，特别是几支舟桥、工兵部队，成为生命大营救中的精兵利器。读懂了这四个字，难以置信就会变成确信无疑了。

不沉江新洲，灾后更美好！

5. 龙开河围城阻击

"四月未全热，麦凉江气秋。湖山处处好，最爱溢水头。溢水从东来，一派入江流。可怜似紫带，中有随风舟。"被贬谪到江州做司马的白居易在诗中这样形容溢水，溢水即后来的龙开河。九江的名山秀水不仅遣散了诗人官场失意的阴霾，还激发了他源源不断的创作灵感，著名长篇乐府诗《琵琶行》就此诞生。

龙开河发源于九江的瑞昌，和庐山上流下来的溪水汇合，然后经溢浦口注入长江。据记载，自汉朝大将灌婴在溢浦口的东面筑城戍守以后，龙开河就成为九江城外的一条天然护城河。鸦片战争后，九江成为五口通商的口岸，英国租界就设立在溢浦口的东岸，从九江的老照片中还能看到当年洋街上的繁华，洋行、邮局和号称江南四大教堂的九江天主教堂就掩映在法国梧桐的浓荫里。

所有的九江人都不会相信，这条流经千年的河有一天会断流。如果江州司马白居易在世，是否还会再次泪湿青衫？

1996年，急于在经济大潮中突围的九江市居然把龙开河填埋了，准备建设一条九龙街。名字听起来洋气，广告语也极具诱惑力："今日九龙街，明日南京路。"尽管吹嘘得天花乱坠，街两边新楼林立，但市民们对龙开河的怀念历久弥新。以至于城防大堤决口后，许多九江老人说，这都是填龙开河所致，因为龙开河是龙脉，是填不得的。

8月7日下午，当洪水冲破江堤向九江城区袭来之时，九江市防汛指挥部在请求部队火速堵口的同时，启动了城防预案，在离决口东面10公里处的龙开河修筑第二道防线，拒洪水于九江城外。

吕录庭司令员和吕明副市长被指定为构筑第二道防线的总指挥和副总指挥。重任压肩，保卫九江古城的担子沉甸甸的。

临时指挥部设在龙开河的一个高地上。动员令从这里发出，城里居民们从平静的生活立即转入紧急状态。

汹涌的洪水不是销蚀而是激发了九江人的斗志。当龙开河修筑第二道防线的号令从市防总发出后，整个九江沸腾了，保卫家园之战原来离自己如此之近。一辆辆绿色的军车满载解放军官兵驰向龙开河，成千上万的干部群众闻讯而动，从四面八方汇聚龙开河，加入到战斗的行列中。

——在接到紧急命令的 10 多分钟后，陆军第 92 师抗洪官兵，在集团军副政委王健少将和师政委文可芝大校的带领下，第一个赶到临时指挥部报到，第一个展开作业。

——九江市委、市政府和直属单位的抢险队赶来了。

——九江国棉二厂的 1000 名职工上来了。他们中有的是刚刚下班的倒班工人，有的是压锭后下岗的女工。

——江西省高速公路管理局在德安待命的 20 辆大型翻斗车和 4 台装载机轰轰开来了。

| 红军团火线誓师大会

——浔阳、庐山两个区的人武部启动战时动员机制，230多个有民兵建制的单位紧急召集人员。有的民兵、预备役人员接到传呼后，打着的士赶往集结地，不到半小时，一万余名民兵如箭出弦，浩浩荡荡奔赴筑堤现场。

……

汛情似火，全城出动。

临时指挥部里，每来一个单位，都喊一声"报告"，吕录庭应接不暇，连连说："别报告了，给我上！"

短短一个多小时，龙开河一线会合了几百个单位 2 万多人的抢修大军，一场家园保卫战打响了。

南昌九江魂相牵。英雄城 20 多个省直单位迅速组织了近千人的队伍支援九江。江西省农资集团得知九江险情后，送来了两卡车的编织袋。江西宾馆职工黄菊生自己乘车赶往九江。在接受笔者采访时黄菊生说："国家兴亡，匹夫有责。九江的险情就是江西的险情。我是一个江西人，要为保卫九江献上自己的一份力！"

入夜，龙开河灯火通明，人头攒动，机器轰鸣。灯光下，千万双手挥舞铁锹，千万只袋装满土石，一条雄伟壮观的白色"长城"向远方延伸。

午夜时分，临时指挥部的高音喇叭在广播："请集团军王健副政委立即到指挥部来！"这时候，正在和官兵们进行扛沙包比赛的王健，已辨不清声音从何方传来，也记不清自己走了多少来回，从未沙哑的喉咙也说不出话来。赶到临时指挥部受领了新的任务后，他又亲自带队赶往白色"长城"的龙头地段，扛起沙包就往水里冲。将军的行动是无声的命令，战士们忘记了疲劳，轮番突击，一条长达 1.5 公里的长堤拔地而起。

这一夜，月光皎洁。连续战斗 10 多个小时的九江群众有些困了。这时，夜空下响起了"红色尖刀连"的连歌："顶着艰险冲／迎着炮火上……尖刀连的战士所向无敌 / 百战百胜 / 举世无双！"官兵们的歌声，鼓舞着人们连续作战。

第二天，酷暑下的战斗在继续。和年轻的士兵相比，年近五十的军师领导的体质自然要"稍逊风骚"。集团军副参谋长江勤宏双眼患角膜炎，在强烈的阳光和灯光的刺激下，痛得直流泪，仍在一线坐镇指挥；师政委文可芝患重度鼻炎，但他一直与战士们一起扛包垒堤；副师长王俊杰连续 22 个小时不曾合眼，患有咽炎的嗓子咳出了鲜血。他向军医要了几片消炎药，干咽了下去，又活跃在工地上……

兵强强一个，将强强一群。战士们喊着口号，展开了一场热火朝天的垒堤竞赛，有的跳进水里挡水流、垒沙袋，有的扛着沙袋奔跑，你追我赶，许多官兵中暑倒下了，被救醒后，喝口开水，休息一会儿，又挣扎着爬起来奔向工地。

8 月 9 日下午 6 时，经过 3 万多军民连续 32 小时的奋战，3 万多方土石方堆砌的新屏障在龙开河畔雄起。任务完成后，许多战士疲劳得再也走不动了，纷纷倒在工地上沉睡过去，连推土机轰鸣着开到身边都醒不过来。

是夜，时任江西省委书记舒惠国在抗洪部队领导的陪同下，来到这道新筑的长堤前，看着堤下熟睡的官兵，流着热泪对时任九江市委书记刘上洋说："这是九江军民共筑的连心堤、保命堤和信念堤。"

6. 马当要塞再摆战场

距彭泽县城东北 20 公里有个地方叫马当。

马当名气不小，历来被兵家称为"马当要塞""长江天堑"。险峻陡峭的马当山倚江而立，扼守狭窄的江面，大有"一夫当关，万夫莫开"之势。当年为阻止日本军舰溯江内侵，马当山上曾设有炮台，炮口对准江面；江面的水下沉没大量船只，形成一道水下屏障，让日寇望而生畏。谁承想，到了 1998 年，马当又成了广大军民与洪魔展开殊死搏斗的战场。

马当山下有个马当镇，马当镇长江干堤总长 12.5 公里，分为 4 段，头尾距离近 30 公里。这些用泥土筑起的大坝，被当地群众形象地比喻为"晴天一块铜，雨天一包脓"，只要下半天中雨，从堤侧一拳打过去，能捅到胳膊肘。这样说虽然有些夸张，但形象地说明了堤坝的不堪一击。

连续不断的大暴雨，使长江水位猛涨，江水与堤面几乎同高，风浪中的马当干堤危在旦夕，一旦失防，不仅马当镇 5000 多居民将会遭受灭顶之灾，也会对彭泽及其邻近各县造成无法估量的损失。

在这危急时刻，257 团三营奉命从福建福清驻地千里急驰彭泽，独立担负马当镇 12.5 公里长江干堤的防护任务。

马当镇江堤点多、线长、面广，三营官兵深感自己责任重大，为仔细排查险情，他们将堤坝分为若干小段，任务区分到班排，责任具体到个人。全营采取拉网式的办法，每次巡堤都是三人一组，一人在堤坝上查，一人在内侧堤基查，一人在外侧护坡查，实施 24 小时不间断巡查，做到不失防一尺一寸堤段，不放过一丝一毫险情。

由于连日的内涝，堤基下的棉田里积满了污泥臭水，那是蚊子的乐园、毒虫的天下。为了能及时准确地发现和排除险情，官兵们顾不得蚊虫叮咬，臭水沾身，一步一步地蹚行在污泥浊水中查找泡泉。

8 月 18 日，八连战士林强在巡堤时，发现堤基下的棉田里时隐时现、断断续续冒小水泡。由于水面上漂浮着腐烂的脏东西，看得不真切，他就蹚进水里，弯下身子，头几乎贴在水面，把漂浮物拨开，反复仔细查看，终于断定这是一处泡泉。同组的战友小丁赶紧跑回连队报告连长，连长立即带领 30 多名官兵赶到，迅速组织大家掏干污泥臭水，并在腥臭刺鼻的烂泥里垒沙包、堵泡泉，险情排除后官兵们干呕不止。

同样的情况发生在第二天中午，战士马林芝、李伟才担任本排的巡堤任务，当他们巡至船形村闸口时，发现外侧水面有个小漩涡，立即引起了他们的注意，莫不是渗漏？经仔细观察，果然在闸口边缘找到一道长 40 厘米、宽 5 厘米的大裂缝。小马随即叫李伟才跑回指挥所向连长报告，自己留下进一步观察。连长带人赶到后，立即组织封堵。冒着正午如火的酷热，大家往返在泥泞的道路上，把一包包填料运向裂缝处，紧张的 3 个多小时过去了，险情被排除。

马当护镇江堤长 830 米，是三营防守堤段中险情最多的一段江堤。堤脚大多是沙土，极容易引起塌方和出现泡泉。8 月 30 日晚上，天空突降暴雨，风力达到 6 级，狂风卷着巨浪猛烈地冲刷江堤，在江堤东头有一段被当地百姓称为"垃圾堤"的堤段，被风浪冲出一个直径 0.6 米、深达 1.2 米的窟窿，接着引发长约 4 米、宽 1 米、高 0.5 米的塌陷。

情况危急，刻不容缓。九连排长孙景志带着本排战士巡堤发现这一险情后，一边向上级报告，一边迅速布置抢险。战士们挖土的挖土，装包的装包，扛运的扛运，大堤上摇曳的灯光照着他们匆忙的身影。然而由于风大浪高，水流湍急，投下的沙包瞬间被卷得无影无踪。

见此情景，孙景志来不及多想，大喊一声："党员跟我上！"便奋不顾身跳入齐胸深的水中，接着，7 名党员和骨干纷纷跟着跳下去，他们肩并肩，手挽手，在急流中筑起了一道人墙。

狂风夹着暴雨像鞭子一样抽在他们的脸上，汹涌的浪涛一浪接一浪扑过来，冲得战士们睁不开眼，鼻子、嘴巴不停地被水倒灌，可他们硬是在冰凉的江水里打木桩、垒沙袋，完成了一条长 13.5 米、高 1.3 米的外障构筑，挡住了风浪的冲击。孙景志的手在扶桩时被砸伤，血流不止，再被江水一泡，疼痛难忍，但他咬紧牙关，不吭一声，带领全排战士和随后赶到的连队官兵一起控制了险情。

抢险在大堤，唱响爱民曲。马当镇有 4 条分别通往堤坝的沙石路，总长为 12 公里，被洪水冲毁后，不仅影响了抗洪物资的运送，而且造成了当地群众生活的不便。三营官兵利用护堤固堤间隙，手搬肩扛帮助群众平整抢修。镇里的客运码头堤埂，淹没在洪水中，群众上下船都要蹚水，三营出动 100 多人抢修，架起了一条 8 米长的木桥，当地群众亲切地称之为"解放军桥"。

如果说马当护堤表现了三营官兵英勇顽强的战斗作风，那么，紧张激烈的降伏棉船大崩岸之战，则是该营在九江留下的最为浓墨重彩的一笔。

棉船是彭泽县境内长江中的一个冲积洲，四面环水，方圆 104 平方公里，东西长 6.5 公里，南北宽 16.8 公里，像一艘巨大的船舰停泊在江中。棉船是国家重点产棉区，年产皮棉 10 万余担，工农业总产值 3 亿多元，财政收入占全县的四分之一以上。由于它两头尖，中间宽，形状弯弯如蛾眉，历史上称之为蛾眉洲。后来又有传说，一伙强盗船行至此倾覆，所盗宝物落入江中，八个金元宝长出八个冲积洲，故又命名为八宝洲。1960 年 10 月，原江西省省长邵式平到这里视察，见这里棉花盛开，一片雪白，四周江水环绕，像一艘满载棉花的大船行驶在波涛滚滚的长江之中，便提议改名为棉船公社，棉船一名就这样定下来了。1995 年 3 月 20 日，江泽民总书记曾亲临棉船视察。

进入汛期，长江水位居高不下，使地处江心、四面环水的棉船镇面临着洪涝灾害的严重威胁。江水高出堤内田地 4 米之多，32 公里长的环洲大堤在风浪冲击下，危情迭起，险象环生。九江市和彭泽县都把棉船作为防洪的重点地区。九江市委副书记史之汉和彭泽县委书记方长春在此坐镇，指挥棉船的抗洪抢险。

8 月 21 日子夜时分，棉船镇最上游的金星村九组江堤外侧，由于受洪水回旋冲击，连续发生两次长 153 米、深 24 米、宽 50 米的大崩岸，导致靠堤的 6 栋房屋倒塌，其中 4 栋四层楼的房屋被巨大的漩涡卷入江中不见踪影。

靠近崩岸附近的上百户村民，被吓得赶紧带上贵重物品转移，一时间人去楼空，整个棉船镇陷入一片恐慌之中。而此时肆虐的洪水正以每小时推进 15 厘米的速度冲刷着堤脚，崩岸正一步步扩大，渐渐逼近不足

8 米远的长江干堤。据水利专家测算，必须在 3 天之内投放一万吨石料，堵住崩岸，否则势态难以控制，必将危及长江干堤，后果不堪设想。

棉船镇险情惊动了国家防总，惊动了南京军区抗洪抢险指挥部。在接到彭泽县防指的请求和上级的指令后，正在马当镇长江大堤巡守的三营官兵，立即抽调 280 余人，迅速赶到崩岸地点，在国家防总派来的专家组指导下，立即投入抛填石料、构筑水下阻决堤的战斗。

专家分析，崩岸是该堤段对江流产生阻力，导致水流紊乱，产生回流，并掏空了大堤基脚造成的。当务之急是要填堵崩岸、加固堤坝。

在 38℃的高温下，三营官兵不顾连日劳累，与崩岸抢时间、比速度，每天连续作业十四五个小时，尤其是中午，灼热的烈日将运料船的甲板晒得滚烫，汗水落在上面，瞬间蒸发得无影无踪。大家穿着解放鞋，双脚仍然被烫得必须不时挪动位置。一袋袋沉重的石料，划破了官兵们的肩膀，留下斑斑血迹，大家谁也没把它当回事；嗓子渴得直冒烟，谁也顾不得停下来喝口水。大家都一个劲儿背着石料袋往返奔跑。骄阳如火，汗如雨下。战士们被晒得脸上、手臂上都脱了一层皮，有的起了一层水泡。当时的场面，用"惊心动魄"这个成语来形容也显得过于苍白。

官兵们不但要顶烈日，冒酷暑，突击抢运石料，超强度高速运转，超极限地消耗体力，还要冒着随时被洪流吞没的危险。因为随着崩岸的不断扩大，江堤随时都有可能发生溃决，一旦溃决发生，立身于没有动力的定位船上的官兵们毫无退路，只能随同定位船一起被急流冲走；水流湍急，漩涡很大，满载石料的驳船都摇晃不定，人员稍有不慎落入水中，瞬间便会被卷走，救都来不及；搬卸的石料大小不一，小的尖利，大的沉重，稍不留心，不是划破手，就是砸伤脚；装运石料的驳船难以驾驭，不时与定位船发生碰撞，弄不好就会出现挤压受伤、船覆人亡的结局。

在场的地方领导和当地群众都为官兵们的安全捏一把汗。然而，官兵们没人考虑这些，在这随时可能牺牲生命的时刻，大家只有一个念头，就是多填一些石料，快一点堵住崩岸，尽快解除对人民生命财产的威胁。

移石填水

在前三天的激战中，全营参加突击抢险的 280 多名官兵，每人每天平均卸石料 14 吨，这是多么繁重的工作量！每人每天要磨破两三双手套，所有人员手上都磨出了水泡血泡；有 90 个人手被锋利的石头划破，118 人程度不同地发生过中暑现象，100 余人身上生了红斑和股癣，还有 43 名同志由于连续几天没能洗上澡，发生烂裆，大腿内侧布满红疹。官兵们忍受着常人难以忍受的肉体伤痛，没有一个叫一声苦、喊一声累、偷一会儿懒，没有一个人畏难退却。

在这些官兵中，有 65 人是"80 后"，有 77 人是独生子，在家里都是父母的心头肉、宝贝蛋，他们同样不怕流血牺牲，敢于吃苦耐劳。

战士蔡东昌，家在厦门，家庭生活条件优越，长这么大从未吃过苦，但在这次突击抢险中，他专拣重活干，脚腕扭伤也坚持不下火线，咬着牙关挺到底。

战士林庆元，入伍前就入了党，连续参加了 3 条船的卸石任务后，突然感到头晕目眩，全身直冒虚汗，差点摔倒，指导员急忙拿一支藿香

99

正气水让他喝下，并命令他下船休息，可他稍有好转，又冲上去搬运石料，别人拉也拉不住。这一天，他总共喝下6支藿香正气水。

全营46名干部和72名战士党员，更是哪里最危险冲到哪里，哪里最艰苦干在哪里。

营长郭奇患有中耳炎，在抛填石料过程中，石头溅起的水花灌进他的耳朵，引起发炎流脓，军医检查后叫他住院观察，可他白天坚持到现场指挥，晚上回到休息点才挂点盐水，因为没有得到很好的休息和及时治疗，致使左耳膜严重穿孔。

指导员周建亮处处为战士做出好样子。8月23日上午，他在搬卸石头时，由于船体晃动，无法站稳，右手的中指和无名指被锋利的石头划破，血流不止，痛得脸色发白，在场的团政委杨凝树看见后，下令叫他下船休息，但他让军医对伤口稍作包扎后，又投入了战斗。

党员班长戚胜家就在江西鄱阳，家中也遭遇水灾，房屋被冲。部队临出发前，他母亲来部队看他，连队打算叫他留下，可他死活不干，三次找到连长肖建地，坚决要求参加抗洪，并说服母亲返回暂住亲戚家。在抢运石料战斗中，他右手小指被石尖划破，骨头都露了出来，可他不顾疼痛，稍作包扎又要上阵，被现场指挥的师参谋长薛本平看在眼里，痛在心上，硬是把他"赶"下船休息。

抢险第一天，防汛指挥部计划让三营完成1500吨的卸石任务，结果他们硬是拿下了5000吨，为遏制崩岸、稳定人心起到了重要作用。彭泽县委书记方长春看到官兵们这样舍生忘死，握着官兵们的手，激动地说："没有亲人解放军，棉船完了，彭泽也完了。"

为感谢三营官兵，棉船镇政府特制了一面锦旗，上面写着："爱民如亲人，抢险铸丰碑"。南京军区也授予三营"抗洪抢险模范营"荣誉称号。

第四章　铁军劲旅

- ● 战旗猎猎，杀声阵阵。
- ● 英雄的部队，英雄的兵。
- ● 用意志筑成山，用胸膛挡住水。
- ● 保卫九江保家乡。

1. 钢铁意志英雄营

8月7日傍晚，早早就在南昌陆军学院待命的275团二营接到命令，即刻启程奔赴九江。

部队沿着昌九高速风驰电掣。昌九高速是江西省第一条高速公路，1996年才全线通车。二营从福建南安过来支援江西抗洪，南京军区把部队安置在南昌陆院，就是考虑昌九高速便于机动，能在第一时间实施支援。

21时30分，二营换乘渡船赶到决口现场，借着临时架设的灯光，只见汹涌的江水直往决口处倾泻，横挡在决口正面的几条沉船，被奔突的浪头紧紧围困着，缝隙间激起的水流，形成了巨大的漩涡。决口的下游已是一片汪洋。这里的紧张气氛绝不亚于炮火纷飞的战场。

二营的任务是在决口正中间抢筑围堰。团里要求每个营挑选90人左右的突击队上堤抢险，其他人员到龙开河筑堤。营长传达团里的任务话音未落，全营187名官兵齐刷刷地举起了手。

五连连长段奉刚深知堵决口的危险和艰难，甚至要付出生命的代价，他表情严肃地对全连官兵说："同志们，决口就在眼前，党和人民考验我们的时刻到了，无论多么艰险，我们都要坚决完成上级赋予的任务。"段连长当场指定了自己的代理人。对于指挥员来说，指定代理人就意味着做好了牺牲的准备。全连的突击队员顿时血偾贲张，他们面临的是一场生死决斗，每个同志都做好了流血牺牲的准备。

由于决口事发突然，锹镐、手套等作业工具还来不及供应上来，部队也没有带足工具。官兵们只能用手扒的方式往编织袋中装磷矿石。不一会儿许多同志的双手被尖利的磷矿石划得鲜血直流，但没有一个人停下来。班长曾树清有 6 个手指被划破，细小的磷矿石从他的指甲缝中嵌进去，疼得钻心，但他浑然不顾，依然竭尽全力扒矿石。班长林建辉前几天患上重感冒，在抢险中他强打精神，抱病参战，腿上被尖石划了一条长达 20 厘米的口子，连长再三要求他撤下来，他哭着对连长说："我是班长，更是党员，在这个时候我决不能离开！"仅半个多小时，全营 90 名突击队员有 72 名被割裂手指，47 人蹬烂了解放鞋，18 人臀部被矿石划破。

湍急的江水，巨大的漩涡，把一袋袋抛下去的石料无情地吞没。地方防汛部门紧急赶制了一批钢排架，要求先把钢排架打入沉船正面江中再填石料。二营主动把这一任务抢了过来。

钢排架是由 20 多根钢管扎成的，每排钢架的面积约 20 平方米，重达七八百斤。要把它抬起来，从船头移到船尾，再打入江中，确实不是一件容易的事。不仅艰难，而且危险。钢排架是由废旧水管扎成的，上面锈迹斑斑，表面十分粗糙。许多战士在扒矿石时手上磨起了血泡，有的手指手掌被割破，一直在流着血，此时又抬起这沉甸甸的钢排架，血泡破了，鲜血直流，原来割破的地方钻心地疼。可突击队员们没有一个松手，他们忍住剧痛，一步一步地抬着钢排架横挪着走。

钢排架上留下了一串串鲜红的血手印，这是奋斗的印记，也是青春的印记。

经过 3 个多小时的奋战，12 座钢排架终于成功地打入了江底，形成了一条 26 米长的钢栅栏，为抛填石料、封堵决口起到了关键性的作用。

此时，他们已经20多个小时没吃饭了，超强度、超负荷的体力劳动，早已使他们饿得头昏眼花，可是面对刚刚送来的盒饭、矿泉水，没有一个停下来吃一口、喝一口，又投入了向钢排架外侧抛填石袋的战斗。

封堵决口需要大量的填料，石块、沙子跟不上，就只好从附近粮库紧急调运陈年稻谷。搬运稻谷并不比搬运石料轻松，甚至要忍受更大的痛苦。

8月8日上午，一艘满载80吨稻谷的驳船停靠在沉船附近。从运粮船到构筑围堰的地段，要经过3艘船、2块跳板。扛稻谷，稻芒刺人，尘土飞扬，稻谷灰与汗水交织在一起，使人浑身奇痒难忍，许多人的脖子上被抓出了一道道红印子，甚至把皮肤都抓烂了。稻谷灰钻进眼里更是难受无比，越揉越痛，睁开闭着都不是滋味，影响到走路也是左摇右晃的。

那些天，气温特别高，大家身上的迷彩服外又穿着救生衣。两层衣服，散热很慢，就像闷在蒸笼里一般，前胸后背都生出了痱子，有的战士索性把上衣脱了，光着背上。现在上来的是稻谷，痛苦可想而知。

与酷热、奇痒相比，更难忍的是烂裆。来九江之前，二营也在参加光缆施工，高温闷热的环境下，官兵烂裆十之七八。到九江后没有时间，也没有地方洗澡，每天汗如雨下，流到裆部，使烂裆更加严重，走起路来像刀割一般。有的战士痛得受不了，就把止渴用的矿泉水往裤裆里倒，让凉水刺激润滑一下，以减轻痛苦；有的索性把容易卷边的八一大裤衩脱掉，里面空荡荡的不易积汗水。

战士何准建烂裆特别严重，裤头粘着裆部皮肉，每走一步产生摩擦，疼得钻心。班长见他走路叉开双腿，迈着八字步，一步一步地移，就把他扶到僻静处，替他脱下长裤，只见浸透血迹的短裤紧紧粘贴在他的大腿内侧，班长忍住眼泪，替他慢慢地把短裤一片一片地撕揭下来，

| 冲个凉

短裤上沾着一层薄薄的皮，裆部像搽了一层红药水，血迹斑斑。班长要他休息，他坚定地摇摇头，穿起长裤又冲上战场。

许多战士都是这样，忍受着烂裆的痛苦，默默地坚持战斗。

第一艘船的稻谷刚搬完，第二艘载着 80 吨稻谷的船又到了。他们来不及歇口气，又投入到紧张的搬运之中。正是中午一点多钟，火辣辣的太阳施展着它的淫威，没有一丝风，甲板被晒得滚烫滚烫，沉重的麻袋压在战士们的肩上，每个人身上大汗淋漓，像水洗过一般。大家口干舌燥，喉咙里直冒烟，每个人发的一瓶矿泉水早用完了。当时矿泉水的供应还没有完全接上，凉开水一时又难以送上。有的拉起充满盐斑的衣服领子，用嘴舔一舔；有的干脆舀相对干净些的江水，含在嘴里润润口

105

后再吐掉。

水！水！水！此时水已成为官兵们最渴望得到的东西。

战士石蒿把 40 个水壶摇了一遍，终于找到了半壶水，他惊喜地走到连长面前，把水交给连长段奉刚。段奉刚对他说："快分给大家。"水壶在 39 名战士手中传递着，看到战友们一个个干渴的样子，谁都舍不得往自己嘴里灌一口。水壶最后又回传到连长手中，半壶水依然如故。望着这 39 名嘴唇干裂的战士，这位铮铮汉子的眼睛湿润了。段连长把水壶打开，抿了一小口，然后命令每人喝一口，水壶在战士们手中传递，泪水在战士们眼中滚动。这口水仿佛是天降的甘露，点点滴滴都流到战士们的心坎上，滋润着大家的心田。

这就是伟大的军队，这就是可爱的军人！

经过一天一夜的连续奋战，由二营负责抢筑的围堰渐渐露出了水面。这时前来增援换防的兄弟部队已经赶到。集团军首长决定把五连留下来，帮助增援部队熟悉情况。在极度疲劳的情况下，他们没叫一声苦喊一声累。这样，他们又战斗到第三天上午 10 点才撤下来。

270 名突击队员在团长陈建忠的带领下抢筑围堰，营里其他官兵则在副团长黄行辉的带领下，参加抢筑龙开河第二道防洪堤。第一项任务是取土。龙开河被填埋时大多用的是建筑垃圾，石头水泥块混杂，一镐下去只能挖两三厘米，每挖一镐双臂都震得发麻。为了抢时间，没有一个停下来歇息。从晚上 9 点一直干到第二天凌晨 4 点，许多官兵的手上磨出了血泡。随后，他们又开始投入抢筑大堤的紧张战斗。不断有人中暑昏倒，苏醒之后接着干。就这样一干就是 46 个小时，官兵们克服了饥饿、困倦、劳累、炎热等重重困难，以惊人的毅力，高质量完成了上级下达的筑堤任务。

一战连着一战。刚从大堤决口和龙开河撤下来的二营，顾不上休整，又开始抢运沙石，为封堵决口部队输送"弹药"。每天的工作时间超过 14 小时，人均每天负重 6 吨多，在甲板上来回行走累计达 60 公里。这样的劳动量，如果平时放在任何一个人身上，都坚持不到三天，而二营官兵头顶烈日，以钢铁的意志连续奋战7个昼夜。

官兵一致同甘苦，革命理想高于天。在"抗洪抢险英雄营"里，你根本看不出谁是官，谁是兵，你看到的是一个比一个英勇，一个比一个顽强，一个比一个能吃苦耐劳的猛士。

再苦再累，斗志依旧

2. 硬六连的大旗下

九江大堤上，有一面战旗格外鲜艳，上面写着"硬骨头六连"5个毛体大字。

这是一支被仰望的英雄连队。1939年3月，六连以14名红军骨干为基础在河北雄县组建，先后经历大小战斗百余次，以当尖刀、打硬仗著称，涌现出刘四虎、尹玉芬、李恩龙等一大批战斗英雄，形成了以"压倒一切敌人的狠劲、坚持到底的后劲、百折不挠的韧劲""战备思想硬、战斗作风硬、军事技术硬、军政纪律硬"为核心内容的"硬骨头精神"。1964 年 1 月，六连被国防部授予"硬骨头六连"荣誉称号，叶剑英、刘伯承、贺龙、徐向前、聂荣臻等先后为之题词嘉勉。1984 年 1 月，中央军委向该连颁发"发扬硬骨头精神，开创连队建设新局面"锦旗。随后六连参加老山战役，完成坚守 1 个阵地和收复 2 个高地的任务，打退入侵越军排至营规模的 9 次进攻，次年被中央军委授予"英雄硬六连"荣誉称号。六连既是唯一被毛主席 6 次亲切接见的基层单位，也是全军唯一被国防部和中央军委两次命名的英模连队。

8 月 7 日，连队接到转入抗洪抢险一级战备的命令，连队党支部第一时间向团党委递交了全连官兵签名的请战书，请求把最艰巨、最危险、最困难的任务交给他们。全连 104 名官兵人人向党支部递交决心书；52 名共青团员写了入党申请书；46 名官兵咬破手指写血书，表达"我以我身护大堤"的必胜信念；6 名家庭受灾的官兵向全团受灾的官兵发出倡议，表示不为家事分心，全身心投入抗洪抢险。

连长黄朝武 8 月 1 日刚结婚，接到"部队抗洪，火速归队"的电报，匆匆告别新婚的妻子，风尘仆仆地连夜赶回连队。在恋爱中多次受挫的排长何明道，上半年家里好不容易给他介绍了一位对象，7 月底见面后双方都很满意，但认识才几天就接到连队打来的电话，来不及与女友告别，当天就搭乘货车赶回连队。战士刘家强，家里也遭遇洪灾，房屋被淹，紧接着又收到两封"父得绝症，病危"的电报，连队为他办好了请假手续，但听说部队要去抗洪，说啥也不回家。

8 月 11 日 18 时，连队刚下火车，便马不停蹄地赶往九江城防大堤 4-5 号闸口决堤处。先是担负卸运石料任务，没有工具，没有手套，官兵们就肩扛手搬，许多战士肩上划出了一道道血痕，手上磨出了一个个血泡，可没有一人喊苦叫累。毕业于南京政治学院的硕士研究生、副指导员陶向明，跟战士相比，体质要弱一些，但他不甘落后，与连队的训练尖子、战士孙绍华展开竞赛。孙绍华一次扛两袋沙石，他也扛两袋。孙绍华跑得比他快，他咬紧牙关，一刻不停追着干。党员班长施海斌，抗洪前脚部刚做过手术，到了抗洪一线后，由于长时间的洪水浸泡，伤口感染溃烂，上岸后，脚肿得脱不下鞋，血水直往外渗，他没有吭一声，硬是咬着牙，用塑料布和编织袋把受伤的脚裹起来继续战斗。炊事班战士康良峰，烧菜时烫伤了胳膊，他第一次送饭到大堤时就"赖"在了堵决口现场，偷偷加入了战斗。由于他身材矮小，明显跟不上战友的节奏。连长、指导员把他拉到大煤船上，锁进驾驶舱，强行命令他休息。可20分钟后，他从驾驶舱的窗口爬出，又加入了扛运沙包的队伍。战士孙小军，扛运石块时不慎从跳板上连同大石块一起摔入江中，背部受伤，军医要求他下堤检查，他拍拍胸脯笑着跑开了。还有拖着扭伤的脚继续战斗的排长袁志松、右脚骨髓炎发作坚持不下火线的党员班长王学兵……六连的兵个个都是好样的。

12日清晨，六连加入了封堵决口的队伍。这时，指导员刘忠宇发现决口外围堰东侧出现一处长达20多米的严重渗漏，如不及时封堵，随时都有溃堤的危险，直接影响决口封堵进程，还可能给正在决口处打桩、填包的官兵带来生命危险。刘指导员立即组织党员突击队把救生衣让给战士的严团长，刚下水就遇上了麻烦，脚下有一股强有力的吸力把他直往下拉，懂水性的严团长感到事情不妙，硬往上顶肯定逃不出漩涡，只见他把身体横过来，一个猛子潜泳游出20多米，然后才把头探出水面，岸上和水中的战友们见了一阵惊呼。远在杭州的上城区区长张鸣放听说"严团长被水冲走"的事后，马上派人购置了1000件救生衣，专门送到九江。跳入激流中，筑起了一道人墙。决战时分，团长严杰、政委高林科也加入了六连的党员突击队。

全连官兵奋战10个小时，抛填石料、沙袋2000多吨，终于堵住了渗漏，为决口主体堤坝的合龙扫清了障碍。

铮铮铁骨硬六连，奋战九江展雄风。与众不同的硬骨头六连，在封堵决口的整个过程中，全连官兵没有一人中暑，没有一人病倒，是一支拖不散、累不倒、压不垮的"抗洪铁军"，名副其实的"硬骨头"。

硬六连在决口处激战

在六连的队伍里，还经常会出现穿着各色服装的人员，空军驻蚌埠某部炊事班长邱志文就是其中一个。10日小邱已买好了回山东威海探亲的车票，当他从电视新闻中得知六连在九江抗洪抢险的消息后，当即退掉车票，从蚌埠直奔九江。他风尘仆仆地赶到九江城防大堤，大老远就看到"硬骨头六连"的旗帜在决口处高高飘扬。邱志文疲劳顿消，他找到六连干部，坚决要求随六连一起战斗。连队把小邱这名特殊的兵编在了四班，邱志文在大堤上连续奋战，直到堵决胜利合龙。当小邱依依不舍地离开六连时，动情地说："百闻不如一见，硬骨头六连名不虚传，硬骨头精神将永远激励着我！"

来自大连海军某部的九江籍上校军官张绪鹏，即将转业脱下军装，得知硬骨头六连就在九江抗洪，丢下手头正在联系中的工作，跑到了大堤上找到六连要求参加突击队，他说："生命中有段在硬六连当兵的经历，一辈子不后悔！"

六连的老兵们在电视里看到曾经魂牵梦绕的"硬骨头六连"旗帜，

也纷纷从全国各地赶来。曾在老山战役中被誉为"十六勇士"之一的二等功臣刘亮华和已是镇党委书记的李必田，特意请了假，从湖北武穴赶到九江。1991年退伍回到江西德安的刘世扬、曾海流、曾照华也赶回了老连队。他们和战友们一道抢堵决口，加固堤坝。一位1959年入伍，在六连奋斗了7年的张进禄老人也赶来了。他说，虽然我已不能和战士们一道并肩战斗，但还是可以尽一些微薄之力。他天天和六连炊事班战士一起忙着烧水做饭、送水送饭。

在六连有一句话：进了六连门，就是六连人；出了六连门，还是六连人。对于六连人来说，连队的旗帜就是灵魂、就是力量、就是方向。

大旗一举，天下云集，这就是硬六连的号召力。抗洪期间，先后有160多名退伍老兵、探家士兵、转业干部，以及地方的机关公务员、下岗工人、大中小学生自觉汇集在一起，在九江大堤上以实际行动体验和实践"硬骨头精神"。

"硬骨头六连硬在哪里／硬在勇猛顽强从不畏惧／刺刀见红杀出威风／恶仗硬仗创奇迹／千锤百炼战旗红／硬骨头六连所向无敌……"这首六连官兵唱了几十年的连歌，在大堤上久久回响。

如今，在九江市浔阳区，还有一所硬骨头六连希望学校。它是九江堵口胜利后，由硬骨头六连所在师发动官兵捐款，加上杭州教育局、杭州电子工程学院共同筹资兴建的，占地2000平方米，为九年一贯制学校。为了弘扬"硬骨头精神"，学校专门创建了"硬骨头六连"展览室，向师生宣传"硬骨头六连"的光荣历史、赫赫战功和英雄事迹。学校还要求班主任在班队会中经常宣讲"硬骨头精神"，各班利用墙板积极宣传"硬骨头六连"的英雄人物，学校定期开展讲"硬骨头英雄"故事比赛……

"硬骨头精神"已在九江生根发芽、代代传承，成为军地共同战胜艰难险阻的精神力量！

3. 尖刀连名不虚传

在大堤上，还有一支声名赫赫的英雄连队，它就是步兵第 92 师"红色尖刀连"。

"红色尖刀连"是一支从抗日烽火中走出来的连队，1939 年 11 月组建于山东莱西，先后参加过济南战役、淮海战役等大小战役战斗 110 多次，歼俘敌 2 万余人。1946 年，在胶东掖县粉子山阻击战中，坚守象山阵地三天四夜，全连战至仅剩 7 人，打退敌 27 次营以上规模的进攻，战后被胶东军区授予"象山连"荣誉称号。1965 年，连队因"思想红、技术精、作风硬"，被国防部授予"红色尖刀连"荣誉称号。

军情急如火。尖刀连奉命赶到九江，已是晚上 9 点多钟了。虽然多日的光缆施工，加上一路上长途跋涉，官兵们疲惫不堪，但他们一到目的地，第一个动作不是安营扎寨，而是向团里递交请战书。

6 月 29 日午夜时分，九江城防大堤 54 号闸口堤脚一个水塘里发现 4 个泡泉，连队官兵得到消息，一跃而起，两分钟就集合登车完毕，只 10 分钟就到达 3 公里外的泡泉处，装运土包沙袋进行堵压。然而由于水塘底部淤泥较厚，泡泉不仅压不住，反而越来越大、越来越多。一上阵，尖刀连就遇上了对手。

在场的专家当场拍板：人员全部撤到水塘周围，然后筑起 150 米长的围堰，再引入附近下水道的水，使塘内水位与长江水位相近，以阻止江水内渗，防止险情扩大。

要筑的围堰有五分之三是在水里，意味着施工的难度大大增加。然而，尖刀连官兵早就憋足了一股子劲，一声令下，大家争先恐后，装土的挥锹不止，扛包的一路快跑，垒包的手脚并用，一个个挥汗如雨、疾步如飞。

随着一袋袋沙包的飞快垒砌，一道底宽 3 米、顶宽 2 米、高 2.5 米的围堰向前不断延伸。这时，前面遇上一段约 40 米长的"危险地段"，左边是用砖砌成的民宅外墙，右边是被淹的几个露天厕所和一家化工厂，水中浸泡着化学原料，水面漂浮着一层粪渣。不用说，这水肯定有毒性，而且散发着一种刺鼻的臭味。怎么办？困难挡不住尖刀连的英雄汉。负责垒包的五班 8 名同志在班长李方国的带领下，毫不犹豫地跳入齐腰深的污水中。他们接过战友递来的沙包，一袋一袋往水底垒。

水太脏，直接抛投溅起的污水粪渣搞得到处都是。于是，改变方法，由扛包的战友直接运进水中传递。一班长夏昌胜在光缆施工中右脚不慎踩到玻璃片，脚底被划出一道 6 厘米长的口子，走路一瘸一拐的，

┃官兵们用麻绳编成网袋装石头

| 坚毅的目光

连队干部要他去装土，不要下水，防止感染，但他还是扛着沙包往水里跳。伤口经有毒的污水浸泡后，每走一步都钻心地痛，但他硬是咬牙坚持着。上岸后，许多同志全身又红又肿，奇痒难忍。夏昌胜的脚更是肿得连鞋子都穿不上，但他一声不吭，从装土的战友那里要来一只大两号的鞋子穿上，继续一瘸一拐地扛包。

就是凭着这样一股拼劲，全连官兵连续奋战 8 小时，加固了 50 米长的大堤，垒筑了 90 米长的围堰，装运土石 360 多立方，排除了 6 个泡泉。

无惧无畏，刺刀见红，尖刀连名不虚传！

8 月 7 日下午，九江城防大堤 4–5 号闸口决口时，上级命令尖刀连以最快速度赶赴龙开河，参加第二道拦洪堤抢筑战斗，阻止洪水向九江市逼近。

当时尖刀连因突击垒筑 53 号闸口内侧坡台，连续奋战一天一夜，刚撤回驻点休整，并不知决口消息。忽然看到在连队检查工作的团长飞步往指挥所跑，连长指导员马上意识到可能有重大险情发生，立即集合全连待命。果然不大一会儿，上级下达命令，要他们立即赶赴龙开河筑堤。全连迅速行动，从动员到抵达 7 公里以外的龙开河，仅用了半个多小时，是第一个赶到龙开河的连队。这就是尖刀连的锐度，这就是尖刀连的速度。

这是一场紧张激烈、艰苦程度不亚于封堵决口的战斗。

开始时，地方的挖掘机还没赶到。官兵们连挖带装，坚硬的泥土刨下去，震得两臂发麻。扛包的战士，大个子一人扛两包，小个子一人扛一包，来回都是奔跑，全身上下汗水流淌，像水洗一般。大家累了喊几声号子，渴了喝几口水，右肩编织袋磨出了血，就用左肩扛；左肩磨出血，就用背驮。没有哪个官兵的肩上不是血淋淋的。到晚上 9 点半左右，全连在 5 个小时内共装运土方 800 吨，人均近 9 吨，每人往返距离23 公里，终于在近百米地段上筑起一道宽 8 米、高 1 米的堤基。这时，后续部队陆续赶到了，上级决定把这段堤基让给兄弟部队续筑，尖刀连转到更艰苦的地段筑堤。连队干部二话没说，集合部队，高唱着连歌，跑步奔向新的作业区。

尖刀连不愧是尖刀连，专门向着最坚硬的地方冲锋。

在长达百米的新作业区，地面淤泥很厚，铲土机无法开进，他们只能到 150 米开外的地方自己铲土运土；新作业区地势低洼，这意味着别人筑 4 米高，他们要筑 5 米多高；新作业区距离决口处最近，又意味着决口一旦溃破，他们将最先受到洪水的冲击。

艰苦和危险像一把利剑，悬挂在他们的头上，时刻威胁着他们的生命安全。然而全连官兵早已把个人生死置之度外，他们扛着沉重的沙包，往返奔跑着，冲锋的队形就像一把尖刀犁过淤泥积水，一路泥浆四溅，不一会儿，一个个都成了泥人，但谁都顾不上抹一把；许多人鞋子被泥泞粘住了，拔不起来，索性甩掉鞋子，赤着脚干。不少同志的裆部被沾满泥沙的裤子磨出了血，就干脆脱去长裤穿着短裤干。开始筑堤时，官兵们都按上级要求穿着救生衣，只干了一会儿，就嫌穿着太热，又影响行动，大家就光着膀子穿着短裤扛着沙包奔跑。此时，在连队的作业区内，已分不清谁是干部、谁是战士，谁是张三、谁是李四，眼前看到的是一群从头到脚满是泥浆的"泥人"在来回穿梭。

时间在一分一分地流逝，堤坝在一层一层地增高，官兵们的体力也在一点一点地消耗。扛包的同志又困又累，渐渐由开始时的快跑到慢跑，又由慢跑到快走，由快走到慢走，到后来只能是一步一步地向前挪。脚像灌了铅似的越来越沉重，迈开一步都是那样艰难，但大家还是硬撑着，像纤夫拉纤般背着沙土袋前进。实在走不动了，就和装土的、垒墙的战友换一下。

见此情景，连队干部们不忍心再催促了，但战士们却互相鼓励着："坚持，坚持就是胜利！""快点，不能停下！"是的，此时谁也不能停下。堤坝还没筑成，不能停下；而疲惫困乏的身子也不能停下，一停下来就会立即睡着。

凌晨3时许，土一时跟不上了。就在这间隙，连长说："休息一下！"话刚落音，大家就在泥巴地上一躺一靠，立刻昏睡了过去。仅仅五六分钟后，当连长喊一声"干活"时，沉睡的官兵竟然都一跳而起，马上又投入战斗，在鏖战中迎来了黎明的曙光。

8日上午，已连续奋战两天两夜的全连官兵已是极度疲劳。但堤坝还未筑成，战斗仍在继续。火球似的太阳挂在天上，无情地向大地倾泻着它的热量。没有一丝风，气温高达38℃，而近中午时分地表温度已超过40℃。尽管这样，官兵们没有一个人提出休息。大家越战越勇，继续筑堤。工地上已有一半人员是赤着脚的，85%以上的官兵因为严重烂裆，疼痛难忍，是张开双腿曲着腿走路的，虽然速度比前一天慢，但谁也没有停下。许多战士扛着六七十斤重的土袋，感到越来越沉重，甚至连扒着堤坝往上爬的力气都没有了，接二连三有人从堤上滑落下来，但他们扛起包又继续艰难地往上爬。从中午 11 时到下午 1 时，两个小时时间里，全连先后有 22 名同志中暑倒地，最集中时不到 10 分钟就倒下 6 个人！但他们吃几粒人丹，喝瓶正气水，或是喝碗老乡们送来的绿豆汤，或是在工地旁挂瓶盐水，或是请当地群众帮助刮痧消暑后，就又投入了战斗。一位为中暑战士刮痧的老中医，一家 4 口人用上了还不够，看着不断被搀扶进来的战士，他流着泪拉住战士的手一再央求："你们再不能这样干了，这样会出人命的！"战士们也知道，这是向生命极限挑战，但为了保卫九江人民的生命财产安全，大家都豁出去了！不过，人的体能毕竟是有限的，不久有 7 名体质较弱的战士终因重复中暑，昏迷过去，被抬进医院急救。

新战士冷云峰，先后三次中暑倒地。第一次中暑晕倒，班长把他扶到一边灌了一点矿泉水，他一清醒过来就起身奔向工地。半小时后，他又一次中暑昏倒，被灌了四瓶藿香正气水才苏醒过来。连长命令他原地休息，他嘴上答应着，可等连长一走，他又上了工地。一个多小时后，他第三次中暑倒地时，不仅昏迷不醒，而且四肢抽筋，脸色发紫，心跳缓弱，被送到九江医专附属医院，诊断为重度中暑，救治 20 分钟后还没醒过来，急得医生头上直冒汗。几个群众自发买来几瓶冰水放在他身边，为他降温。40 分钟后，冷云峰终于苏醒过来，睁眼一看是在病房，就要撑着下床返回工地。在场的几个护士被感动得哭了，硬是把他按住，边流泪边为他脱去泥衣，给他换上干净的病号服，并指定专人监视着他。但冷云峰只在医院住了一天半时间，便不顾医生的再三劝阻，偷偷返回了连队。

尖刀连官兵奋不顾身抢筑堤坝的情景，也深深感动着周围的群众。九江电视台一位姓张的女记者在连队采访时，看到官兵们艰苦卓绝的战斗场面，边流泪边采访，在现场录播时，竟连续两次没说完主持词就泣不成声，无法续录。

4. 不见洪水的抗洪部队

不上堤坝不堵口，天天搬着石头走。

这是一支特殊的抗洪部队。自奉命开赴九江抗洪抢险以来，步兵第三师八团 600 多名官兵既没能上 4—5 号闸口堵决口，也未能上堤巡查抢险，而是天天到茅山头货场肩扛手搬卸石头。不声不响苦战多日的官兵们，自嘲是"没有见过洪水的抗洪部队"。

八团是第二批增援九江的部队之一。8 月 11 日晚上一到九江，团党委积极向上级请战，要到最危险的地方去抢险。出乎他们意料的是，不仅没有争到上堤堵决口的任务，而且连别的一线任务也被先头部队抢走了。

12 日，全团官兵到城防大堤 64 号闸口搬石块装船，奋战一天半完成 1410 吨的装船任务后，便转到茅山头货场卸石块，自此，就再也没有见过长江水。

虽然身居二线，但每天 1700 多吨的石块，官兵们卸起来并非易事。从山东、河北等地源源运来的石块，重的达上千斤，需要 10 多人才能推动。战士们 10 人一组，60 吨一节的火车皮每天要卸 2—3 节，人均 10 多吨。战士们手脚被刮破是常事，一副新手套半小时下来必破无疑，手脚缝了 3 针以上的战士就达 12 人。

运石料的车皮，原来装的是煤炭、水泥、化肥、农药等，什么都有，闷罐车内高温难耐、气味熏人、尘土飞扬。有位战士做了个试验：一根刚从冰箱里拿出来的冰棒放在车厢里，很快冰棒就全部化为水。在这样的环境下，官兵们不叫苦不叫累，克服困难大干快上，心中只有一个念头，就是不能让前线缺土少石。

班长王磊，身强体壮，平时两三百斤的石头都能扛得动，由于连日作战，疲劳的他在翻一块大石头时，手脚无力发软，被砸伤了脚，大脚趾甲被整个砸掉，脚背肿得像个大馒头。军医包扎后，他站不起来，就坐在石头上，拣小一些的石块一块块往车厢外扔。王磊说："我们连队是志愿军总部授予的'二级战斗英雄连'，我们千里驰援到九江，此时不冲锋何时冲锋！"

战士郑华明家在永修，离铁路线只有 50 米。郑华明在军列上远远看到自己家中的房顶漂在水面上，他流泪了。排长问他是否需要回家看一看时，他说："去保护长江大堤比什么都重要！"到九江后，他把担忧埋进心里，冲在前干在先，被战友誉为"铁汉子"。

曾在抗美援朝时被誉为打不垮的"钢一连"，如今又出了一个压不弯的"钢脊梁"，说的是连队指导员郑好明。他来之前因训练受伤导致

| 肩扛手搬卸石头

腰椎间盘骨裂，手术后脊椎还留有 2 根 12 厘米长的钢丝。12 日深夜，连队受领赴 64 号闸口搬运石料的任务后，他不顾腰伤，与二班长率先抬起一块 300 多斤的石头走在队伍前列，一直干到凌晨 3 时。安排了体弱的士兵休息后，郑好明又带领由 14 人组成的党员突击队，继续搬运石料。战友们担心指导员的腰伤，劝他休息一会儿。郑好明挺直身拍拍贴了 4 张止痛膏的腰说："没问题，钢的。"从此，"钢脊梁"的绰号就在全团叫开了。

8 月 16 日，为应对第六次洪峰，中央军委命令所有抗洪部队上堤。官兵们兴奋不已，总算盼到了上堤见水的那一刻。晚上 8 时，全团官兵开赴城防大堤 13 号至 16 号闸口，可还是没有上堤，也没有见到江水。上级命令全团在堤脚待命，全团官兵齐整整地坐在堤脚，无人翻过堤去看江水。第二天下午，他们又撤了回来，继续到货场卸车。

为此，许多战士窝了一肚子火：自己是到九江来抗洪抢险的，可连江水都未沾过。有人问战士们长江在哪里，结果东南西北，指什么方向的都有。

发现战士们的情绪后，团党委及时开展思想引导，教育官兵认清卸石头与堵决口一样是为了确保大堤安全，前方后方一样是流血淌汗，要求大家把配角当主角演好。团长石建春自嘲："也许正是因为我姓石，全团跟着我一起卸石头。"

思想通了，官兵的劲头更足了，搬石头的速度更快了。

一师炮兵团也是类似的情况，11 日下午到九江后就驻扎在大堤边，负责 1-3 号闸的巡堤排险、加固堵漏。比八团幸运的是，他们天天可以见到水，而且离核心战场只有咫尺之遥。当炮兵团官兵赶到时，堵决战斗正是白热化之时，炮兵团长何忠良、政委陶鲁豫当即带领加榴炮营和反坦克营官兵运送石料沙袋、支援堵决战斗，中午全团官兵都加入了战斗。后面一个多月时间里，主要任务都是巡堤固堤。从一定程度上说，责任和压力更加考验人。

在九江抗洪的部队里，像三师八团、一师炮兵团这样的情况还有很多，他们甘当绿叶衬红花，愿做祥云托皎月，在背后默默支持着一线战斗部队。他们甚至没有留下多少影像和资料，使人无从查找他们当年的英勇故事。但他们都为九江抗洪抢险的最后胜利做出了贡献，什么时候都不能忘记他们。

青山因溪的环抱而愈显苍翠，红花因叶的衬托而格外艳丽。

第五章　沧海英雄

- 红军后代，铁打的汉。
- 上阵都是硬骨头。
- 站着是根桩，倒下是堵墙。
- 沧海横流，方显英雄本色。

1. 要活英雄，不要烈士

翟冲是陆军第 31 集团军 275 团八连战士，在参加九江城防大堤封堵决口的战斗中，哪里最苦、哪里最危险就冲向哪里，连续奋战 38 小时，因劳累过度，昏死在长江大堤上，心脏停止跳动 10 分钟，经专家全力抢救昏迷 40 多个小时才苏醒过来，可以说在死神那里走了一遭。解放军四总部表彰他为抗洪抢险先进个人，南京军区授予他"抗洪勇士"荣誉称号。

好一个翟冲，确实是一个生命不息、战斗不止的硬汉子。8 月 7 日，那个令人难忘的黑色日子，翟冲所在的团队奉命从国防沟缆施工工地紧急驰援九江。

部队到九江的第一场战斗是往编织袋里装石料。在来不及带铁锹的情况下，翟冲就和战友们用手扒、用脚蹬。翟冲干得最起劲。不一会儿，他的两手就被尖石磨破了，右手的中指、无名指嵌进了小石子，指甲往上翻，鲜血直流。翟冲忍住钻心的疼痛，不停地装袋，血流下来，他就在编织袋上擦一擦；痛得厉害，就把手指放在嘴里含一含。卫生员叫他停下来包扎，翟冲说"不要紧"。20 多分钟时间，翟冲一个人装了 25 袋石料。几乎每条袋子上，都沾染了翟冲手上的血。

晚上9时，部队来到决口处执行抢险任务，眼前的景象令翟冲心头一紧，只见大堤被汹涌的洪水冲开一道60米宽的口子，洪流咆哮着直泻堤外。远处的民房只能看到房顶。决口处沉船缝隙之间水流湍急，漩涡一个套着一个，发出令人心悸的吼叫声，好像一头头凶猛的巨兽，张开一张张血盆大口，又像无情的黑洞，吞没着人们的希望。

看着眼前的一切，翟冲的心都碎了。他恨不得立刻投入战斗，尽快制服猖獗的洪魔。

团里所担负的任务是在两艘沉船之间抢筑围堰，突击队员分成前沿抛填、中间运送、后尾装袋三个小组，八连的任务是负责前沿抛填。

汹涌的江水像一头急欲冲出铁笼的猛兽，拼命撞击着沉船，船沿激起高高的浪花，把甲板打得湿滑，站在60多厘米宽的船沿上抛石料，稍有不慎就可能连袋带人滑入江中。翟冲见这个危险的活没有自己的份，就找指导员要求参加。没等指导员同意，他就抢先跑到船沿边上，占了一个位置。指导员抓住他的手喊："不行，这里太危险。你去负责运送石料，一样是干活嘛！"翟冲却说："党员、班长们都不怕危险，我也不怕。"指导员见他态度坚决，没有办法，只好同意他参加抛填石料，并为他系好安全绳，叮嘱他一定注意安全。

谁都知道抛填石料是一项很苦、很累、很险的活。苦，就是流水线作业，前面4个人要接过后面6个人传过来的石料，并往决口处抛投，一刻也不能停歇，连擦汗的时间都没有；累，就是像推磨一样连轴转，沉重的沙石袋一包接一包传到手上，没有喘息的机会，这里说是传，实际上都是抛接；险，就是要站在60多厘米宽、又湿又滑的船舷上往决口处抛沙袋，随时有带下去的生命危险。

按规定，抛填组每半小时轮换一次，可翟冲一次也不肯轮换，他一口气干了5个班次，时间长达两个半小时。晚上12时返回时，翟冲的手上被磨破了一层皮，手腕肿大，轻轻用手一按就是一个窝，坐下去再站起来都很困难。翟冲没有说一声苦，叫一声累，倒是班长握着他的手难过得流下眼泪。

用什么最有效的办法堵住滚滚洪流，堵口现场的官兵一直在苦苦求索。水流太急，单袋抛填全是徒劳，随船指挥的领导决定用编织网兜，网住二十几包沙袋往决口推，可是因为水流实在太急，还是被漩涡卷入船底冲走了。

突击队的官兵们看在眼里，急在心上。这时，翟冲向指导员提出一条建议："指导员，用麻绳将网兜捆起来，一头固定在对面沉船的栏杆上，然后再推下去，这样效果可能会好些。"指导员觉得这个建议不错，立即报告了团长。但是站在对面的沉船上固定绳索很危险。沉船一半露出水面，船身倾斜30多度，且船面湿滑，万一掉下去，后果不堪设想。团长沉思了好一会儿，对八连指导员何万生说："你亲自去组织。"指导员正要带两名同志过去，翟冲一把拉住他，说："指导员，你要组织部队，让我去！"说完，就和五班长段海涛爬上了沉船。倾斜着的沉船在汹涌的江水冲击下剧烈晃动，在甲板上行走必须斜着身子，猫着腰，才能保持平衡。甲板上又湿又滑，稍不小心就会滑入江中。全连官兵都为他俩捏一把汗。但翟冲面对危险，沉着冷静，毫不畏惧，他同五班长一道将大家抛过去的绳子牢牢地系在了沉船的栏杆上。

不一会儿，溅起的水打湿了他的全身，对面吹来的煤灰，沾得他全身乌黑，脸上只露出一口白牙。指导员几次叫他下来，换别人上，翟冲说："不要换了，我还能行。"一个多小时，他一直战斗在对面的沉船上。这一个多小时，是翟冲与死神擦肩而过的一个多小时；这一个多小时，斜着身子猫着腰，提防着落水的危险，显得那样漫长、难熬。可是，翟冲挺过来了。

决口尚未堵住，战斗还在继续。8月8日凌晨2时许，正是人们倒头酣睡的时候，也是堵口战役进行得最激烈的时候。运石料的船给夜战的官兵们送来了一些方便面，八连只分到24包，达不到一人一包。指导员把24包方便面先给担任抛填任务的战士们，因为他们劳动强度最大，翟冲拿到方便面正准备吃，忽然看见战友李涛没有。他赶忙走过去，把自己那包方便面塞给了李涛。李涛说什么也不肯要，翟冲对小李说："我挎包里还有一点饼干，你先吃。"经不住翟冲的劝说，李涛接过了方便面。

其实，从 7 日中午出发到现在，部队行动一环扣一环，哪有时间去买饼干？又到哪里去买饼干？为了把方便面让给战友，翟冲说了句善意的谎话。而当他看到别人津津有味地啃着方便面时，难耐的饥饿感一阵阵向他袭来，实在受不了，他就去喝了几口水，紧紧裤腰带。就这样，翟冲忍着饥饿，一直坚持干到第二天上午。

从工地上下来，还没休息多大一会儿，转眼到了中午，由于沙石填料供应不上，地方防总紧急调来一批稻谷做填料，并决定派翟冲所在的团队负责搬运到决口处。此时，骄阳似火，酷暑逼人，甲板上的温度超过 40℃。站在炎炎烈日下就是不干活，也会被晒得满身大汗。班长见翟冲面色苍白，头上冒着豆大的汗珠，怕他累倒，叫他负责把稻谷抬到别人肩上。相对来说，这是一项比较轻的活，可执拗的翟冲再一次要参加搬运。

装稻谷的船停在离决口 100 米远的地方，中间隔着 3 条船，扛一袋稻谷要过 3 块宽 0.4 米、长 6 米的独木桥，对生长在北方、从没在船上待过的翟冲来说，不要说驮 130 斤重的稻谷，就是空手走在摇晃不定的独木桥上也十分困难。翟冲体重仅 115 斤，而他肩上扛的却是比他体重还要重 15 斤的稻谷。

连队是从光缆施工直接转入抗洪抢险的，施工期间连队大多数同志烂裆，翟冲烂裆尤其厉害。汗水流到裆部，如同抹了盐水，钻心地痛，他叉开双腿迈着八字步来回走动，血水和汗水把内裤与皮肉粘在一起，每走一步都要承受巨大痛苦，实在痛得受不了，他就把仅有的一瓶矿泉水往裤裆里倒，以散热降湿，缓解疼痛。沉重的袋子压在翟冲的肩上，一趟一趟。两个小时后，翟冲感到头昏眼花，双腿发软，虚汗顺着脸颊一个劲地往下淌，一步一挪，十分吃力。大家叫他下来休息一下，他却摇摇头，不肯停步，他想到的是多驮一袋填料，决口就早一点堵住。

下午2时，是一天中最热的时刻，翟冲终于支撑不住，中暑倒在甲板上。班长赶紧把他扶到船头，军医赶来把他从昏迷中救醒，要为他输液，翟冲说什么也不肯，一口气喝了3支藿香正气水，待身体稍稍恢复，他站起身来又投入到扛运稻谷的行列。

人，毕竟是由血肉组成的。长时间的超负荷劳动，不要说血肉之躯，就是一台机器，也要被拖垮。

8月9日，八连到43号闸口抢运石料，早上出发时翟冲的班长向指导员报告，说翟冲身体不舒服，早饭没有吃。指导员考虑到他昨天中过暑，就让他在家休息，可是到了闸口，清点人数时，发现他又在队列中。看到翟冲这样不听话，连队干部又气又爱。气的是他不听话，明明交代他在家休息，可他悄悄又跟来了；爱的是这个兵太好了，身体成了这个样子，想的还是抗洪抢险。指导员走到他身边，对他说："翟冲，不要干得太猛，受不了就下来休息一会儿。"可是扛运沙石的战斗一展开，翟冲就像是上了发条的弹簧，每次扛沙袋都是一路小跑，有时还扛两包。

上午9时许，翟冲感到胸闷头晕，胃里直泛酸水，双腿发软，几次险些摔倒，班长叫他下来休息一会儿，他说："我没事，就是有点头晕。"只喝了一支藿香正气水，又继续投入战斗。指导员走到翟冲身边，命令他说："你立即下去休息！"翟冲说："指导员，我刚才已经休息了一会儿，现在没事了。"在他看来，喝藿香正气水的那一点点时间就算休息了。

硬汉子翟冲就是这样争分夺秒，忘我战斗。中午11时30分，翟冲再也支持不住，一头栽倒在大堤上。

翟冲倒下了，一个英雄倒下了。现场保障的医务人员和数十名群众迅速围拢过来，有的帮他解衣散热，有的端水为他擦身降温，有的为他刮痧掐穴。一位 40 多岁的大嫂泪流满面，哭泣着跪下右膝一手把翟冲扶起，一手拿着勺子往他嘴里喂绿豆汤，看到汤水喂不进去，大嫂急得捶打着自己的胸口，又哭又喊："孩子，你醒醒，你醒醒呀！你为了我们，连命都不要啦！"可翟冲紧闭着双眼，生命处于垂危之中。

翟冲被送到解放军 171 医院时，为他清洗伤口的护士和医生简直不敢相信自己的眼睛。脱去外面的迷彩服，只见翟冲的双肩和背部又红又肿，被石棱划破的一道道血痕清晰可见，脚背的皮大部分破了，血肉模糊，脓血粘满了鞋底。护士长王永红小心翼翼地为翟冲清洗伤口，边洗边流泪，对护送的人员说："我干了 10 多年的护理，从来没有见过这样拼命的人，他是在用生命与洪水搏斗。"

经医生诊断，翟冲患的是"日射病"，是长时间在烈日底下过度曝晒造成的罕见病种，这种病在全国只发现 7 例，死亡率非常高。171 医院为抢救这位抗洪英雄，成立了由院长、政委负责，14 名科室主任和专家组成的抢救小组，对他进行紧急抢救和特别护理。南京军区后勤部专门从南京总医院抽调神经内科专家高志强教授连夜赶赴九江，主持抢救，并运来了最先进的医疗设备。

英雄的事迹在新闻媒体报道后，九江市民纷纷涌向 171 医院病房，有的送来鲜花，有的送来幸运星，有的送来了营养品。一位 70 多岁的老奶奶把熬好的鸡汤端到翟冲床前，老泪纵横地对医生说："他是为九江老百姓累倒的啊！他不是我的亲孙子，但比亲孙子还亲，我求求你们，说什么也要把他救过来呀！"

翟冲的病情牵动着各级领导的心。8 月 14 日，军委委员、总政治部主任于永波上将率四总部慰问团，专程到医院看望翟冲。

南京军区陈炳德司令员、方祖岐政委指示："要活英雄，不要烈士！"短短 8 个字，饱含了首长爱兵如子的强烈情感。

正如《孙子兵法》有云："视卒如婴儿，故可以与之赴深溪；视卒如爱子，故可与之俱死。"

经过医院全力抢救，翟冲，这位昏迷 44 小时，先后 2 次停止心跳达 10 分钟，8 次间断性呼吸停止的钢铁战士，终于战胜了死神。

翟冲活过来了！

当他慢慢睁开眼睛时，用那微弱的声音说出的第一句话是："我要回连队，我要去扛沙包！"

14 日下午，翟冲所在的八连党支部专门到 171 医院举行了一个简短的仪式，批准翟冲光荣加入中国共产党。

2. 我是长江边长大的

"你们都别争，我是长江边长大的，了解长江的脾气，我先下！"理由无可辩驳，语气不容商量。

8 月 8 日夜，面对咆哮的江水，官兵们都争着要跳到露出水面的沙袋上去抢筑围堰。连长袁传友上前一步，把大家都拦了下来，自己率先就跳了下去。

出生于安徽望江的袁传友，是红军团四连连长。别看他个头不高，但干起活来不要命，人称"拼命三郎"。袁传友骨子里有一股不服输、敢挑战的犟劲和狠劲，这次他带领连队赴九江抗洪抢险，他有两个愿望：一个是连队要处处当尖刀，打头阵；第二个是连队官兵齐装满员，一个不能少。

安徽望江与江西九江相距 120 公里左右，同在长江中下游，地质结构类同，长江水性相近，也同样处在高水位洪水的威胁中。这一地缘因素，居然成了袁传友危险关头冲锋在前的最好"借口"。

刚上大堤的那天夜里，四连负责构筑决口北侧两条沉船之间的一段围堰。当时风大浪急，江水从两条船的底部倾泻而出，冲起一米多高的浪头，袁传友当即带领全连人员冲上了石料船，开始往沉船外侧抛填沙袋，几百只沙袋抛下去，才露出一只沙袋大小的面积。

于是，就出现了开头的那一幕：袁传友拦住众人自己先跳了下去。而看到七班长曹朝霞也跟着跳，袁传友却火了："这里地方这么小，你下来干什么？快上去递沙袋给我！"说着，使劲把曹朝霞推上船去。他自己接过战士们抛下的沙袋，站在水中垒放起来，并用脚一一踩实。

突然，一个浪头迎面打来，他下意识地一躲，却不料脚下一滑，差点被水流冲入船底。情急之中，他急忙抓住沉船船帮。边上的战士一看不对，忙把他拉了上来。他面无惧色，又下去继续干了起来。

构筑围堰进入关键时刻，由于缺口逐渐缩小，咆哮的江水并不甘心被制服，借着围堰两侧三四米高的落差狂泄而下。袁传友主动请战，带着连队来到还剩3米多的缺口处。一开始，装满6吨多重石料的铁笼被推下缺口，摇摇晃晃打个几个滚就被冲走了，洪水和着泥浆依然在奔腾狂欢。

袁传友让战士用三根缆绳一端固定在石料船上，一端系在空铁笼上。因为没有沙袋，受力面小，铁笼虽被冲得左右摇摆，但还是慢慢稳定了下来。铁笼留了一个不大的口子，沉重的沙袋抛填起来容易偏离方向，受力也不够均衡。为了提高垒包效率，袁传友不顾危险，自己跳进铁笼中接战士们抛下的沙袋、石料。

在现场指挥的魏殿举政委看到后，急得喊了起来："袁传友，你不要命了，快给我上来！"他一抬头，看见魏殿举神情严肃的"黑脸"，这才跳出铁笼，上到船上组织战士用钢管和绳子再一次固定了铁笼，并迅速在铁笼四周堆填石料。

休息时，战士们发现袁传友手臂和身上多处被石块和铁笼划破，心疼地劝连长赶紧去救护所敷点药，他只是轻描淡写地说了句"没事"，又投入了紧张的战斗。

10日上午，东侧围堰基本成形，开始堵漏作业。当时由沉船和障碍物垒起的围堰下漏洞很多，水下暗流十分湍急。在现场指挥的李锦平副师长把任务再次交给敢打硬仗的四连。

有了数次历险经验的袁传友，对纷纷要求下水的党员班长们说："你们甭急，我刚下去过，知道危险在哪里，等我先下水摸清了漏洞在哪里，你们再往里填沙袋。"

危险关头，袁传友再一次搬出无可辩驳的理由。

为了减轻浮力，他脱去身上的救生衣和衣服，只穿一条短裤就下了水。战士们赶紧扔下麻绳让他系在腰上，绳子的另一头拴在船上。他一只手拉住绳子慢慢沉下水去，用身体去探洞口。

这时，袁传友感到水流的吸力越来越大，他知道漏洞就在自己下方不远。艺高人胆大，为了解漏洞的大小和具体位置，他还是勇敢地吸了口气，又往下沉去。突然，他的右脚被吸进了漏洞，卡在洞中的铁笼上，人一下子失去平衡，仰面倒了下去，浑浊的江水一连呛了他好几口。他赶紧摇了摇手中的绳子，连队的官兵齐喊："连长，连长！"大家一起用力把他拉了上来。脸色苍白的他坐在围堰上只是休息了片刻，缓了缓神，又若无其事地跳入水中。

连队的其他5名干部和几名水性好的班长再也不放心他一个人下去冒险，也跟着跳了下去，继续展开漏洞排查工作。船上的战士们往下抛填沙袋的速度更快了，他们希望快点堵住漏洞，让连长和水下的战友赶快上来。这天，四连封堵了大大小小12处漏洞，有效地巩固了东侧围堰。

把危险留给自己，把安全让给战士，袁传友说这是一个干部必须做到的，全连任何一名干部、战士出了事，他都无法交代，也无法原谅自己。

刚上大堤时，一些从未见过长江、水性较差的战士，脸上露出了胆怯的神色。袁传友当即脱下自己身上的救生衣给了新战士段严严，段严严急得涨红了脸。"连长，我不能穿你的救生衣，你要指挥全连抢险，比我们更重要、更危险。"段严严又把救生衣推给了连长，袁传友说："晚上天黑，船上又滑，我水性好，你快穿上。"说完不由分说地把救生衣给小段穿上，连队的党员干部也都纷纷地把救生设备让给了战士。

拼命三郎不蛮干，熟悉水性有巧计。

从小在水边长大的袁传友熟悉水性，也善于动脑。他常说："作为连队干部，用兵要狠，爱兵要深，特别是在执行急难险重任务时，更要讲究科学，这样才能达到事半功倍的效果。"

出发前，他就根据战士的身体素质情况，对连队人员进行科学编组。把体力好水性好的编成抢险突击队，负责水中作业；把体力好水性差的编成运料队，负责往决口处运送石料；把体力弱的编成卸料队，负责从船上卸石料，每个组都指定干部负责，确保抢险忙而不乱。

到达决口处，面对不断被水冲走的沙包，官兵有些束手无策的时候，他听到五班副班长朱海平看着大堤外的民房残墙被水冲了这么久还没有倒，自言自语地说了句："这墙被水冲了这么久，还蛮牢固的！"袁连长一听，对呀，墙能挡水，那我们何不把沙包在船上垒成墙状，然后一起堆入水中。就这么干，袁传友让每个排各垒一个 3 米长、1.5 米高的石料墙，听口令一齐推入水中，大大提高了单位时间的抛填量。这种方法果然奏效，只用了一个多小时，沙石袋终于露出了水面。后来团里总结推广这个做法，并命名为"倒墙法"，被国家水利部专家肯定。

袁传友还在围堰堵决中总结出了不少教科书里没有的土办法，但很管用，大大提高了作业效率。

堵决战斗结束了，连队奉命撤下休整，袁连长的两只脚开始不听他的使唤，快撤离大堤时，他还坐在沙袋上，全连战士们都感到十分纳闷，连长从来都是走在最前面，干在第一个，今天怎么啦？排长徐晓峰急忙跑过去问："连长，怎么了？"他小声地说："没事，脚有点痛，你们先带连队走吧，我歇会儿！"徐晓峰没听他的，一把脱下他的鞋，硬是褪下他脚上的袜子，大家一看大吃一惊，连长的脚心脚背都已溃烂化脓，肿得老高，血痂粘在袜子上都快撕不下来了，脚趾间还在流着暗红的血。袁连长几天来一直和战士们一起扛沙袋、堵决口，比干劲、赛速度，这是要忍受多大的痛苦啊！徐晓峰鼻子一酸，眼泪就不由自主地淌了下来。"连长，我来背你。"两名班长也闻声赶来，不顾连长阻挠，硬是把他架着离开了大堤。

3. 身体允许，还想上大堤

2016 年 8 月，时隔 18 年后，"硬骨头六连"所在团再次驰援九江执行抗洪抢险任务。路上，战士们正在传看一封来自"新时期硬骨头战士"嵇琪的信件，兴奋不已。这封饱含情感的信中，嵇琪真切地表达了自己不能随战友们一起去九江抗洪的深深遗憾，表示"如果身体允许，我还想上大堤"。

书信的主人嵇琪，宁波市镇海区人，是"硬骨头六连"所在团修理所的一名战士。1996 年 3 月新兵连结束因表现优异进入六连，后被选中去军区学枪械和制图。同年 10 月，他以全优的成绩从学兵队毕业。返回部队后他便进了团里的修理所，担任技术骨干。

嵇琪的军旅之路似乎一帆风顺，然而命运却在这时跟他开了个很大的玩笑。

让我们把时针再拨回 1998 年那个火热的夏天。嵇琪所在团奉命参加赴九江抗洪抢险，连队考虑到嵇琪身体比较虚弱，时常头晕发低烧，决定其留守。但嵇琪死缠硬磨，终于取得了所长、指导员的同意，但也有个约定，他只能担负一些轻体力活。

到了九江，团队先是担负石料卸运任务，嵇琪冲到船上当起一传手，传输带中的第一节也是最难干的，要从摇晃的船中把石块分离开来，抱出交给战友，人需要不断地弯腰俯身。

刚干了一会儿，嵇琪被一双大手拽住了，回头一看，原来是所长，所长说："嵇琪，不是叫你当安全员吗，你怎么跑到船上来了？忘了来时的约定了？"嵇琪嘿嘿一笑，"顺从"地离开了船舱。

一直在船舱卸石料的所长怎么也没有想到，平时服从命令听指挥的嵇琪，耍了一个"心眼"，他又跑到队尾当起了末传手，而且一干就是12个小时没有停歇。直到嵇琪晕倒在大堤上，所长才发现。

被抬到救护所苏醒后，嵇琪趁人不注意再次悄悄上了大堤，与战友们并肩鏖战。为了参加抗洪，嵇琪与所里的干部玩起了"躲猫猫"，每次"游戏"的结局都是嵇琪晕倒，被发现，送进救护所。

就这样，谁都记不清，嵇琪是第几次偷跑着上大堤了，又是第几次晕倒进救护所了。直到救护所的医生找到所里领导，告诫嵇琪已经晕倒了10次了，再上大堤会有生命危险的。大家才知道嵇琪可能开创大堤晕倒的历史了。在当时的高强度劳动和恶劣的天气下，战士们晕倒并不鲜见，甚至晕倒个三四次也算正常，但像嵇琪这样晕倒了10次是没有的。而战友们也以为他是疲劳中暑，休息一下挂点水就没事了，谁也没想到他此时竟然已身患绝症。

8月25日，嵇琪在长江大堤上面对党旗庄严宣誓，成为全所唯一在"水线"入党的战士。抗洪结束后，团党委给他荣记三等功，战友们还赠送他一个"抗洪铁人"的雅号。

有道是"天有不测风云"。抗洪返回营区后，可怕的病魔正在悄悄地逼近这位年轻的战士。10月23日晚饭后，嵇琪搬着小凳子来到宿舍外，正准备给留守战士讲在九江抗洪的故事，突然晕倒昏迷，被紧急送往解放军117医院，后被确诊为恶性脑瘤。然而，这一晴天霹雳，并没有击倒这位坚强的抗洪勇士。

两个月奋勇斗洪魔，现如今

| 嵇琪

又要斗病魔。

11 月 19 日，在南京军区总医院，经过 6 个多小时的手术，专家们从他左脑室成功摘除一个直径 10 厘米的罕见胶质瘤，但鉴于肿瘤细胞已扩散，当时所有的专家都认为"嵇琪的生命只能以周来计算了"。但嵇琪的坚强让无数人为之动容，他默默地忍受常人无法想象的痛苦，却从不皱一下眉。

病榻上的嵇琪面对步步进逼的威胁，关心的仍是部队、战友和病友，表现得非常沉着冷静。那时候，嵇琪只有 22 岁。因为病痛折磨，原本健硕的硬骨头战士一度瘦到只有 40 多公斤。但嵇琪从来没有想过放弃，他决心用"坚忍不拔的韧劲，坚持到底的后劲，压倒一切敌人的狠劲"的"硬骨头精神"来对付这个突如其来的"敌人"。

嵇琪的事迹传开后，牵动着亿万热心人的心，人们被嵇琪身上的"硬骨头精神"深深感染。1999 年 10 月底，中央军委副主席张万年在视察陆军第一集团军时，亲笔为英雄嵇琪题词："发挥硬骨头精神，争做硬骨头战士。"并指示要在全军、全国大力宣传和学习英雄的事迹。

从嵇琪入院的那一天起，部队上下就给予这位抗洪勇士特殊的关爱。医院成立了特别救护小组，全力延续嵇琪的生命。当嵇琪手术后回到部队，病情再次复发时，所在的连队战友们你掏 20 元，他掏 40 元，一下就捐了 1388 元。当连长、指导员将这笔滚烫的钱送到嵇琪母亲嵇蓉珍手中时，嵇蓉珍的眼泪像断了线的珠子……还有南京军区总医院、117 医院的医生和护士们，也付出了巨大的心血和爱心。

南京军区雷鸣球政委和师长戚建国、师政委陶正明代表部队看望嵇琪母子的同时，自己也向这对英雄母子捐款；1999 年 6 月，嵇琪所在部队开始第二次捐款，全师官兵向嵇琪捐出了数万元救急款……

老山作战时任"三八女子救护队"队长的秦蓉，带着自己和军嫂们捐献的 5000 元现金，专程送到嵇琪床头，她对嵇蓉珍感慨地说："你我都是军属，我们一起分担这一重任吧。"

立钻牌铁皮枫斗晶的创始人陈立钻听说枫斗晶对嵇琪的病有效果，专程赶来看望嵇琪，并承诺：嵇琪需要多少药品，他就提供多少药品。就这样，一提供就是快 20 年，从未间断。

"如果没有部队首长、战友们和社会的关怀爱护，嵇琪不可能活到今天！"英雄战士的身后，站着一位伟大的母亲——嵇蓉珍，她由衷地感叹。

嵇蓉珍原籍上海，1969 年下放到宁波镇海插队落户，并在当地成家。现实有时也很残酷，嵇蓉珍婚后不久丈夫就得病，长年卧床不起。1979 年国家落实知青政策，她只得放弃回城机会，留在宁波乡镇照顾丈夫。为了给丈夫治病，她背上了上千元债务。医院只能治病，不能救命，丈夫还是去世了。1995 年因为企业效益不好，嵇蓉珍又下岗了。在生活十分艰难的条件下，她仍把儿子送到部队。

儿子嵇琪身患绝症后，嵇蓉珍不惜举债纾难，为部队分忧，无论生活多么艰辛，都始终未改变爱国拥军的坚定信念。她为了报答组织对儿子的关爱，实在是想不出好办法，只好瞒着他人，拖着虚弱的身体，两次悄悄地献了 400cc 的鲜血！

1999 年 11 月，中共浙江省委、浙江省人民政府授予嵇蓉珍"爱国拥军好母亲"荣誉称号。2000 年 2 月，南京军区授予嵇琪"新时期硬骨头战士"荣誉称号。宁波市作协主席专门创作了话剧《好母亲》，在宁波地区连演 20 场。

一家两英模，社会有大爱！

宁波市镇海区骆驼镇的领导和百姓们为家乡出了这样一位英雄子弟而自豪，也给予了无微不至的关怀和厚爱。他们把嵇蓉珍安排在一个单位，只拿工资不上班，便于照顾儿子。把嵇琪也安排在另一家企业当名誉职工，增加家里收入。当嵇琪刚回到镇上养病时，邻居们成立了帮扶小组，隔三岔五地轮班到他家帮助照料。宁波市委专门指示给他家分配一套两室一厅的房子。2012 年，市委书记又亲自在镇海区人民医院附近选定一套三室一厅有电梯的新房，地方政府拿出50万元，剩下50万由原部队师、团两级和个人支付。一师一团也从未忘记这位老战友，无论是嵇琪住在部队，还是回到宁波家里，师、团领导每逢八一、春节都会去看望慰问，调离部队时也都要与英雄母子话别。

国防大学知名教授金一南在《心胜》一书这样写道：1998年，在九江抗洪前线，一个叫嵇琪的勇士在九江大堤上10次晕倒，每次从昏迷中醒来后，又扛起沙包投入抢险战斗，当时大家还以为他是疲劳中暑，实际上他已是脑瘤晚期。这位被命名为"新时期硬骨头战士"的勇士后来返回部队与战友共度八一节，当他坐在轮椅上被鲜花簇拥着出现在礼堂的时候，2000多名官兵全体起立，长时间报以潮水般的热烈掌声，欢迎勇士凯旋。和平年代，仍然是英雄辈出的年代！

4. 卫生队长的选择

蜡烛燃烧自己，照亮的是他人；

军医超越生死，治愈的是战友。

集体与个人，大家与小家，眼前与长远，这是一道军人经常会遇到的选择题。陆军第86师某团卫生队队长谢勇刚也遇上了，但他没有丝毫犹豫，用实际行动交上了优秀答卷。

如果从人道主义上讲，谢勇刚是绝对不该跟随部队赴九江参加抗洪抢险的。

1997年8月，谢勇刚不幸患上了乙型肝炎，住进了解放军福州总医院，经过一个多月的治疗，已基本病愈。乙型肝炎是一种比较娇嫩的病，出院时主治医生特别交代："一定要注意，不能劳累，防止复发。"熟识的院领导也反复叮咛："老谢，爱惜一点，不能不要命啊！"出院后，妻子张莲敏也多次劝说过，让他尽量干一些轻松活。

为了巩固治疗效果，张莲敏托了好多人，费了好大劲，为他在南昌找了一名国内有名的肝病专家，叫他尽快请假去进行彻底治疗。

他答应了好几次，但每次都说忙而一次次拖延。

1998 年 5 月初，刚担任卫生队队长不久的谢勇刚，主持对全团 47 名卫生员进行培训，延误了康复治疗的计划。到了 7 月份，妻子见谢勇刚迟迟不回，又打电话催促，他想这次该回去，可听说部队要在中旬外出海训，他又一次放弃了安排。7 月 28 日，随部队外出训练回来的谢勇刚感到再不回去，实在对妻子有点不好交代，便把卫生队工作安排妥当，向团里请了假，准备于 8 月 8 日启程去南昌。然而，就在这时，部队接到了赴九江增援抗洪抢险的命令。

作为医生的谢勇刚非常清楚，这种病最忌讳的就是劳累，稍不注意就会导致复发，成为不治之症，而抗洪抢险的辛劳又是不言而喻的。而这边，妻子的"告状"电话也打到了刘红星团长那里，张莲敏熟悉谢勇刚的脾气，知道自己拦不住他，想通过团长把谢勇刚拦阻下来。

谢勇刚没有过多地考虑自己的病情，他想到的是灾区人民正在遭受洪水蹂躏，自己年初刚提拔为卫生队队长，现在部队要外出执行如此急难险重的任务，又是要到疫情严重的地区，身为全团的医疗卫生保障工作的组织者，怎么能不去？

于是他找到团后勤处处长，说明自己的意图。处长告诉谢勇刚：团领导考虑到你的身体状况，已经决定你留守，让副队长带队去。听了这话，谢勇刚急了，向处长分析了卫生队的医务力量，副队长年龄较大，身体虚弱，并且正患重感冒，如果自己不去，怎么能行？处长说服不了他，就说："这不光是我的意思，也是团长、政委的意见。"

谢勇刚立马又去找团长、政委。他动情地说："抗洪抢险是头等大事，我这点小病算得了什么？更何况这么多人远距离外出，天气这么热，我怎么能不去？"团长、政委经不住他软磨硬泡，只好同意了他的请求。

一心想着出发前的准备工作，谢勇刚彻底忘掉了自己的病情。他带着卫生队官兵紧张地筹措各种药品，为确保全团每人一盒正气水、一瓶风油精、一盒人丹，他冒着酷暑到 30 多公里远的福清医药公司采购，由于货源不足，先后跑了五六趟才落实。为采购饮用水消毒用的漂白粉净片，他跑遍了福州、福清 36 家大小医药站，仍未买到。心急如焚的他得知福建省防疫站有此种药时，连夜赶到福州将药买了回来。

出发前这几天，他每天工作在 14 小时以上。

8 月 12 日，部队奉命启程，赶赴九江彭泽灾区。强烈的工作责任心，使谢勇刚没有一刻空闲。在列车上，为了让每个战士能够掌握抗洪抢险的一些自救、护理等卫生常识，他不顾疲劳到每节车厢进行卫生常识讲解。13 日晚上，部队转入摩托化机动前，劳累了两天两夜的谢勇刚叫值班员组织大家就地休息，自己却爬到车上，检查药品器材是否放置好、包封好。

望着两眼红肿的队长，军医和卫生员们都心疼地劝他休息一会儿，可他执意说自己不困，坚持带车巡诊探路。14 日下午 3 时，车队经过一段近千米长的水淹路时，救护车突然在水中熄了火，谢勇刚当即跳进齐腰深的水中，带着大家一起推车赶路，足足推了一个多小时，累得腰都直不起来。他完全忘了自己是一位大病初愈的人。

部队抵达彭泽后，谢勇刚了解到这里是血吸虫病的重病区、频发区。上级明确第二天就要上堤下水投入抢险排险了，谢勇刚觉得必须掌握第一手资料，指导部队做好卫生防疫工作，于是他顾不上已经两天两夜没合眼的疲倦，也顾不得人地两疏和天黑路远，一放下背包就立即带领一名军医和两名卫生员展开疫情调查。他连夜赶到县防疫站了解情况，配制防治和消毒药品，紧接着到各个点发送药品，对饮用水进行取样、化验、消毒，直至次日天亮，又是整整一夜没合眼。

谢勇刚所在的团担负着长约 51 公里的长江和内湖干堤的守堤固堤任务，分散在 16 个点上，其中有 6 个不能通车，只能步行，有 3 个点由于内涝必须从齐腰深的水里蹚过去。谢勇刚为了把每个点都巡诊到，

战地救护

让每个病号都能看得上病，对每个点的疫情、病情都能了如指掌，他顶着炎炎烈日，冒着难耐的酷暑，爬坡涉水，一个点一个点地巡诊，每天徒步行走少说也有 20 多公里。他的身上总是汗流浃背，衣服上的汗水总是干了湿，湿了干，身上满是泥土。

再好的身体也经不起这样的劳累，更别说像谢勇刚肝炎病愈不久的身体了。接连几天的劳苦奔波，使他逐渐感到力不从心，肝部隐隐作痛，身体越来越不舒服，并且开始持续发低烧。作为一名医生，谢勇刚知道这是一个危险的信号。然而，一种强烈的意念在支配着他，一种顽强的毅力在支撑着他：多治一个病号，就多为抗洪出一份力。

只顾忙忙碌碌地工作，唯独不考虑自己的身体，使谢勇刚的病情日渐严重。8 月 17 日，他带着军医吴万林到四连驻地芙蓉镇太子村巡诊，车子无法通过，要涉水 2 公里，然后步行 6 公里才能到达。他和吴军医背着药箱一起走，走了一阵后，他感到肝部疼痛，浑身无力，两腿发软。吴军医知道队长的病情，见他步履蹒跚，行走困难，劝他说："队长，还要走那么远，我们就不要去了。"谢勇刚说："四连卫生员是新手，连队又距离那么远，不去我实在放心不下。"于是他咬紧牙关，忍着肝痛，坚持一步一步走到了四连。

短短几公里路程，对平常人来说算不了什么，但对谢勇刚来说，实在是太长太长了。一路上他几次支持不住停下来歇息。可是一到四连，他似乎完全忘却了难忍的疼痛，又是对驻地饮用水进行取样，准备带回去化验，又是给官兵传授预防血吸虫病的知识，又是为伤病员诊治，忙得不亦乐乎。

8月19日，谢勇刚到芙蓉镇大堤巡诊，二营官兵正在抢险堵管涌。烈日酷暑下，好几个战士中暑倒下了，他马上给他们打吊针，投入抢救工作。看到有的战士苏醒后拔掉针头就往工地上跑，劝都劝不住，谢勇刚感动了，他心头一热，交代两名卫生员注意照看中暑的人员，自己把衣服一甩，扛起一袋沙包，加入封堵泡泉的战斗。教导员李国林看到谢勇刚那样子还去扛包，叫他赶快下去休息，可谢勇刚不听，他说："抗洪抢险人人有责，我赶上了险情，能袖手旁观吗？"就在他一口气扛两个小时后，终于坚持不住倒在了大堤上。

经彭泽县人民医院诊断，谢勇刚为病情复发，且已经出现肝腹水。在场的医院领导看到谢勇刚这样舍生忘死、不要命地干，都忍不住流下了感动的泪水。

谢勇刚在竭尽全力为官兵服务的同时，还热心地为当地群众进行义诊。从8月14日到达彭泽至19日住院短短的5天时间里，他带卫生队为群众义务看病就有180多人。18日那天，正在发高烧的谢勇刚接到一个电话，说附近有一名小孩从楼上摔下来，头破血流，昏迷不醒。他不顾自己身体的不适，立刻带着一名卫生员赶到出事地点，把小孩从500米外背回，并亲自为小孩做了伤口缝合手术，小孩的父母感动得要跪地致谢，被他一把拉住。

住进彭泽县人民医院后，谢勇刚的心仍在抢险工地上，他每天都打电话，询问卫生防疫、病号治疗等情况。强烈的使命感使他对官兵们的病痛疾苦一直割舍不下。8月22日，当他听说棉船江堤发生重大崩岸，官兵们正奋力抢险、连续鏖战的情况后，他拔掉正在输液的针头，要去大堤，正下楼时被袁院长截住了。袁院长毫不客气地发了火："你也是当医生的，这样折腾有什么后果，你心里是清楚的，怎么能这样胡来？"谢勇刚说："能不能给我搞点特效药或什么土方子，把病压一压，让我上几天堤再回来治好不好？"袁院长说："搞点好药可以，你要上堤我无论如何不能答应。"

虽说没有去上堤，可他也没能安下心来好好地治病，他时刻关心的总是别人。

一天晚上，已经是深夜11点钟了，谢勇刚得知六连战士陈波患急性阑尾炎住进了县医院，他急忙从床上爬起来，支撑着虚弱的身体，找医生联系病房，并守候在手术室门外。护士长看到他这样关心战士，几次来劝阻他："在部队你是卫生队长，但现在你是我的病人。那名战士我们会安排好的，现在要求你马上回自己的病房休息。"可谢勇刚心里牵挂着陈波，就是不肯离开，直到做完手术。

8月26日，一连战士程前方发高烧并伴有反胃现象，开始怀疑是霍乱。谢勇刚得知后，亲自打电话给军医刘继冰，让他把小程送到彭泽县医院，安排在自己隔壁病房。连续两昼夜，除了自己要挂水、吃药，他基本上都在小程病床前守候观察，忘记了自己也是一个住院的病人。

谢勇刚以自己的经验，从各种症状判断，程前方患的不是霍乱，而是急性胃肠炎。医院做出的诊断结果，印证了他的判断。程前方见谢队长一个劲地冒虚汗，肝病那么严重，还时时刻刻关心自己，感动得哭了。

谢勇刚深情地说："我是军医，是为战士服务的，战士有病就要抓紧治，而且要全力治好，耽误了是我们做军医的罪过啊！"

8 月 27 日上午，棉船镇大堤崩岸经过 400 多名民兵连续 6 昼夜的奋战，险情已经得到控制，但许多官兵搬卸石头，有的被石头划破了手，有的被汗水磨破了裆，有的因劳累过度、中暑昏倒在堤坝上。谢勇刚清楚，阵地上此时最需要的就是医生和担架。他正躺在医院的病床上打吊针，可他再也躺不住了，趁医生、护士没注意，他拔去针头，换件衣服，悄悄出了病房，一溜小跑往大堤上赶。

正是一天中最热的中午时分，被太阳烘烤得发烫的空气掀起一阵阵热浪。谢勇刚跑着跑着就上气不接下气，肝部疼痛起来。他用手按住肝部，躬着腰快步行走，巴不得一步跨到抢险工地。到工地一看，已有 14 名官兵因中暑脱水昏迷躺在那里，亟待抢救。他顾不了那么多，挽起袖子立即给战士掐穴、推拿……等到昏倒的官兵全部抢救过来，他自己却一头栽倒在大堤上。

彭泽县医院感到他的病情太重，本地医疗条件和技术力量不足，难以控制住病情，向部队提出将谢勇刚转院治疗。

28 日上午，谢勇刚被转到南昌的解放军 94 医院，经专家确诊为乙型重症肝炎，并有腹腔感染等多种并发症，黄疸指数高达 320，肝腹水已有 7000 毫升。重症肝炎的 4 个特点是：病情重、发展快、并发症多、死亡率高。一般黄疸指数超过 170 就有生命危险，而谢勇刚的黄疸指数超出这个数字将近一倍。

谢勇刚就是在这样的身体状态下，履行着一名解放军军医的崇高天职。

令人欣慰的是，谢勇刚在军地各级领导的关怀下，成功实施了肝脏移植，成为我国成功接受这项手术的第一位军人，还被解放军四总部和南京军区表彰为抗洪抢险先进个人，荣立一等功。

5. 登高一呼群山应

为全面呈现"'98抗洪"的精彩画面,《解放军画报》杂志在 1998 年第 10 期做了一个专刊。专刊的封面上,有一位身着迷彩服的指挥员站在钢管架上,被江风吹乱的头发乱蓬蓬的,脸色呈现黑里透红的酱紫色,身体稍稍前倾,两眼炯炯有神,右手手持扩音器,左手笔直指向前方。手指方向,正是将士激战地。

他就是红军团政委魏殿举,一个敢爱敢恨、刚正不阿的山东汉子。

"登高一呼群山应,从此神州不陆沉",这是老革命家吴玉章为 1959 年出版的《李大钊选集》题写的诗句,用到魏殿举身上,就是"登高一呼官兵应,从此大堤不溃口"。

在休整期间,有记者问起魏殿举,红军团官兵何以五天五夜不合眼,从人的生理极限上来讲这是不可能的事。

"我们到了九江,喊出的口号就是:敢拼血肉之躯,挑战生命极限。"魏殿举笑了笑说,"对于经过特殊训练的军人,在坚定信仰支撑下所爆发出来的意志力是无法估量的。"

如何挖掘出战士们内在的潜力,魏殿举有自己独到的法宝:"越是急难险重任务,越是要发挥政治工作的威力;越是生死考验面前,越是要强化党员干部的率先垂范"。

魏殿举是这样说的,也是这样做的。他把强有力的思想政治工作贯穿抗洪抢险全过程,坚持以党中央、中央军委和上级指示精神统一官兵思想,不断激发全团官兵誓死捍卫人民利益的政治使命感。

在部队开进途中,他紧急召开党委扩大会,深入进行思想发动,指导各营连以车厢为单位集体宣誓,开展挑应战;在围堰战斗中,他要求各营连组织官兵反复学习党中央、中央军委关于"严防死守""三个确保"的重要指示,要求官兵把抗洪抢险作为压倒一切的头等政治任务,即使献出生命也在所不惜；在封堵决口间隙，他灵活采取多种形式，组织召开"甲板党委会""堤坝党委会"，确保对堵决战斗的强有力领导。

12日上午，决战打响前，他在大堤上召开党委会，进行堵口攻坚再动员。由于当时他和王宏团长的嗓子嘶哑得都发不出声来了，大家不得不分批凑到团长、政委面前伸着耳朵听。本应是群情激奋的战前动员，开得倒像个"秘密会议"。

群众看党员，党员看干部。抗洪抢险中，魏殿举坚持实行党委统一领导下的首长负责制，团领导分工包堤责任到人，大堤上竖牌标示"首长责任堤"，号召全团党员干部干最艰巨的任务，挑最重要的担子，上最危险的地段。团党委给每个党员干部佩戴了标明身份的臂章，激发广大党员干部的责任感和使命感。同时，魏殿举结合急难险重任务考察干部。每次分工，都是把营连主官放在最危险、最关键的部位。主堤合龙时，魏殿举亲自点将，抽调34名干部组成突击队在激流中"筑人墙"。

魏殿举十分注重挖掘部队的传统资源，坚持用红军精神激励部队。部队一投入堵口抢险战斗，他积极指导开展现场宣传鼓动，分别给红军营、连和英模单位授旗，为每位官兵挂上红军团臂章，并亲自拟写了"红军团官兵个个是好汉""站着是根固堤桩，倒下是堵挡水墙"等20条横幅，挂在大堤最险要的地段上。在抢险战斗中，他用手持扩音器及时表扬好人好事，在部队中广泛开展"立功创模"活动。

8月20日，宁冈县人民送来了特殊的慰问品——红米和南瓜，魏殿举叫各连炊事班蒸好红米饭、熬好南瓜汤，全部端到九江二中大操场上集体"忆苦思甜"，并以此为教材，给全团官兵上了一堂生动的传统教育课，勉励大家牢记红军传统，发扬红军精神，在抗洪抢险中再立新功。

针对不同任务、不同阶段、不同问题，魏殿举及时提出工作重点。在思想发动阶段，提出"两个一切"的口号，即"党的召唤高于一切，人民利益压倒一切"，号召全团官兵舍小家，为国家，全力以赴投入抗

| 魏殿举在决口处指挥堵口战斗

洪抢险斗争；在围堵决口阶段，要求全团官兵接受任务不讲价钱，不留退路，背水一战，死打硬拼。同时，针对部分战士存在的勇有余而智不足的现象，强调要把科学态度和献身精神相结合，以小的代价换取大的胜利。魏殿举还注重用爱心凝聚战斗力。抢险夜宿大堤，他总是强忍疲劳，为战士巡堤守夜，稍稍打盹后又投入第二天紧张的抢险工作中。

　　8月14日晚，堵口任务完成后，部队撤下休整，针对部队容易出现的骄傲和麻痹心理，魏殿举没让部队进点休息，当晚就召开以"反骄破满"为主题的火线作风纪律整顿大会，制订了"15个严禁"，开展了"抗洪抢险为什么？取得抗洪抢险阶段性胜利靠什么？夺取抗洪全胜还缺什么？"三个大讨论和载入营连史册、荣誉面前"九让"、"维护形象看我的"竞赛三项活动，教育和引导全团官兵始终保持清醒头脑，树立文明形象。

仅这个"九让"活动，就可以大书特书，它很好地回答和解决了在成绩和荣誉面前怎么看的问题。"九让"，就是军队让地方，本团让他部，上级让下级，机关让分队，干部让战士，主官让副职，党员让群众，老兵让新兵，后方让一线。这一让，让出了风格，让出了团结，让出了境界。

部队休整阶段，魏殿举积极组织为灾区人民办实事活动，先后开展"向灾区捐款活动""每天省下一块钱，救助灾区特困生"和看望在九江的老红军、孤寡老人和弃婴孤儿等一系列活动。接着，又在部队开展"维护军队形象，维护团队荣誉"教育，要求部队反骄破满找差距，鼓足干劲夺全胜。

"以身教者从，以言教者讼。"《后汉书·第五伦传》上的这两句话形象地说出了身先士卒的重要性。这两句话的大意是以自己的模范行动教导百姓，百姓就接受你的教化；若只流于言论，说一套做一套，百姓就不接受你的教化，反而会生出是非。

自红军团到达九江参加抗洪抢险以来，魏殿举始终战斗在全团的最前面，冲锋陷阵，率先垂范，坚持靠前指挥，哪里任务最艰巨，哪里情况最危险，他就出现在哪里。连日的烈日烤晒和洪水浸泡，使魏殿举的脸上、手上、身上的皮脱得斑斑点点，嘴唇口腔也多次溃烂，脚肿得连鞋子都穿不进去，眼睛充满血丝。在伤痛病苦面前，他没有后退半步。嗓子喊哑了，改用手势指挥；困了，抹点风油精；中暑了，喝两支十滴水。他两次因劳累过度差点晕倒在大堤上，每次都是咬紧牙关硬撑着不使自己倒下去。

用他自己的话说："其他常委病累交加，都在挂水坚持，党委书记更不能倒，倒了就会影响部队士气。"他坚持身上苦痛不吭声，不完成任务不上岸，不堵住决口不休息，凭着坚强的毅力，一直坚持到最后。

抢险中，指挥员和战斗员的双重身份在魏政委身上得到了完全诠释。8月9日上午，一营负责堵漏任务，水从船底及沉船间隙喷涌而出，一营官兵在沉船外侧垒沙袋，收效甚微，魏殿举组织大家研究对策，指挥堵漏，仅用2个小时就堵住了大漏洞。

12日下午，主堤决口合龙的最后决战打响。正准备指挥部队发起最后冲锋的魏殿举，听到沉船指挥部的高音喇叭正在喊魏殿举的名字，抬头看见董副司令员用手指自己，赶紧凑上前去。

董副司令员对着魏殿举一字一顿地喊："小子，我告诉你，今天天黑前堵不住，我饶不了你！"

董副司令员虽然是对着魏政委喊的，实际上大堤上好多人听见了，大家明白，这是前线总指挥下的"死命令"。

此时，魏殿举和红军团的官兵们已连续奋战10多个小时。肆虐的洪水拼命发起最后的反击，如果一不小心被水卷下深坑，不被淹死、摔死、砸死，也要被密布的钢桩穿透身体。到龙口还剩6米时，水的流速和压力达到空前的高度，决口处七八厘米粗的钢管被挤成"弓"形，连接主堤决口的钢架被冲得"嘎嘎"作响，左摇右晃。

眼看筑起的堤坝随时有被冲垮的危险，魏殿举大吼一声"共产党员跟我跳！"和团长一起率先跳入激流，紧接着营连干部们跟着跳下去，战士党员们也争着往下跳！34名党员、干部、突击队员组成4道人墙，拼死顶住龙口处的铁笼子。见2名突击队员一下被洪水冲出6米多远，魏殿举一个箭步冲上去，补上空缺，抢过铁锤，扑到龙口打桩固笼。突然，一根钢管经不住急流的冲击，迎面倒下，砸在魏殿举的脸上，他全然不顾，用袖子擦了一下脸，又一次扑到龙口抢锤打桩。在他的影响和感召下，突击队员们抖擞精神，把个人安危置之脑后，争先恐后地投入堵口决战中，用年轻的身躯，实现了"人在堤在、严防死守"的铮铮誓言。

大坝合龙后的第二天，董万瑞副司令员专门去驻地看望红军团官兵，董万瑞拍拍魏殿举的肩膀："小子，好样的！"

和平时期，跟着这样的政委干，再苦再累也心甘；打起仗来，跟着这样的政委上，战死沙场也无悔！这是红军团全体官兵对魏殿举政委发自内心的认可和褒奖。

6. 抗洪父子兵

2017 年 2 月 9 日夜，董万瑞将军离去，一张近 20 年前拍下的照片刷爆朋友圈，许多素未谋面的人为他流下热泪。

这张照片名为《将军有泪不轻弹》，是江西日报九江分社副社长燕平 1998 年在九江火车站拍的，当时滔天的洪水已经退去，送别抗洪战

| 董万瑞与董三榕

士的站台上，军列就要出发，一位面容黝黑的将军凝望车窗，看着身上泥巴还没有洗净的士兵们，情不自禁，泪光闪烁。他叫董万瑞，时任南京军区副司令员，中将军衔。那年，56 岁的他是南京军区九江抗洪一线的前线总指挥。

"还记得这位流泪的将军吗？"一位网友在朋友圈里设问。怎么可能忘却？即便他肩上将星闪耀，他的心里始终装着国家和百姓，他是顶天立地的中国军人。

"董老爷子，您是大军区副司令员，您肩扛中将军衔，然而我们私下里不叫您官衔，都喜欢这样称呼您董老爷子。"原南京军区政治部副主任嵇绍莹深情地说。

"决堤千里血肉堵，泪洒九江鱼水情，老将军您是祖国的脊梁，我以 90 度的弯腰恭送老将军！"网友天煜孤星评论。

"您的眼泪，代表您心中有战士，祝老将军一路走好！"网友陆国光跟帖道。

"我是当年参加九江抗洪的一个兵，所有的话语都表达不了我对您的尊敬，只有一个深深的军礼！"一名抗洪老兵这样说。

"九江人民永远怀念您，九江人民永远爱戴您，德高望重的董老将军！"一名九江市民留言感慨。

……

像这样充满深情的跟帖评论，达 5 万多条，在各个新闻网站、新媒体客户端上引发了怀念高潮。

这年父亲节，已是大校军官的董三榕在《解放军报》撰文回忆父子抗洪的往事，深情地倾诉：老爸，来世咱还做"父子兵"！

那年，56 岁的董万瑞临危受命，担任南京军区赴九江抗洪的前线总指挥；那年，儿子董三榕也在抗洪队伍中，是"红色尖刀连"的少尉排长。父子同在一个大堤上履行着"与大堤共存亡，与洪魔共进退"的铮铮誓言。

父子俩虽近在咫尺，却一直没有见面的机会，直到决堤合龙后父子俩才见上一面。那是董万瑞陪同解放军总政治部于永波主任，去龙开河构筑防洪堤的工地看望官兵，看到了又黑又瘦的少尉儿子。

"怎么样？"董万瑞上来就问。

"还行！"董三榕回答。

董万瑞又接连发问："学会抗洪了没有？什么是管涌？怎么发现、处置这些隐患？"见儿子对答如流，董万瑞才露出一丝欣慰的笑容。

临走前，他抬起自己的右臂对董三榕说："看看你的手，还没有我黑。我这已经爆开第三层皮了，你至少得晒成这样才合格。"董三榕不好意思地笑了。

其实，在连队里，他已经被战士们称为"酋长"，被公认是全连最黑的人。

记者们不知从哪里得来的消息，说抗洪总指挥的儿子也在这支抗洪队伍里，想采访董三榕，可怎么问也问不到。据说，董万瑞来之前跟部队领导打了招呼，不许任何人透露儿子是哪一个。

董万瑞心疼儿子，更心疼自己的兵。他一再叮嘱儿子要特别注意全排战士的身体，不要让他们中暑，不行了就停下来。

董三榕说："管不住啊！有战士生病，命令他下去休息，可他又偷偷摸摸地扛着沙袋就上来了。"

"不行，有战士倒下拿你是问！"将军命令道。

"是！"既是儿子，也是下级，董三榕没有别的选择。

在九江指挥部队抗洪抢险期间，董副司令员除了部署抢险任务外，下得最多的命令，就是命令战士休息。

董万瑞脸色黝黑，不怒自威，在全军以从严治军著称，但了解他的人都知道，他的心中充满了对年轻士兵们的满腔柔情，他不止一次被身边战士冒着生命危险堵决口的英雄事迹感动得流下了热泪。大家甚至背后给他取了个绰号叫"保温瓶司令"——外冷内热。

他总是叫记者不要写他，多写写奋战在一线的官兵们，他说："你要我讲官兵中有多少英雄，我说不清。但我可以告诉你，他们中每一个人都是英雄，都有一串催人泪下的故事……"

将军有泪不轻弹，只因未到动情时。列车徐徐驶离车站，送别部队时，将军再也抑制不住，含泪挥手告别。这就是那张刷爆朋友圈的珍贵照片。'98九江抗洪，他是统领三军的铁血将军，可是他流泪了，或许他从心底里感激那些在堤坝上与洪水拼命的战士们，不过此刻，他是用泪水来表达的是目送子弟兵的离去！

在抗洪队伍里，还有一对父子兵。

7月26日这天，当武警九江市支队支队长周林，发现有个身穿橄榄绿迷彩服、没有领章的年轻人出现在抢险的队伍中，既惊讶又好像在意料之中。

他只是淡淡地问了一句："晓渊，你怎么来了？"

"全市人民都在抗洪，我还感到来晚了呢。"年轻人扛着沙袋，边说边冲向大堤。

这个年轻人就是周林的儿子周晓渊。1995年，当周晓渊还是九江市二中高二年级学生的时候，就参加了抗洪。因为周晓渊是单传，当时周林虽然有意识让儿子在艰苦环境中摔打摔打，但爷爷奶奶对孙子的举动既赞同又焦虑，晓渊的母亲也不想让他去，但都没有阻拦，因为他们了解他，即使拦也拦不住。这一年，中央电视台新闻联播节目以《抗洪父子兵》为题，报道了周林、周晓渊父子抗洪的故事。

周林从1994年担任武警九江支队支队长以来，几乎每年都要指挥部队与洪魔搏斗，曾被国家防总评为"抗洪抢险先进个人"，并被武警总部记二等功一次。九江特大洪灾发生后，他再次率部队赴德安县城和乌石门村营救被困群众，挺进九江县赛城湖巡堤固堤。已是浙江大学大二学生的周晓渊正在参加期末考试，他心急如焚，不断打电话至家中了解情况。当学校放了假，他急匆匆赶回九江，顾不上与母亲说一句话，顾不上看爷爷奶奶一眼，即随部队到了赛城湖抢险。

周林完全支持儿子的行动，只叮嘱儿子要注意安全。周晓渊也理解父亲的心情，他要父亲放心，说自己身体壮、水性好。

几天抢险下来，已根本看不出他是一个大学生，脸膛儿与战士们一样黑，肩上的肉皮比战士脱得还多，连小腿肚子上的肌肉都被洪水泡得胀起来了。望着成熟与坚韧的儿子，周林满意地笑了。

8月2日，中央电视台新闻联播以《又见"抗洪父子兵"》为题再次报道了周林、周晓渊父子俩的抗洪事迹。父子俩两上新闻联播，了不起！8月21日，周晓渊被共青团江西省委授予"抗洪抢险青年标兵"荣誉称号。

在红军团也有一对父子，他们于1997年7月同时入党。从入党的那天起，他们就互相比着干，这不，他们在长江抗洪中又摽上了。

他们是榴炮三连班长、江西永修籍战士雷亮和他的父亲雷炳龙。8月9日上午，雷亮正在装运沙石，姑姑突然出现在他面前，并捎来父亲的口信："你爸知道你到九江来抗洪了，他正带领供销人员在永修县九合乡修河大堤上巡堤查险，希望你不要想家，一定要在九江好好干，争取立功，看看谁在抗洪中的贡献更大。"听完姑姑的话，雷亮的干劲更足了。他向连队积极申请加入党员突击队，运送沙包时，别人背一包，他两包；水下堵漏，不堵住不吃饭不上岸。回营后雷亮被表彰为师抗洪抢险先进个人。

7. 家门口的九江兵

《史记·夏本纪》载，"禹……居外十三年，过门而不入"。大禹从父鲧治水的失败中汲取教训，改堵为疏，走遍九州，几过家门而不入，历时 13 年完成治水大业。禹的这种大公无私的精神，受到了民众颂扬。舜在晚年举荐禹为继承人，并把首领的位置禅让给了禹。

古有大禹治水存大义，今朝官兵抗洪有大爱。据不完全统计，在赴九江的抗洪部队里，有 500 多名九江籍官兵，他们数过家门而不入，把担忧藏进心里，把困难抛在脑后，始终与战友们并肩战斗在大堤上。

军医涂祈德，家住九江市江洲镇，房屋被洪水冲垮，母亲、姐姐下落不明。他于 8 月 6 日请假回家，四处打听寻找，也没有探到母亲和姐姐的去向。9 日上午，正当他拖着疲惫的身躯焦急地寻找亲人时，遇到本队去医院送病号的战友，才知部队已来九江。一边是抗洪前线的召唤，一边是手足相依的亲情，小涂犹豫了。小涂的父亲早逝，他与母亲相依为命，母子情深。父亲临终前，曾满含期望断断续续地嘱咐他："要，要照顾好你妈……"可他又想到，现在天气酷热，抗洪抢险强度大，伤病员肯定很多，战友们这时候最需要自己。他心一横，咬咬牙，跟战友一起上了大堤。3 天后，姐夫赶到大堤上告诉他，母亲已在亲戚家安顿下来。江洲镇被淹时，母亲由政府安排撤离了出来，由于风餐露宿，又受了惊吓，一病不起。老人家躺在床上不停地念叨："听说部队来抗洪了，祈德来了没有？"听了姐夫的话，涂祈德一直悬着的心才落了地，但母亲的病情，又勾起了他无限的牵挂。望着江洲方向，他禁不住双泪长流。告别姐夫，他背起药箱又走进抗洪队伍中。

父子相对不相见，只缘身在水线中。8 月 10 日上午 10 时许，九江江洲籍战士蔡报罕正在运送钢管，突然看到决口大堤东侧出现了一个熟悉的身影，父亲蔡灿光在穿梭的人流中东张西望，寻找着自己。只见父亲一会儿踮脚望望，一会儿又看看这个、看看那个，蔡报罕其实就站在对面的煤船上，但此时已被煤灰染成了大花脸，父亲一下子也很难认出来。快两年没有见到父亲的蔡报罕，心中不由一阵冲动，他很想放下手中的钢管走过去叫一声父亲，问一下家中的情况。但这时正在流水作业传递钢管，如果他一走，势必会影响钢管的传递速度，影响堵决的进度，更何况自己还是一名共产党员。蔡报罕只是看了看父亲，又投入到紧张的传递钢管工作中。不知是父亲没找着儿子，还是不愿打搅儿子，等蔡报罕短暂休息时再看父亲原先站在的位置时，已不见了父亲的身影。过了一会儿，一位战友拿着一张纸条递给了他，蔡报罕一看，是父亲留的条子，"儿，爹走了，记住，保住大堤就是保住了家乡！"看到这里，蔡报罕流下了热泪……

战士唐照能家在九江，与抗洪主战场近在咫尺。大堤决口后电话一直联系不上父母亲，但他明白大堤就是战场，离开一分钟也是逃兵，于是把自己的担忧埋入心底，全身心投入抢险。战至酣时，他把迷彩服脱了，光着背上，沙石的棱角在他的背上划出了道道血痕，但他始终没有吭一声。他知道，大堤的背后就是自己的家乡。

江洲籍战士沈国安，家中遭灾情况不明，堤坝决口离他亲戚家只有几百米，但他没有向组织上提任何要求，主动请战当突击队员，两次晕倒，两脚大面积溃烂流脓，连解放鞋都穿不进，他就用绳子绑在脚上，咬紧牙关一拐一拐不停地扛麻包、卸石料。

战士赵德才，九江德安人，他家是养殖专业户，专门养甲鱼，洪水使他家颗粒无收，投资的几万元全部打了水漂。他的父母心疼得大哭一场。他知道后，没有吭声，埋头抗洪。他家里的这些情况还是部队干部从侧面了解到的。

8月13日凌晨1时，红军团接到命令就地休整，五连连长在清点人数时，怎么数都少了一名战士。连长立即组织20名官兵在一条条船上寻找。最后在一条运料船上，一个身影跃入眼帘：在高高堆积的麻包旁边，一名战士半跪着，一只麻包一头连着麻包堆，一头压在肩上，他左手扶着肩上的麻包，一动不动。由于极度的疲倦，他已经睡着了。夜色朦胧中，仿佛一座大美的雕塑。大家看着这一场面，禁不住流下了眼泪。副连长查仕明看到这一幕，说："不要叫醒他，我在旁边守着他吧，让他好好睡上几个小时。"就这样，查仕明守在船沿上，看着熟睡的战士，一直到凌晨天微亮。这名战士叫潘应光，九江市江洲镇人，由于洲堤决口，他的家园已被冲毁，当时还不知家人的下落。

战士有大义，祖国记得你。1998 年的夏天，这样的例子不胜枚举，三天三夜也说不完。

令人欣慰的是，那年 12 月，南京军区在九江市特别征集了几百名新兵，送往各个抗洪部队，成为传承抗洪精神的新一代九江兵。

第六章　将星闪耀

- 千里江堤，百名将军。
- 巧布阵，善用兵。
- 运筹帷幄，决战决胜。
- 将星，在大堤上最耀眼。

大江波涛急，将军夜巡堤。

8月17日0时30分，九江长江大桥灯火闪烁，纳凉的市民们已三三两两散去，京九线上又一列火车轰鸣着驶上大桥。

一个魁梧的身影向4—5号闸口缓步走来，巡堤的哨兵在灯光下看到他肩上的中将军衔，连忙立正敬礼。中将还礼后，急切地问："发现什么情况没有？"

"首长，没有异常情况。"哨兵的回答很干脆。

中将打着手电，一段一点地巡堤查险，每走一段，他就提醒巡堤士兵："要提高警惕，发现问题及时报告。"

心细如丝的中将时走时蹲，对每处导水沟的流水量，都仔细观察分析。他对防守在4—5号闸口的某部政委黄文宝说："这里是九江市防总定下的一级险段，部队要每两米一人，十米一哨，百米一棚，领导一定要亲自巡堤，把险情处理在萌芽之中。"

走到54号闸口，中将遇上了正在巡堤的浔阳区委书记。中将说："军民结合巡堤好，士兵有力量，经验不足，地方工程人员有技术，两者要形成合力。"书记听了连连点头。

0时50分许，中将与马永祥政委在大桥东侧20米处发现一处险情，立即请来地方技术人员进行查证证实，组织官兵按照预案运来沙包堵压。直到险情排除，中将才离去。

这一夜，中将在江堤上来回查险，手电筒里的新电池都用得发不出光了，又换上了备用电池。

东方既白，将军走了。不知情的官兵在询问："他是谁？"

黄文宝告诉巡堤的战士："他是中共中央委员、军区雷鸣球副政委。"

在九江城防大堤上，巡堤的战士天天夜里都能见到将军。将军的风采，被写进战士的抗洪日记，融进战士的美好记忆。

心系人民幸福，梦牵大堤平安。8月下旬，九江水位缓慢回落。南京军区赴九江部队前线指挥部的帐篷里依然夜夜灯火通明，一片忙碌景象。

董万瑞中将是最早赶到的高级指挥员，他是在大堤决口后受陈炳德司令员和方祖岐政委委派，乘军区值班飞机到达九江的，随行连秘书一起只带了3个人，另两名是军区司令部作战部和兵种部的处长，加上早期到达九江的军区军训部副部长王平。开始，他这个临危受命的九江抗洪部队总指挥，连指挥部的场地都没有一个，他走到哪里，哪里就是指挥部。到达当晚，他就一直站在沉船上指挥。后来，与江西省军区政委郑仕超少将和驱车从南京赶来的军区政治部副主任王长贵少将等会合后，指挥部的要素才稍稍完备起来。

舒惠国看到董副司令员一直站在露天指挥，指示九江市港监局依法征集了一艘小型客轮，作为临时指挥部。在决战打响的五天五夜里，董副司令员依旧风里来雨里去，站在离抗洪将士最近的地方指挥战斗。

林炳尧军长长期在福建沿海部队工作，对军事斗争准备有着特别的敏锐性，入夏以来他始终关注着长江流域的汛情，办公室里挂着一张军用地图，地图上红红绿绿的正是长江主要江段的水位，和未来一周内的雨量。7月下旬，他和张立志政委数次向南京军区请战，7月29日得到军区指令，当即命令正在赣西北光缆施工的步兵第 92 师和直属工兵团 4200 名官兵，迅速从几十个施工点上撤离，赶赴南昌，在南昌陆军学院安营扎寨，随时准备增援九江；命令步兵第 86 师收拢部队，集结待命，做好驰援九江的一切准备；点将刚授少将军衔的王健副政委从南京直奔九江指挥部队。林炳尧军长将军未雨绸缪的预见和果敢善谋的指挥，在危急时刻起到了十分重要的作用。

九江不幸，万里长江干堤在这里决口，给人民群众带来难以承受的苦痛。九江又是有幸的，陈炳德、方祖岐、杨国屏、董万瑞、雷鸣球、王长贵、朱文泉、赵太忠、林炳尧、张立志、王敬喜、高武生、王健、吴昌德、俞海森、袁亚军、江建增、冯金茂、郑仕超、季崇武、李恩德等 21 位共和国将军，运用他们的智慧和韬略，率兵与洪魔在大堤上决战决胜；崔阳生、戚建国、裴晓光、邹海清、朱光泉、马跃征、文可芝、黄谱忠等主力部队的首长，既当指挥员又当战斗员，把抢险指挥所直接设在最危险、最艰苦的前沿部位，在极其恶劣的环境下，和战士们一样，顶烈日、冒酷暑，风餐露宿，忍受饥渴，以自己的实际行动做表率，鼓舞着大堤上的全体将士。

岂曰无衣，与子同袍！九江抗灾，将士同鏖！

那年，全军有 112 位将军在一线指挥抗洪，仅南京军区就先后有 60 多名将军来到抗洪第一线指挥战斗，3000 多名师团干部挺立于突击队"排头兵"的位置上。

大堤上流传着一个有趣的故事，说的是 8 月 21 日 0 时 46 分，正在大堤上的团指挥帐篷中休息的某坦克团团长张海泉，突然从行军床上一跃而起，高声喊问："哪里决口？哪里决口？参谋长，马上集合部队！"值班参谋看团长要求集合部队，便迅速拿起电话，准备通知部队。这时候，夜间值守的参谋长朱耀忠赶紧按住了话机。对张海泉说，刚才是友邻部队路过，在呼叫一个名叫"薛珂"的战士。张团长才知自己睡梦中误听成"决口"，虚惊一场的他回到床上，不到 3 分钟，呼噜声再次响起。第二天，他再三解释自己以前是不打呼噜的，但这个故事还是传开了。

洪灾面前，指挥员的神经一直紧绷着。

"水在水里 / 堤在堤上 / 辛苦了我们的指挥长 / 无奈的烟蒂如火 / 烧痛不眠的灯光 / 吵吵闹闹的水患水患 / 是这个城市咽不下的苦汤 / 你也曾三过家门而不入 / 你也曾提着乌纱立下军令状 / 辛苦了我们的指挥长 / 战地在倾听 / 又一次会商……"

一名青年歌手在大堤上动情地演唱起《指挥部的灯火》，而这首歌要歌唱的人并没有听到，指挥员正在忙碌中。

第七章　一切为了前线

- 兵马未动，粮草先行。
- 打仗就是打后勤。
- 救死扶伤，大爱无疆。
- 白衣天使，你是烈日下的雨露。

热播电视剧《三八线》中有这样一组镜头，汽车兵班长赵庆有带领助手张金旺和车队一起奉命到朝鲜前线运送后勤补给，在遭遇美机从后方、前方及左右两侧不断轰炸时，凭着机智勇敢和娴熟的驾驶技术，左躲右闪，调虎离山，成功将物资送到前方将士手中，保证了战斗的胜利。

有一条打不烂拖不垮的钢铁运输线，是抗美援朝战争取得胜利的重要经验。

长江大堤决口后，源源不断的增援部队进驻九江，打响了一场封堵决口的大决战。然而，一场饮食、医疗、装备保障的大会战，也在同一时间打响。

保障十万大军，这不是一副好挑的担子。可这么多部队不远千里赶过来到九江帮助抗洪救灾，作为属地军事机关的九江军分区责无旁贷。他们主动向南京军区和江西省军区请缨，担负整个抗洪部队后勤保障协调任务。

为此，九江军分区紧急召开会议研究部署，大家分析感到：作为"东道主"，这副担子他们不挑谁来挑，必须要有舍我其谁的责任担当。军分区虽然才四五十号人，但可以发动群众，把蕴藏在民间的力量都激发出来。

决心既定，说干就干。吕录庭司令员兼任着九江市委常委的职务，协调起来比较方便，按分工他主要负责市里各个单位的协调工作。他与吕明副市长一起，召集粮食、工商、民政、教育、供电、邮电等10个部门的负责人开协调会，制订了10条保障堵口部队生活后勤方面的措施，给每个单位都明确了具体的任务。后勤部长卢克苏，不分昼夜，四处奔波，跑遍了全市80多家大中专院校和医疗机构，为部队住宿和战地救护选址。

一切为了前线，一切为了打赢。只要抗洪部队需要的，军分区想方设法去办到；只要有助大堤堵口的，军分区竭尽全力去做好。他们详细地制订了保障标准，如宿营点必须达到"五有一通"，就是要有水、有电、有电话、有房住、有停车场和道路畅通，而且这一切都要在部队到达之前到位；部队进驻要做到"四有"：路口有人迎候，交通有人调整，住宿有人安排，灾情、社情和抢险方案有人介绍；还按照部队宿营地点，组织成立了55个由技术人员组成的服务保障队，负责抗洪部队的衣食住行跟踪服务，做到部队驻到哪里，水电等服务保障就跟到哪里。

部队进驻后需要大量柴火，后勤部立即派人克服山体滑坡、道路中断等困难，星夜兼程到120多公里外的山区紧急采购6吨干柴，免费供应部队。

抗洪部队急需4000件救生衣、8000件迷彩服，军分区连夜驱车赶往武汉、南昌等地紧急调运，两天三夜人没合眼，如数购齐并及时发到部队。

大堤决口的当天下午，城区人员紧急疏散，一时间，商店停业，银行关门，军分区库存现金、食物都非常有限，可数千名抢险官兵的晚饭正等米下锅。卢克苏心里急呀，他找来供应科出纳李爱民和她当警察的丈夫，让他们两口子骑着摩托车，找到银行走了绿色通道，火速提出现金36万元，买来6吨大米、3吨面粉、3吨蔬菜。这整个过程仅花了

80 分钟。紧接着，军分区招待所、训练中心和机关食堂 24 小时不停火，日夜加工制作饭菜，源源不断地送往抗洪前线。

随着增援部队越来越多，盒饭从一两千盒增加到四五千盒，最多时达到近万盒，并且每昼夜要供应 6 餐。这个数量大大超过了军分区的保障能力。卢克苏紧急联系九江市 10 多家宾馆、饭店和快餐店，帮忙制作快餐。由于陆路被洪水淹没，这些盒饭先要装车，再用冲锋舟送上大坝，每趟来回要 4 个小时，送饭的同志常常是忍住饥饿，接连几十个小时不合一眼往返送饭。有时人手不够，军分区的家属、小孩也主动加入送饭送水的队伍。马永祥政委的妻子从南京来九江休假，还未与丈夫见

| 九江市民自发前来送水

面，就赶来包装盒饭。

关键时刻，南京军区军需部部长张金荣来到九江，统一调配抗洪部队的伙食供应。军需是部队里后勤保障和物资供应的代称，军需部部长就是军区部队给养的总协调官。张金荣一到九江，就马不停蹄地与卢克苏一起乘舟坐车，一个一个部队征求意见，一家一家快餐店检查指导，对米饭的软硬程度、菜品的热量标准、绿豆汤的定时供应等具体细节提出要求，并规定巡堤部队伙食问题自行解决，堵口部队统一供应盒饭，确保抗洪官兵吃饱吃好吃出战斗力。

从8月7日至16日，在9个昼夜的200多个小时里，他们共采购、制作、运送盒饭11万多份，其他熟食和饮用水220多吨，最多的一天达33.6吨，而且在那样的高温季节，未发生一起食物变质或食物中毒现象。

大军密集，江水浑浊，日晒雨淋，体力透支……这一切都迫切地指向医疗救助。

171医院的7人医疗队来了，他们由副院长张新力带队，一来就在大煤船的一侧开设起临时救护所。

听说医疗队到了，正在指挥战斗的董万瑞副司令员马上走过来，一看才7个人，有点不高兴，绷着脸问站在一旁的南京军区卫生部副部长陈勇："这点人够吗？你看看，现在在堤上快3000人，部队还在增加，这么大的太阳，晒都要把人晒死！"接着说，"至少两个医疗所，岸上、船上各一个，另外来一个防疫队，灾区的防疫工作很重要！"

这边，陈勇赶紧去增派人手。另一边，张新力立刻展开救护所的开设。

没有床、没有凳，连张草席都找不到。张新力急中生智，找来几件救生衣和一些矿泉水纸箱在钢板上铺开，再用铁丝拗了几个钩固定在船舱上，临时的医疗所就开设起来了。军区防疫队在队长刘士军的带领下，也从南京紧急赶赴九江。

毒辣的太阳炙烤、浑浊的江水浸泡、超常的体力透支，都时时刻刻考验着抗洪官兵的身体。随着战斗的持续，伤病员也逐渐增多，有重度中暑的，有石头砸伤的，有透支抽筋的，有皮肤溃烂的，有感冒发烧的……多的时候临时医疗所根本放不下，医疗队在大堤一侧比较空的场地上立了三四根木桩，中间绷了几根长长的铁丝，系了数十个铁钩。一排排盐水瓶像葫芦一样悬挂着，下面或躺或坐着刚刚从一线下来的勇士们。

伤病多种多样，但战士们的态度都几乎是一个样。但凡小伤小痛，他们轻易不会到医疗所来，中暑了喝两瓶藿香正气水，累倒了旁边休息一下继续干。看到这个情形，医疗队决定主动出击，两人一组，分散到抢险的队伍中去巡诊，送医送药。

张新力清晰地记得，有个七团的小战士，问他名字也不说，当时体温达到 39.5℃，输液输到一半就跑了。晚上巡诊时，张新力在抢险的人群中看到了这个小战士，他正背着沙袋向堤坝奔跑冲击。张新力的鼻子酸酸的，想叫住这名小战士但终于还是没有喊出口。他知道，从医学的角度，无法诠释战士们的勇敢无畏。

医疗队里有 4 名女护士，她们是刘莉、曾芹、毕丽萍、王远芬，担负着打针输液和乘冲锋舟护送伤病员的重任。大坝上几乎全是官兵，在男性的世界里她们生活和工作十分不便，就连上厕所都成了问题。为了不上厕所，姑娘们坚持不喝水，嘴唇干得裂了口，也只是用舌头润一润。几天时间里，4 名女护士忍受着常人难以忍耐的干渴，每人每天要给近百名昏倒的战士输液。有些重病战士小便时站不起来，她们就把装饮料的空瓶用刀拉开，给战士接尿。战士执意不肯，脸羞得发红，姑娘们劝说："我们都是你们的大姐姐，不要害羞……为了抢救伤病员，女护士们已忘了性别。

在九江市区，还有一个后方救治中心，就是 171 医院，也演绎着一个个救死扶伤的生动故事。

这个只有 20 张医疗床位的小医院，本来已经撤编成为庐山疗养院的一部分，由于抗洪抢险紧急动员，扩充了 150 张床位，成了抗洪抢险临时的重症救护所。

翟冲、谢勇刚等 11 名危重病人，都是从大坝上第一时间送进医院的，在这里得到了特别的关照和良好的治疗。

有着 33 年护龄的老护士长张美珍把住院的战士都看作自己的儿子，倾注着慈母般的爱。她为战士擦完身洗完脚后，用棉签把脚趾缝的泥沙，轻轻地粘出来，边粘边问："孩子，疼吗？"战士含着泪说："张妈妈，我们不疼。"夜里，张美珍放心不下，来到病房摸摸战士的额头和

左：一口气可以吃下三个大包子
右：医护人员对晕倒的战士实施紧急救护

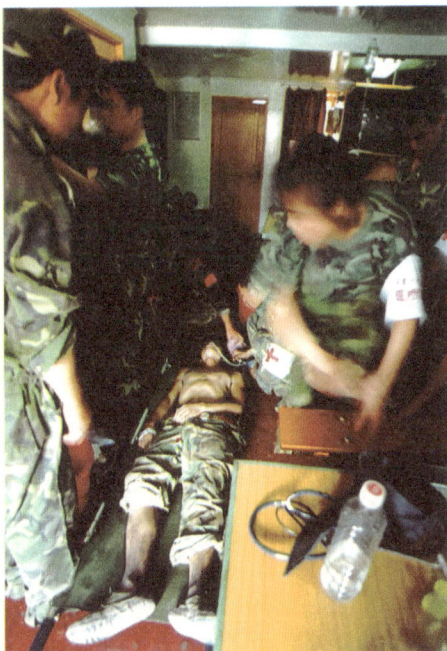

脚，注视着每一个细小的变化。白天，她看战士吃得如何，对食欲很差的病人，就送稀饭，一口口地喂。像这样的好妈妈，171医院还有不少。这是一种难以用语言表达的爱。

哪里有肆虐的洪水，哪里就有鲜艳的红十字。

第八章　大堤飞歌

- 文艺进大堤，将士尽开颜。
- 歌声连着士气。
- 我的士兵兄弟，你是谁，为了谁。
- 待到明日，凯歌高唱把家还。

文艺是时代的号角，歌声是生活的赞美。

总政歌舞团的艺术家们要来，不知谁先得知这一消息，刚刚在决战中取得完胜的官兵们兴奋得不得了，互相转告，翘首以盼。以前，见到这些大明星很不容易，现在将面对面地听他们歌唱，这叫官兵们如何睡得着觉！

8月9日，正在休假的总政歌舞团接到解放军总政治部通知，要求团里组织一个小分队到九江抗洪一线慰问演出。命令一出，队员们立即行动起来。彭丽媛由福州家中飞到南昌，又换乘汽车直奔九江。蔡国庆由昆明、阎维文由山西飞回北京，郁钧剑刚刚从台湾演出归来，他们同黄宏、刘小娜、尹卓林、刘炽炎、赵岭等一起，在左青团长的带领下，组成了一个超强阵容的演出小分队，于10日傍晚到达九江。

到达九江的头天晚上，左青团长就给曲作者张卓娅、词作者赵大鸣下命令，用一个晚上的时间为抗洪将士写首歌，完不成任务不准睡觉。张卓娅、赵大鸣欣然接受任务。赵大鸣是早几天到达九江的，连日来，从士兵到将军，从老百姓到基层民兵，一幕幕抗洪将士英勇护堤、堵口的情景在他的眼前不断浮现，仿佛是当年人民解放军横渡长江的壮观情景，这是人民的力量所在，这是人民军队的力量所在。

　　强烈的感触使他思绪如潮，一句句铿锵有力的词句跃然纸上。一首《抗洪大军歌》的歌词出来了。张卓娅接过歌词，连声称好，一夜苦熬，天亮之前，曲谱终于完成。翌日上午，左团长带领大家很快学会了这首歌。演出小组每到一地，《抗洪大军歌》就唱到那里，很快就传遍了抗洪部队。

　　8月13日，在先后到琵琶亭堤口、益公堤慰问演出后，演出小组来到决战正酣的城防大堤4-5号闸口。见到这些耳熟能详的军中大明星，大堤上的官兵齐声欢呼，许多战士本来光着背，赶紧把迷彩服找来穿上；有的叫战友看看自己脸上煤灰多不多，跑到堤边捧把水洗洗脸；也有的跑到大堤两边，到处找有没有野花，准备给军中大明星献花；更多的是抢占有利位置，想与艺术家们合个影、握个手。

　　战士们用自己特有的方式，欢迎这支特别的慰问队伍。

　　演出因陋就简，舞台就设在大堤上，身后是滔滔的江水，脚下是筑起的沙袋，炽热的太阳是七彩的灯，面前是成千上万满身泥水的官兵。到了现场，总政歌舞团的明星演员们受到了强烈的震撼：我们新时代的战士太可敬、太可爱、太可亲了！

　　阎维文第一个登场，他用雄浑的嗓音唱起了《一二三四歌》，一上来就激起了官兵们的共鸣，他在台上唱，官兵们在台下唱，口号声声，惊天动地。郁钧剑的《当兵干什么》，唱出了90年代军人的气魄。蔡国庆演唱的《当兵的历史》，则抒发了战士心中的万丈豪情。

　　喜剧演员黄宏来到灾区后，连夜创作了一个小品，他扮着一个九江市的老大爷，头包白布，拎着一瓶酒、一兜姜，来到战士面前，立即引起了战士们愉悦的笑声。他说，一瓶酒、一兜姜，正好代表九（酒）江（姜）。抗洪时，他的孙子生在大坝上，为感谢解放军，他请战士给起名，最后由一个干部起名叫黄家园，意在夺取抗洪最后胜利，军民重建家园。相声演员尹卓林则创作表演了《两地表扬稿》，热情讴歌抗洪中的英雄事迹。

　　"我的士兵兄弟，当天塌地陷的时候，人们总想起你。当花好月圆的时候，你们又悄悄淹没在笑声里……"女高音歌唱家彭丽媛眼含热泪，一首《我的士兵兄弟》唱得格外深情，唱出了战士的心声，唱进了战士的心里。彭丽媛一边唱一边与战士们一一握手致敬。

最后压轴的节目是刚刚创作的《抗洪大军歌》，全体演员挽手，一起高歌。

"战友战友好战友 / 千难万险不低头 / 人在堤在严防死守 / 人民安危在肩头 / 嘿百万大军手拉手 / 父老乡亲在身后 / 待到明日凯歌高唱 / 为你再举庆功酒。"

那年夏天，还有一首歌唱响大江南北，走上央视春晚，感动了无数华夏儿女。它就是由邹友开作词、孟庆云作曲，祖海、佟铁鑫演唱的《为了谁》。

"泥巴裹满裤腿 / 汗水湿透衣背 / 我不知道你是谁 / 我却知道你为了谁 / 为了谁为了秋的收获 / 为了春回大雁归 / 满腔热血唱出青春无悔 / 望穿天涯不知战友何时归 / 你是谁 / 为了谁 / 我的战友你何时归 / 你是谁为了谁 / 我有兄弟姐妹不流泪 / 谁最美谁最累 / 我的乡亲我的战友 / 我的兄弟姐妹……"

这两首歌，一刚一柔，唱出了战士奋战大堤的斗志和士气，唱出了战士心中的忠诚和柔情。

多年后，郁钧剑有这样一段讲述："到达九江的第二天，我们演出小分队便上堤了。望着来看我们演出的战友们一个个依旧穿着一身汗一身泥的迷彩军装，望着他们脸庞上来不及擦洗掉的斑驳泥浆，再回头看看水位已高出九江 3 米以上的湍急奔流的洪水，已被这些年轻的战士用血肉之躯牢牢地堵在了长江里，心中一阵阵冲动。我唱着唱着，便跳下了大堤，走到了他们的中间。又突然发现，在他们整齐划一的队形里，有不少的战士竟是坐在水中。我一阵哽咽，他们可是坐在水里看我们演出啊！……我在总政歌舞团为战士服务近 20 年了，几乎走遍了祖国的边防线，也多次到过抗洪抗震的救灾前沿，每次都是带着为战友们唱歌鼓劲的心情而去，满载着被战友们感动的情怀而归。在战友们的面前，我的心灵常常被净化。"

11 天后，来自千里之外的杭州歌舞团带着杭州市委市政府的亲切问候，也来到了九江，然而他们没有总政歌舞团那么"走运"，演出过程一波三折。

为了演出取得更好的效果，24 日歌舞团到的那一天，连夜协调战士们在决口处搭起了临时舞台，并联系了当时并不多见的直播车，准备邀请杭州市委书记李金明和九江市委书记刘上洋视频连线，慰问演出就在次日下午。

25 日上午 8 时，戚建国师长和陶正明主任接到集团军秘书处姚干事电话，要求他们火速赶往集团军前指。在三楼的会议室，高武生副政委满脸愠色，并没有给连续奋战在一线的两位部属留面子，帽子一甩就骂开了："不请示不汇报，无组织无纪律，抗洪没结束，有什么好演的？"匆匆赶到的戚师长、陶主任一脸雾水。高武生接着说，别人对你们有看法，新华社记者连内参稿都写好了。这样，两位领导全明白了。

高武生给了三条意见：一是舞台拆了，二是歌舞团劝回去，三是师党委写出检查报告。戚建国、陶正明这下为难了，杭州歌舞团也是奉命而来慰问前线将士，千里迢迢赶到九江，一场未演又要回去。慰问团带队领导、杭州市广电局副局长乔道宏找到陶正明，恳请向上级再请示。

陶正明心里明白，有些事硬拗是不行的，他先是叫人马上拆除了舞台，连夜写出深刻的检查报告，然后委婉地再把乔副局长的想法告诉高副政委。看着洋洋洒洒几页的检查和变更场地的演出安排，高武生说了一句："把好事办好！"就不再吭声了。

陶正明松了一口气，"好事办好"，说明首长心里并不是反对这场慰问演出，只是时机不对、场地不对。

30 日下午，慰问演出在红军团驻扎的海后基地举行，带着浓浓江南色彩的歌舞节目受到官兵的一致欢迎，掌声不断，笑声不断。官兵们感慨：这天是到九江以来最放松的一天。正是：鼓舞士气千里来，不明就里搭舞台，将军怒斥平事态，战士看完乐开怀。

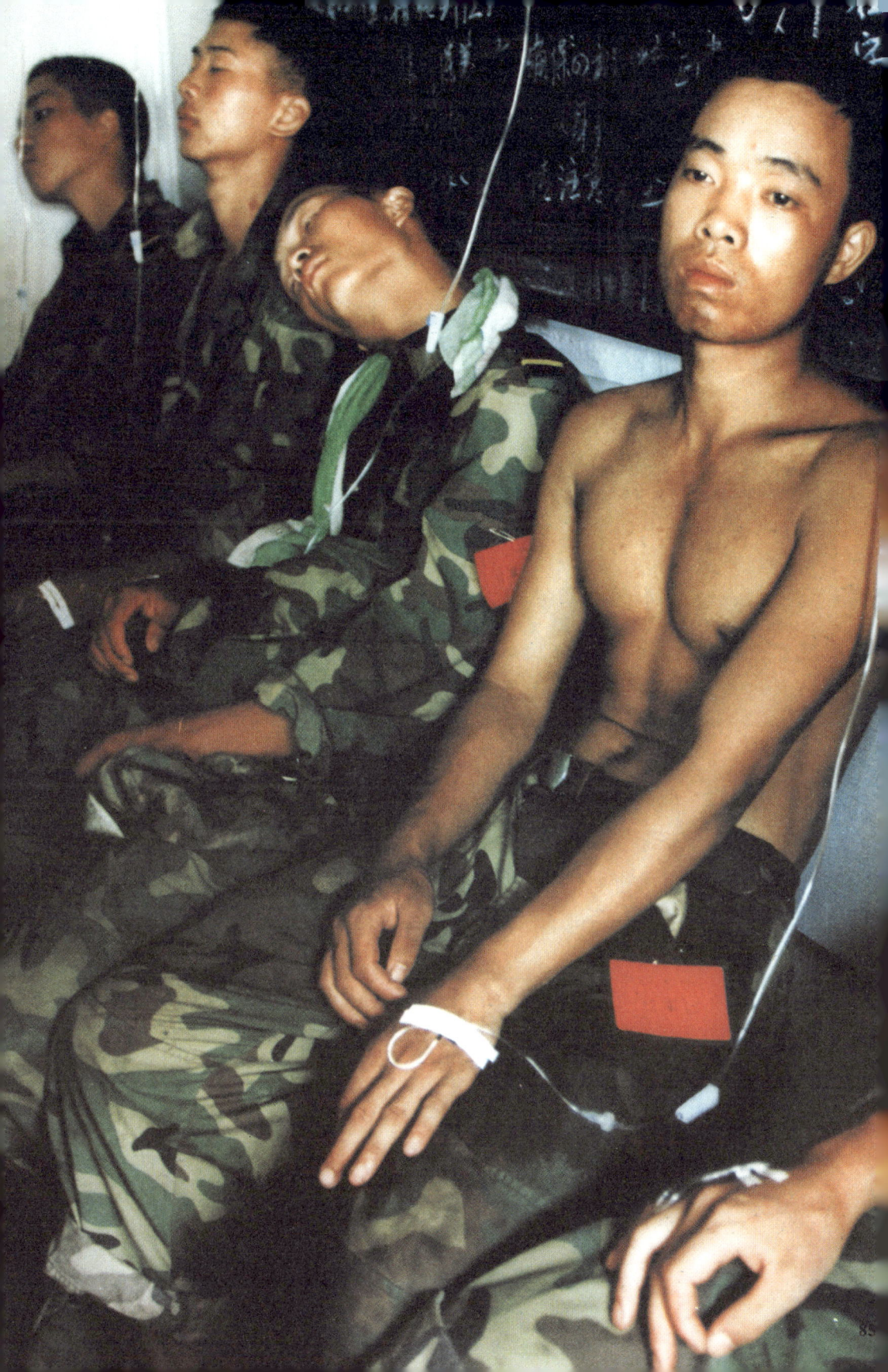

第九章　拥军情深

- 前方打胜仗，人民是靠山。
- 九江流行迷彩色。
- 患难之中显真情。
- 洪水过后，人民更爱解放军。

1. 老区的绿豆汤

江西是共和国和人民军队的摇篮，是先烈用鲜血浸润的红土地。在中国，江西更懂得"红军"这个词的含义。

提起江西革命老区，很多人第一反应都会是井冈山。其实九江也是老区，1927 年 8 月 1 日，中共发动南昌起义，打响武装革命第一枪，九江成为革命军集中之地，贺龙所率第二十军、叶挺所率第十一军二十四师均驻扎在九江。九江所辖的修水县，是不折不扣的革命老区，中国工农革命军第一面军旗在这里设计、制作并率先升起，中国工农革命军第一军第一师在这里组建，毛泽东领导的秋收起义第一枪在这里打响。

红军后代的到来，给正在遭难的江西父老带来了无限的希望。红军后代更没有辜负先辈的重托和百姓的期望，用钢铁的意志和男儿的热血，铸就了一道不决的长堤。

老区人民热爱子弟兵，他们自己家中被淹，财产被冲走，全然不顾，心里却首先想到的是子弟兵，用挑担和推车再次架起了军民团结的"连心桥"。

说起九江人民对子弟兵的深情，刚从大堤上撤下来的王宏团长总结过这样一段话，非常生动准确。

他说："九江的孩子们把他们的零花钱，都拿出来买冰棒给我们这些解放军叔叔吃；九江的中年人把他们的辛苦钱，都拿出来买绿豆熬汤给我们这些当兵的兄弟喝；九江的老年人把他们的养老钱，都拿出来买肉给我们这些子弟兵补身体。为这样的老百姓吃苦受累，洒汗水，流鲜血，哪怕赴汤蹈火，我们也心甘情愿！因为值！"

充满感情的话语让人心动！

只有亲身经历过被真情围绕、被爱心追逐的抗洪将士才会有如此深刻的感受和真切的体会。

8月以来，九江城防大堤4-5号闸口汇聚了全国乃至全世界的目光，更是48万九江人民牵肠挂肚的地方：子弟兵在日夜奋战、保卫九江，他们有没有吃的？他们会不会中暑？他们没地方睡觉怎么办？

尽管部队有明文规定，不准随便接收群众的慰问品，但哪里挡得住从四面八方蜂拥而至的滚滚拥军潮？

他们三个一群、五个一伙，拎的拎扛的扛，把只要能清火解暑的瓜果汤水都往抢险第一线送，然后就像企业公关人员推销产品一样，向在烈日下奋战的子弟兵，"推销"自己的一片心意！

他们"推销"的手法也很高明，知道子弟兵守纪律，喝水都要看干部的"旨意"，没有上级的点头允许，哪怕天再热、口再渴，也不会轻易喝你一口水，尝你一碗汤的。于是，那些肩膀上带杠有星的干部，便成为他们首攻的目标。

"解放军同志，请喝一杯茶吧！你们的汗水流得多，需要补充水分！""首长，请尝一碗绿豆汤吧！绿豆汤清火解毒，喝下去不会中暑了！"语气亲切而诚恳，动作麻利而敏捷。话音未落，这边连碗带汤就递到你鼻子底下，看你喝还是不喝！

一位眼睛已经看不清东西的大娘，在小孙子的搀扶下，也来送绿豆汤。可她并不知道送给谁去，隐约中她听到有几位部队的干部在交谈，交谈中她听到有人叫另一位"司令"，她知道司令可是一位不小的官，连忙用双手端起一碗绿豆汤，颤巍巍地送了过去。

"这位司令官，请解解渴吧！"

首长一回头，只见一碗无法推辞的绿豆汤已到了眼前，嘴里连声说："好好好！"然后双手接过浓浓的情意一饮而尽！

大娘可乐了，开心地笑了，她觉得这位司令官肯喝她熬的绿豆汤，就是对她最好的安慰，总算没有白辛苦！

大娘没有想到，这位喝绿豆汤的首长，就是南京军区的最高指挥员！当时恰巧有记者在场，相机上留下了这珍贵的镜头，第二天，照片在九江的报纸上登出来后，广大的抗洪将士都乐了："看，我们军区的首长都喝绿豆汤了！"

绿豆汤，这中国人的传统饮食，竟成了那年夏天九江人民向子弟兵

| 喝口绿豆汤

表达爱心的一种共同载体，谁也无法统计，到底有多少九江居民熬过绿豆汤，他们到底熬了多少碗绿豆汤。不过，有一点可以肯定，这次在九江抗洪的部队从士兵到将军，从此都记住了九江人民绿豆汤的味道，记住了这碗绿豆汤中浓浓的拥军情。

绿豆汤，是九江人民深情的甘泉，如同战争年代的乳汁，滋润着抗洪将士的心田，涌进了抗洪将士的血脉，化作那不可战胜的力量！

决口上抢险官兵的饮食牵动着大家的心。当广播电视播报决堤的时候，天雅酒楼的老板熊邦初没有离家。"天雅大肉包"闻名九江，员工不够，他动员老婆、孩子都来帮忙。下午没有肉卖了，他叫人到乡下杀了猪立即送来，和粉，割肉，剁馅，搅拌。白花花的大肉包一笼笼蒸出来，他叫儿子拉着板车一车车送到大堤上。部队在决口处激战了一星期，熊老板和他的员工一周不回家。他包了每天 1000 多人的饭，一天

吃片西瓜吧

183

送 4 餐，炉火 24 小时不熄。为此他还谢绝了所有上门的顾客。他在酒楼门口拉起一块横幅：军民鱼水情，天雅作后勤。美味的"天雅大肉包"在抗洪官兵心中有了一个全新的名字——"红军包"。

赛城湖街道 69 岁的老大妈赵金娥，她的儿子、女儿家都被水淹了。她把 2 个儿子和 4 个女儿全部召来家里开会。赵妈妈先问子女们："你们知道现在谁最困难？"大家没有明白妈妈想表达的意思，老二说："老六家淹得最厉害，水快上二楼了，东西还没来得及搬。"其他子女也表示赞同。赵妈妈说："你们都说错了，现在解放军又累又苦最困难。"赵妈妈叫老大把家里的猪杀了去慰问解放军。她还让 4 个女儿买西瓜和矿泉水，自己带队，把一头猪分成两半，分别送到了两个部队。

8 月 5 日，一位家住苏山村的 73 岁老人，拎着一瓶已存了 25 年的茅台酒走上大堤，请 20 多个满手是泥的战士一字排开，老人拿出一只小酒杯，一杯一杯地给战士们斟上，老人身体虚弱，手不停地抖动，酒不时洒出酒杯。有战士要替他斟酒，他不答应，坚持自己斟给每个战士喝，他说只有这样才能表达出内心的敬意。当战士们要保存这只空酒瓶作纪念时，老人拿起随手带的笔，在茅台酒的包装盒上写下了两句话：九江治水镇恶龙，醇酒唯有敬英雄。

"猪啊羊啊送到哪里去，送给咱英勇的八呀路军……"抗战时期陕北地区纯真的军民鱼水情，今日在江西九江城防大堤上生动重现。

九江国棉一厂 18 名下岗女工自发成立"下岗女工拥军服务队"；康山街道 16 名退休女工相约组建"退休老妈妈洗衣班"，连续数日到部队驻地为战士们洗衣做饭、缝补军装；九江一中 6 名学生要家长买了几千斤的西瓜送到部队；浔阳区梅绽坡居委会主任胡琼，看到电视上子弟兵的手磨烂了、肩磨破了，请来师傅连续开工，一口气赶制出 180 副坎肩……

在九江体育馆还发生了一件怪事：官兵们早出晚归参加抢险，可每次来不及洗的脏衣服，都会被洗得干干净净晾在衣架上。官兵们很纳

喝口凉茶吧

闷，问哨兵说不知道，问炊事班的人也说不知道，这就奇怪了！这天，上士班长李运东担任连值勤，他留了一个心眼，决定探个究竟。果然，上午8时30分左右，体育馆里出现了两个穿着工作服的妇女，她们手里拎着两个大编织袋，见左右没人，便迅速收集起脏衣服来。小李赶紧走上前去，说道："啊，原来是你们！我们都很奇怪衣服被谁'偷'去了。"原来，官兵们天蒙蒙亮就出发去抢险，晚上十一二点才回来，因为实在太累了，一般到了宿营地倒头就睡，第二天穿上前天换下稍显干燥的脏衣服又走了，衣服里江水、汗水交集，盐渍、泥渍混杂，有了很重的味道。体育馆的工作人员看在眼里，疼在心里，她们商量好一起为战士们洗衣服，但部队有命令不让群众给洗衣服。于是她们就采取"偷"衣服出来洗的办法，这就出现了开头的那一幕。

像这样感人的事情，很多抗洪官兵都亲身经历了。部队从大堤撤下后，经常碰到出租司机不肯收钱的事。官兵们刚开始的时候都是执意给钱，结果司机反而一脸不高兴，理由是五花八门的，有的说："你这是干吗？这不小瞧人嘛！"有的说："你要付钱，就是在骂我，没有你们解放军，整个九江都要泡在水中了，今天我为你们做这点事，还好意思收你们钱吗？"还有的说："今天我要是收了你们解放军的钱，明天还怎么在街坊邻居面前做人？"

由于抗洪期间，九江市区部分地区实施交通管制，出租车的生意清淡，但许多出租司机还是自发地打出"军人优先""军人免费"的招牌，只要是穿迷彩服的军人招手，出租司机就会飞驰而至，免费把你送到要去的地方，即使车上有人，司机也会说服乘客，先送解放军。"军人优先""军人免费"成了那些天九江出租车行业不成文的"行规"。

为了不给驻地百姓添麻烦，许多部队都制定了这个不准、那个严禁的规定，规定里甚至有一条：不准官兵乘坐出租车。有个部队"15条严禁"中第15条就是：严禁外出打的、免费乘车。长运出租车公司的一位李姓司机说："部队出来都是队伍整齐，街上几乎见不到零散的军人，特别是我们不收钱后，他们往往宁愿走路也不叫车了。"

这年夏天，穿迷彩服的解放军成了九江市民最爱戴的人！

2. 九个车皮的矿泉水

那年的九江，最多的是水，长江水位一次次超过警戒线，甘棠湖里的水也漫出湖堤；最缺的也是水，自来水厂被水漫灌，浑浊如斯，干净的饮用水无处可寻。

而九江街头的矿泉水已基本售空，全国的矿泉水也纷纷向九江运来，基本上说得出名的矿泉水品牌在大堤上都能找到。数量最多的要数金义矿泉水，这是来自浙江杭州的一家民营企业生产的饮用水。

　　这家企业叫浙江金义集团，其创始人陈金义是一个传奇式的商界人士。曾是乡村民办教师的陈金义，早年靠 500 块钱养蜂起家，1992 年去上海破天荒地收购了 6 家国营店铺，开创"私"吃"公"先河，被经济界称为"陈金义现象"。到 1998 年，他第一个打破家族制，走现代企业道路，在非公有制领域及至全球华人商界产生巨大的影响。陈金义一手培育的"金义"商标，连续 3 次被评为浙江省著名商标，并被浙江省政府授予"浙江名牌"称号。1999 年陈金义作为浙江省私营企业的代表，应邀登上天安门观礼台，参加国庆 50 周年的盛大庆典，可谓风光无限。

　　虽然陈金义后因倾囊投资的"水变油"项目失败而淡出商界，但其作为企业家的道义和责任还是令人称道的。1998 年夏，他听说江西九江水灾严重，抗洪官兵急需干净的饮用水，虽然夏季是饮用水销售旺季，但他知道前线的将士更需要水。库存不够，他就从全国各地急调金义矿泉水，共 9 个车皮，从东南西北各个方向运往九江。他还冒着酷暑，亲自率队到大堤送水。战士们说："这是生命之水，喝了有抗天之力。"在大堤上，他深深地为官兵的英勇所感动，承诺：洪水一日不退，金义水一日供应不断。据了解，金义集团共向九江灾区捐款捐物 571.99 万元。

　　浙江民营企业发达，他们乘着改革开放的东风迅速发展起来，但伴随他们成长的是强烈的家国情怀。这不，浙江横店集团慰问团在副董事长卢创平的带领下，也走进了九江市捐赠办公室，随行人员每人一顶黄色的太阳帽，白汗衫上印有 4 个鲜红的大字：四海一家。

　　捐赠物品不少：100 吨米，1750 箱矿泉水，100 多万元药品，还有8000 件衣服和 1000 多条毛毯，价值 961 万元。

　　横店集团在浙江东阳，64 岁的董事长徐文荣本来是个农民，从1975 年 7 个农民 3000 元钱办丝厂起步，23 年的时间发展成了拥有 50多亿总资产，17 个行业的全国特大型民营企业。出身贫寒的徐文荣对贫困和灾难有着深切的体会，他说："一方有难，八方支援，这是我们中国人的美德，我们富了不能忘记穷兄弟，我们的成功和发展，离不开党和政府的关心，离不开各地的支持。"在东阳临出发前，他再三交代卢创平："东西送到，表达完心意，马上开车回来，九江受灾 50 多天了，他们很忙，不能去添麻烦，如果请吃饭，无论如何要谢绝！"

这里还必须提到一个人，叫蒋敏德，杭州未来食品公司的董事长。在 1998 年 8 月 16 日中央电视台《我们万众一心》抗洪赈灾晚会现场，他以"一位杭州个体户"的名义捐款 100 万元，而此时他的企业年盈利才不过 1000 余万元。当时手头上的现金只有 90 万元，有人劝他反正牌子举了，钱慢一些没事。但他想到灾区人民急需用钱，第二天就把 90 万元打到指定账户，晚上将 10 万元的"未来牌"米粉装上汽车，亲自带队星夜兼程驶往九江。

被《杭州日报》宣传为"清贫富翁"的蒋敏德，以勤俭朴实作风创办了杭州未来食品公司，经过十几年的艰苦奋斗发展成为 5000 万资产的私营企业，年迈六旬的他仍然节俭为本，他和工人住在一起，出差途中常常带着咸菜。对于别人的不理解，他只是笑笑说："我这个企业发展，靠的是党的政策，企业发展了，回报社会是应该的。"

说得真好，爱心使他富有和快乐。据称，中央电视台的这场赈灾晚会也创下了当时的纪录，单场晚会募集善款 6 亿元。

致富不忘社会，发展更要报国。灾难面前，民营企业也有大担当！

第十章　战士情怀

- 三大纪律，八项注意。
- 胜利之师，文明之师。
- 人民利益重如山。
- 战士情怀，一首唱不完的歌。

1. 火车站啃西瓜

8月16日，这一天是红军团的休整日，上级硬性要求刚从大堤上撤下来的官兵休整，主要是补觉。但看到其他部队还在奋战筑堤，团党委决定，把休整日改为文明行动日，组织全团官兵到九江火车站打扫卫生。

这天上午，三十几辆军车，从驻地九江二中出发，一路高歌来到火车站广场，1500 名身穿迷彩服的子弟兵，突然出现在这人来人往的地方，将会引起一个什么样的反响？

这天上午，南来北往的旅客惊奇地发现，九江火车站里里外外都是兵！他们有的用抹布在候车室里擦拭窗户玻璃，有的拿扫帚在广场上打扫果皮纸屑，有的用铁锹在角落里清理垃圾，还有的拎着红塑料桶在冲洗公共厕所……

他们臂上都有一个红牌牌，上面写着"红军团"三个字。这时，候车室、广场上，所有的旅客都站起身来，一边鼓掌，一边用敬佩的目光看着眼前最可爱的人！

最兴奋最激动的还是九江火车站的全体职工，他们怎么也没有想到，这次在保卫九江的战斗中，威名远扬的红军团全体官兵，竟然就在自己的眼前，就在自己的身边，他们不仅仅是在打扫卫生，而更多的是在播种文明的春风！

为了感谢子弟兵的文明行动，火车站全体职工立即投入了慰问子弟兵的行列，他们迅速拖来几板车西瓜，又连忙搬出十几张长条桌一字儿摆开，然后几十名男女职工同时用刀把西瓜切成一瓣瓣，摆放在几十米长的桌面上，色泽嫣红，煞是好看，一瞧就是好瓜。

可是，无论几十位工作人员怎么请，怎么拽，都没有一个战士来尝一口，急得大家不知如何是好。

车站领导出面了，他们找到在场的最高首长——一位中校，请他发个命令，让他的士兵们去吃西瓜，"这么热的天，你们流着汗水为我们车站打扫卫生，吃片西瓜也是应该的，再说这么多西瓜都切开了，不吃也是浪费了！"

这位年轻的中校，平时处理事情从来都是雷厉风行、干净利落的。这时，他却为难了，不吃吧，又盛情难却，辜负了人家一片好意；吃吧，这1500名官兵，在这大庭广众之下，拥在一起埋头啃西瓜，又成何体统！他犹豫来犹豫去忽然想出一个好主意："这样吧，我派代表来吃你们的西瓜怎么样？"对方说："那就看你派多少了，派一个兵也是代表，那不行！""那你说需要多少代表？""最少是三个兵中来一个！"对方说。

这位中校屈指一算，三分之一，正好是500名，连声说："不行，不行，还是太多！"最后双方都做了让步，同意派一个连队代表红军团全体官兵来吃西瓜。

这个任务落到四连头上。交给四连连长袁传友去完成，他叫袁连长把全连集合，他有话要说。

四连集合完毕，中校站在队列前对大家说："你们四连是红军连，现在代表我们红军团去吃西瓜，这个任务很光荣也很艰巨，不是叫你们真去吃个饱，我的要求是一个字：快！一片瓜拿到手，先中间咬一口，再左右各咬一口，三口就够了！吃完赶快丢手撤出现场！越快越好！"

交代完之后，全连100多人列队阔步走向吃瓜现场。此时，大家的心都是悬着的，因围观的人群越来越多，万一出什么洋相传出去多难听，红军团100多名官兵在九江火车站啃西瓜！再来个引起交通堵塞……回去怎么向上级交代？

可他的士兵们不但没有让他丢脸，而且还为他争了许多光彩，当袁连长把连队带回之后，留下一堆干净的瓜皮和一片赞叹声，老百姓清场时，才发现战士悄悄塞在西瓜皮下的买瓜钱。

"真不愧为红军的后代，100多人吃西瓜都是一个动作，三口一片，干净利索，连吃西瓜都能吃出军人的作风、军人的性格！"

现在想想，幸亏当时智能手机不普及，人们还没有微信、微博等传播工具，否则，这百人齐齐啃西瓜的镜头，再怎么快，也一定会成为网络热搜。

这时，从广州到北京西站的列车在九江火车站停靠，列车员见九江火车站有这么多士兵在打扫卫生，便问是哪个部队的，当得知是来九江抗洪救灾的红军团，一会儿工夫，从列车上走下二十几名列车员。她们说，从电视上看到红军团的旗帜在大堤上飘扬，她们都很激动，利用这停站的十几分钟时间，向官兵献上一首歌，表达她们的敬意！

她们唱的是《说句心里话》，唱到第二句时，官兵也与她们一起唱，当唱到"谁来保卫祖国，谁来保卫家"时，激动得泪流满面，乘务员姑娘们都唱不下去了，士兵们也流泪了，在场的群众也感动得热泪盈眶。

时间到了，女乘务员们含着眼泪匆匆走上列车。

一声长长的汽笛回荡在九江火车站，再次向抗洪勇士们致敬！

望着远去的列车，全体官兵同时举手向列车敬礼！这是在向祖国敬礼，向人民敬礼！

2. 上课铃声准时响起

8月25日20时，分别驻在九江市第二、三、五中学和朝阳小学的官兵接到调整宿营点命令，规定26日之前部队必须全部撤出学校。原来，为确保九江各大中小学如期开学，南京军区抗洪抢险前指命令所有赴九江抗洪的官兵全部撤离所驻的31所学校。

得知部队要撤出学校到野外露营的消息后，九江市委、市政府、市防指立即派市委常委、市防总副指挥长张华东和副市长杜万安等前往抗洪部队前指，转达市委、市政府领导和广大市民挽留部队不要撤离学校驻地的请求。同时说明，已向省教委、省防总申请并经批准，市区有驻军任务的学校推迟到9月10日开学。

再苦不能苦了学生，抗洪不能误了教育。南京军区副政委雷鸣球中将说："部队撤出学校，是按国务院以及国家教委的要求，保证学生按时开学而采取的措施。教育是大事，是百年大计。保证学校按时开学是我们部队应该做的。"

同日，九江市委、市政府专门发出建议函，一再表示，部队为九江抗洪保家园，历尽了千辛万苦，建立了卓著功勋，对部队在野外设篷住宿深感不安，心里也难以接受，无论如何不能让解放军露宿在外，并对调整部队住宿提出了安排建议。

不少学校的教职员工和人民群众纷纷给市委、市政府和有关部门打电话，要求让部队继续住在学校。九江师专、九江石化中学的领导把学校大门锁起来，不让部队离开。校领导流着泪挽留子弟兵："没有你们的支援，就没有今天的九江，这么酷热的天，我们怎么忍心让战士们睡在野外呢？"

尽管地方一再挽留，但部队官兵也有铁的纪律。一声令下，半天时间部队全部完成撤离，留下的是一个个干净、整洁、美丽的校园。

撤离前，部队还专门组织了群众纪律大检查，对桌椅板凳的损失情况、周边小店有无赊账情况、与群众的军民关系等进行全面细致的检查。

驻在九江财经高等专科学校的部队，撤离前检查有 18 张椅子损坏了，尽管学校领导一再说明这些椅子本来就是年久待换的，但部队仍然坚持按新椅子的价格作了赔偿。

抗洪部队还开展了以"每天省下一块钱，救助灾区特困生"为主题的三项活动，集中 20 名懂修理的官兵组成修理队，购买了 2000 多元的工具、材料，把所驻学校的 700 多张破旧课桌整修一新，安装了 300 多块玻璃，更换了 17 只灯泡，官兵们还买了 2000 本笔记本，印上"抗洪抢险纪念"字样，送给 5 所学校的入学新生和特困生。文明之师严守纪律，爱民情怀令人动容。

九江城区的学校大部分腾空了，能保证按时上学。可处在郊县的都昌、星子、永修、湖口等地的学校绝大部分还浸在水中，且破坏严重，校舍倒塌、课桌椅被毁、教学仪器和图书资料一无所存。经统计，全市共有 509 所学校还被水浸泡，29.3 万学生因校舍遭灾面临开学困难。

"宁可荒田不可荒人，抗洪救灾教育为重"。抗洪部队积极行动起来，捐出住宿的帐篷，就便利用各种器材，帮助学校在大堤上搭建临时教室，确保了大部分学校能如期开学。

在洪水中遭受灭顶之灾的江洲镇各中小学校也如期开了学，9 月 1 日那天学校统一组织了升旗仪式。五年级学生张伟激动地说："学校被大洪水淹没了，我非常难受，我以为推迟一个月才能开学，没想到今天就能在大堤上开学，谢谢解放军叔叔们！"

3. 一万元算多少

九江遇险众人救，一方有难八方援。

那年夏天，九江成了全国抗洪的焦点，千千万万的人关注着这里，涓涓暖流带着爱向这里汇聚。

8月13日，九江市成立"救灾捐赠办公室"，把市政府三楼的会议室，临时改成了接待大厅和举行捐赠仪式的场所，并专门安排人员负责接待和致谢。

这间不大的会议室里，从早到晚来的人川流不息，但都有一个共同的特点，就是匆匆地来，又匆匆地走，甚至连握手都是急匆匆的。

相逢何必曾相识，天南地北的人聚集到这间会议室里，他们大多是初次见面，也可能是一生就仅此见一面，但情是火热的，心是火热的，热得能听得见彼此的心跳。

工作人员是非常认真细致的，对每一笔受赠的捐款，他们都有详细的记录。

中国银行九江分行10万元；

丰城市委市政府10万元；

上海玉佛寺20万元；

新疆生产建设兵团130万元；

深圳蛇口工业区20万元；

日本国冈山县50万日元；

空八军官兵20万元；

一位不愿留名的军官1万元；

……

每一笔捐款，背后都有一个感人的故事。

就来说说这位不愿留下姓名的军官。他叫胡雪峰，是驻浙江嘉兴的某高炮团卫生队军医。自从长江流域发生洪水，胡雪峰和妻子孟君英就已商量好，虽然自己老家要修房子，父母也经常要看病用钱，但比起灾区群众，自己的生活不知道要好上多少倍。这几年省吃俭用积蓄了一万元钱，他们把它从银行里取出来捐给灾民。部队出发前，他把这笔钱打入工资卡带在身上。

8月14日这天，趁着部队休整的空隙，他从银行里取出这笔钱，郑重地交到了九江市捐赠办公室。工作人员在开收据时一定要问清姓名，可胡雪峰不想留下真名，想到自己是红军部队的一员，就随口报了这么个名字。8月20日，《九江日报》在"救灾捐赠情况通报"栏上刊出了"一位不愿留名的军官"，引起了师团领导的注意。经多方查证，终于找到了捐赠人。

一万元，在上个世纪90年代末期，对于当月工资不到600元的军人，对于一个需要养家糊口的基层干部，那可是几年的积蓄。这个数字的分量，到今天还是沉甸甸的。

而在各个部队的休整点，以及在各自驻地的部队，都在以各种形式开展捐款赈灾活动。

8月15日上午8时，刚从城防大堤堵决阵地撤下的红军团，组织向灾区群众献爱心捐款活动。捐赠现场，"向灾区人民献爱心"的横幅下，围满了自发前来捐款的官兵，许多官兵的迷彩服上还沾着泥浆和汗渍。100元、50元、10元……官兵们争先恐后地涌向捐赠箱，有的战士干脆翻遍口袋，掏出所有剩余的津贴费。全团201名家中受灾的战士，也不顾干部的劝阻，纷纷参与捐款。战士罗照能家在江洲镇，这次家中也被水淹，他向战友借了10元钱投入了捐赠箱。他说："虽然我的家中也受灾了，但却受到千千万万个家庭的帮助，我也要表示一点自己的心意。"

官兵的行动感动了驻地的父老乡亲。闻讯赶来的十几名群众站到捐赠箱前，拦住官兵们不让捐款。一位头发花白的大妈一边用身体护住捐赠箱，一边流着泪说："不能啦，孩子！不能啦，孩子！你们为了保卫我们九江，吃了那么多苦，流了那么多汗，应该留下钱来好好补补身体才是呀！"

目睹这一感人场面，正在巡诊的解放军117医院的10名医护人员也纷纷解囊，将600元钱塞进了捐赠箱。最后，连到现场采风的浙江省作家协会的几位作家，也眼含热泪加入了捐款行列。

在古都南京，南京军区机关和直属单位也组织了募捐活动，军区领导、机关干部、直属队官兵和老干部踊跃前来捐款，当天就收到捐款80.6万元。正在九江指挥部队抗洪的军区陈炳德司令员、方祖岐政委打电话委托别人代自己向灾区捐了款。全军先进老干部、老八路杜方平，冒着高温天气，在老伴的陪同下步行来到捐赠点捐了1000元；军区原副司令员饶子健生病卧床已半年，专门叫人送来1000元捐款，并写了一封信表达自己对灾区人民的心意；老干部遗孀邵南琴尽管家里生活并不宽裕，也主动捐了200元钱；军区后勤部3名已经确定转业的干部得知消息后，也跑过来了……

点点爱心汇成暖流，淌进灾区人民的心间。

4. 再大的困难自己扛

2003年8月，就在九江抗洪胜利5周年之际，在一个退伍军人QQ群里，大家都在兴奋地回忆当年在九江抗洪的日子。突然有一个人发言：有什么好兴奋的？血吸虫病折腾了我5年，医药费还无处报销呢。这个时候，群里突然安静了下来。过了一会儿，有个战友试探性地建议他应该找政府，再次把话题引爆。群里你一言，我一语，大家把话题从激烈的战斗场面，转移到后遗症的治疗上来了。

大家后来才知道，仅这个群里就有6个人抗洪归来，犯上了血吸虫病。

血吸虫病是一种慢性寄生虫病，俗称"大肚子病"，一般流行于多水地域，我国安徽、江苏、江西、四川、湖南、湖北、云南等7个省为流行区。

1958年7月1日，毛泽东读前日《人民日报》，得知江西省余江县消灭了血吸虫，浮想联翩，夜不能寐，欣然写下七律《送瘟神二首》，感叹"牛郎欲问瘟神事，一样悲欢逐逝波""借问瘟君欲何往，纸船明烛照天烧"。

九江早就发现血吸虫病人，流行近百年。1998 年洪水泛滥，污水横流，极易造成血吸虫病流行。抗洪部队虽然都采取了一定的预防措施，但毕竟身体长时间浸泡在洪水中，还是有不少人中了招。当群里有人说起这个事的时候，还是引起了一些人的附和。如果引导不好，很容易激化矛盾。

这时，党员班长李宜秋站了出来，在群里发了 3 张照片，一张是九江决口、村居被淹的惨状，第二张是官兵奋勇抗洪抢险的场景，第三张是现在九江市区美丽的景色。他想以此来说明"参加抗洪有牺牲、有奉献、有付出，比起在簰洲湾大营救中牺牲的高建成等 19 名勇士，比起李向群、吴良珠烈士……现在已经过去 5 年了，再去找政府不好，也体现不出退役军人的觉悟。再大的困难，我们一起克服，不去麻烦政府"。

李宜秋入情入理的一番话，一下子击中大家心底最柔软的角落，群里又恢复了平静。

人民军队爱人民，人民军队人民爱。

就是这些战士，他们把各地慰问的钱物都转送给了灾民，临行前还把省下来的 30 余万公斤大米、9 万件衣服悄悄地运到大堤棚户区，又从自己微薄的津贴和工资中，挤出了 160 余万元捐给灾区。

就是这些战士，他们宁可自己掏钱，也不轻易使用老区人民给的"特权"。抗洪胜利后，九江市委、市政府给每位抗洪官兵赠送了一张精美纪念卡片，并承诺九江随时欢迎抗洪官兵，一律免费游览庐山风景区。可据庐山风景区管委会介绍，20 年过去了，没有一个官兵拿着抗洪纪念卡要求免费上山游览的。

就是这些战士，他们始终视人民的利益高于一切，军令一出，一切让路。有的家园被毁无暇顾及，有的家人失踪无法寻亲，有的父母生病无人照顾……自古忠孝难两全，只有在战斗休整、夜深人静的时候悄悄

地落泪，他们的心中有个信念：自己的困难再大，再特殊，都必须服从
抗洪大局。

　　法国著名作家雨果曾说过："世界上比海洋更开阔的是天空，比天
空更开阔的是人的胸怀。"

　　再大的困难自己扛，再美的风景自己掏钱看，这是我们抗洪战士的
胸怀！

第十一章　战地记者

- 风餐露宿，以笔为剑。
- 焦点对准战士，新闻缔造传奇。
- 铁肩担道义，妙手著文章。
- 只身探险，为的是传播正能量。

九江决口，记者云集。

数百人的记者队伍中，有新华社、人民日报、中央电视台、中国青年报等"国字号"，也有江西省、九江市报纸电视组成的"地方队"，还有境外的各色媒体也闻讯赶来。

此时，抗洪抢险指挥部已对长江大堤实行军事管制，即使领到采访证的记者，也进不了核心地段。为此，许多媒体记者叫苦不迭，甚至出现某些外国记者不惜花重金买新闻，没有"路道"的只好拿着当地报纸"炒冷饭"。

而有这么一支特殊的队伍，并没有去领采访证，却进到大堤的最险处，采访到了来自最前线的抗洪新闻，可以说是喝上了"头口水"。他们来自西子湖畔，是浙江日报、浙江电视台、浙江广播电台和钱江晚报20多名记者组成的"战地采访团"，他们统一穿上了迷彩服，以笔和照相机、摄像机为武器，与抗洪将士同堤奋战，抢占了九江抗洪新闻报道的制高点。

8月10日凌晨1时，一辆特别军列在滂沱大雨中呼啸向西疾驶。浙江日报首席记者洪加祥，钱江晚报记者朱成方、钱永安和浙江卫视新闻中心记者夏学民、顾中等，受报社和电视台委派，随一师紧急赶赴九江报道抗洪一线新闻。

11 日 18 时，列车抵达庐山站。一下火车，记者们就马上进入了状态。钱永安是钱江晚报的高级摄影记者，他爬高摸低地拍摄着照片，闪光灯照射之处，到处是扛着抢险物资疾跑的军人。夜色中，俨然是一条橘色的传输带，不断地把沙包运往码头、大堤。

当时洪水依然在威胁着九江市区，城里到处是水，电力也时停时有，撤退的群众随处可见……当晚 7 时，通信线路出现故障，洪加祥拿着刚刚匆匆草就的新闻稿，到处找传真，转了 3 个街区而无果。他抱着试一试的想法，冲进抗洪抢险指挥部，果然，这里的军线没有断。这也是洪加祥第一次用军线传送新闻。

稿子传完，正想扒几口饭，听说同车抵达的戚建国师长要率机关及

浙江电视台记者在九江与部队首长合影，从左至右为：夏学民、汤伟军、陶正明、顾中、马福忠

| 向大堤告别

直属分队人员直扑决口，洪加祥放下才吃了一小半的盒饭，便向师长请战："把我们送到最危险的地方去，用笔与抗洪部队一起战斗！"

晚上9时，记者团一行登上小型冲锋舟，驰入黑乎乎的长江江面。冲锋舟在洪流峰谷中奋力挣扎，激起的大浪恶狠狠地打得脸上生疼，记者们只顾弯着腰保护自己的采访器材，其他就什么也不顾了。戚建国师长感叹地说："没想到，记者也能和我们军人一样，深夜冒死闯大堤！"

晚上9时50分，终于来到举世瞩目的官牌夹决口处，但见倒塌的大堤上出现一幅悲壮顽强的景象：官兵们都是几昼夜未合眼，不停地搬运沙石料堵口，只为堵住被撕开的大口子，只为九江百姓的生命安全。在远处探照灯的光照下，战士们黑乎乎的脸上，只有眼珠子像星光般在闪烁。有个小个子战士干着干着摔倒了，就睡过去了。战士们的无私无畏、舍生忘死，让现场的记者们深深感动、双眼发酸。

雨越下越大，记者们都浑身湿透，就连贴在胸口的稿纸也湿成纸浆，只好趴在倾斜的大煤船上，用手机与报社取得联系，现场口述稿件，一个字、一个词地报给在值班室守候的同事。

晚上 10 时，刚采访完煤船上的战士，洪加祥猛然听到戚建国站在洪流中，向士兵们发出了撼天动地的呼喊："战士万岁！"洪加祥感到那久违了的激情，从灵魂深处一下子迸发出来。面对浊浪滔天的长江，他把现场真实的感受，用颤抖的声音口述，传回了编辑部。数小时后，浙江日报在 1 版显著位置发表了这篇新闻速写《"战士万岁"》。据说，当时的浙江省委书记李泽民看了这篇报道，为战士们的英勇无畏感动得流下了眼泪。

初到抗洪前线，记者们风餐露宿，连续战斗在大堤上，三天两夜没打一个盹。当地白天气温高达 40℃以上，简直要把人烤出油来，记者们也与战士一样都被晒成了"黑炭"。由于昼夜疲劳，洪加祥的哮喘病发作了。但他在堤上边吃药边写稿，强忍着病魔的折磨，每天要发回四五篇稿件，还要协调 20 多名记者的工作，他是整个记者团的协调人。

朱成方记者个子虽小，但精力充沛，每天拎着照相机在大堤上跑来跑去、爬上爬下，只为找到一个最佳的角度，拍出抗洪将士最真实的画面。走下大堤朱成方感慨：如果没有一种信念支撑，自己早就垮了。

10 多天后，报社又派来沈建波、罗未捷、谢国仪，电视台派来马福忠、汤伟军等记者，开着车从杭州直奔九江，听说九江实行军事管制，他们灵机一动，把车牌卸了，贴上了部队给的红纸牌牌。遇上当地军警询问，当过兵的司机陈爱民理直气壮地说："红军团的！"竟然一路畅通、长驱直入。

在这场没有硝烟的战争中，面对人民军队舍生忘死保大堤的英雄壮举，记者们的新闻灵感不断被激发。于是，就有了《红军团九江抢险百小时》《"硬六连"上来了》《英雄本色》《三迁指挥所》等充满深情的急就章。封堵决口成功后，九江流行迷彩色，人们把拥军看成是最重要的事。九江城满街都是茶水和切开的西瓜，军车加油、军人打的不收费，成了九江人民的拥军佳话。这些，也成为记者们对抗洪一线的新思考。从《才下江堤又上街头》到《"你们别捐啦！"》，从《永康军嫂明大义》到《九江百姓大拥军》，抗洪报道视野不断拓宽，很好地诠释和升华了抗洪的意义。

这些作品后来很多获得了大奖。夏学民的特别报道《巍巍丰碑》获1998年度全国抗洪报道优秀作品二等奖，洪加祥的作品《"你们别捐啦！"》获浙江省好新闻一等奖。

精神需要传承，品质可以感染。记者们在为一线将士深深讴歌的同时，自身也在克服种种困难。浙江日报记者沈建波妻子身体不太好，刚出生的孩子又没人照顾，但他毅然舍小家顾大家，出发前深情地望了望病中的妻子，坚定地奔赴前线。钱江晚报记者钱永安在杭州还没有住房，出发前几天妻子要他联系租房，到了九江这个事又一次泡汤了，这位从军营走过来的汉子，一家三口挤在岳父家的一个6平方米的小间里，但文静的妻子非常理解他："房子的事急不来，你就放心去吧，工作要紧！"浙江日报摄影记者罗未捷，出身于军人之家，自己也当过兵，对军营充满感情，抗洪期间不顾生命危险，拍下了一张张感人的照片。只可惜，七八年后罗未捷因病猝然离世，令人惋惜。

回杭州后，曾有新华分社一位同行问洪加祥："抗洪的记者们都处在一地，而你们发回的稿件，体裁、角度和语言为何都有所追求？能打动人？"洪记者告诉他，在九江，只要你是一个有血性的人，看到那令人奋起而悲壮的场景，你怎么会不激动？你会想尽办法，把这些最可爱的军人，真实地勾勒出来，让读者知道。写这种文章不需要任何技巧，只要与那些衣破脸脏的战士打成一片，并且深切地理解他们，就能写出突破自己和超越别人的作品。

　　洪加祥记者的一番话，道出了新闻的真谛：离泥土越近，新闻才越有生命力。

第十二章　泪别九江

- 十里相送，万人空巷。
- 锣鼓喧天，泪眼婆娑。
- 此地一为别，孤蓬万里征。
- 千里烟波，王师凯旋江天阔。

　　9月10日，吕录庭司令员接到了一个尴尬的任务，刘上洋书记交代他务必打听出部队回撤的时间，而部队抗洪指挥部对回撤时间缄口不语。

　　自从中央电视台10日在《新闻联播》中首次披露"十三万在湖北抗洪抢险部队今班师回营"的消息后，九江人民隐约感到驻浔部队可能也将不日离浔，不少人纷纷到营区打听却无结果，从那时起，九江市委、市政府就把筹划欢送子弟兵当作大事来抓。刘上洋说："子弟兵为我们九江出了大力，吃了大苦，不管怎么说，我们都要献上自己一份至诚至爱的真心。只有这样，我们的心里才会好受一些。"在筹备会上，省市领导明确提出"热烈、隆重、自然、简朴"的送兵原则，具体而言就是"四要"：要热烈欢送，要表达心意，要走访致谢，要为他们请功庆贺。

　　而这边，董万瑞也在暗暗运筹部队回撤事宜。按照上级指挥部的命令，要求部队离开当地不准扰民，明确提出"四不"：不准举行欢送大会，不搞请吃，不参加庆功会，不收纪念品。军令如山，董副司令员明白这份命令的分量。

　　一边是"四要"，一边是"四不"，看似截然对立的两个要求，其实

| 九江市民夹道欢送抗洪部队

是对立统一的，融合了军地并肩战斗 50 多天的深厚感情。

军分区处于军地结合部，受上级军事机关和属地党委的双重领导，两边都有要求，吕司令员处于两难境地。

看吕录庭也打听不出什么，九江市委、市政府领导急中生智，以保障地方对部队物质给养为由，向各部队驻营地分派了一名生活联络员，悄悄观察部队转移前的"蛛丝马迹"，一有消息及时报告。

而此时，由九江市文化局组织的几百人自发参加的一支欢送子弟兵的腰鼓队、秧歌队、铜管乐队以及浔阳区、白水湖、九江宾馆舞龙队和九师附小鼓号队等欢送队伍，也在紧锣密鼓地组织排练。住在九棉三厂的锣鼓队周围的部队发现他们天天彩排，探问究竟，工人们狡黠地回答："准备国庆呗！"

回撤前几天，部队开始对军车进行全面检修，无意中泄露了"天机"，特别是九江火车站军代处收到部队编组计划，协调安排回撤列车，信息灵通人士一下子就知道了。看来瞒是瞒不住了。

九江市文化局连夜在昌九高速公路荷花垄入城路口、去火车西站路口搭置"凯旋门"，两侧两条大对联："战洪魔军民并肩决战决胜；送亲人鱼水情深难舍难分。"一大早早起锻炼的九江人，一看突然竖起了"凯旋门"，心里也都明白了，这一天还是无法抗拒地到来了！

多年来少有标语的街头，每隔 10 米左右就挂着一道道横幅，上面书写着"中国人民解放军万岁""军民团结如一人，试看天下谁能敌""军民一条心，中华一家亲""九江人民热爱子弟兵""严防死守，决战到底"等醒目大字，抒发着九江人民对子弟兵的一片厚爱。

九江是个坚强的城市，长江决堤时没有哭，家园被淹时没有哭。因为九江人民知道，洪水不相信眼泪。但听说子弟兵 9 月 15 日要走，九江整座城都哭了！

整夜未眠的数十万九江市民，天没亮就倾城出动，等在街道两旁，挥泪告别和他们生死与共，与洪魔搏斗了长达 50 多天的子弟兵。

九江人说："在江堤决口的日子里，是战士们用自己的胸膛挡住滔滔洪水，用自己的生命换来了我们的生命！"

因为怕部队夜里开走，市民们自发组织起来，从 9 月 10 日开始就轮流在部队宿营地门口"值班"：不能让子弟兵悄悄地走了啊！

15 日清晨 5 时，曙光熹微，军车出来了。只见每辆车都洗得干干净净，车头放着部（分）队的荣誉牌，车尾挂着诸如"感谢九江人民"的横幅，两边也是各种标语，车上是站得整整齐齐的士兵。可当车刚出门口，就再也开不动了。一拥而上的九江市民急急地将手中的苹果和鸡蛋投掷到军车上，差点将车子淹没。

士兵们纷纷把手抬到了帽檐处，敬礼！

市民们则是忙不迭地往车上投掷礼物！

| 兵哥哥，我们舍不得你走

此刻，士兵和市民们的胸膛起伏着，眼里噙满泪水。

十里相送，万人空巷；军民互爱，情满浔城。

人群中，一个十几岁的孩子手中举着一条标语。上面写着歪歪扭扭的大字："长大我要去当兵"。他叫赵框喜，是子弟兵8月5日深夜江新洲决堤时救出的那群孩子中的一个。

九江师专的一群女学生，这几天早就商量好了。在军车路过时，她们涌出校门举起了她们的标语："兵哥哥，真的好想你！""最爱你的人，是我！"一位身穿太阳裙的女青年则鼓足勇气冲到近处，把一条香烟扔到了车上。

到九江交通大厦时，30岁的职工胡民礼情急之下奔回厂里，扛着国旗爬到高处，狂舞起来。

解放军叔叔，请接受我们最崇高的敬意

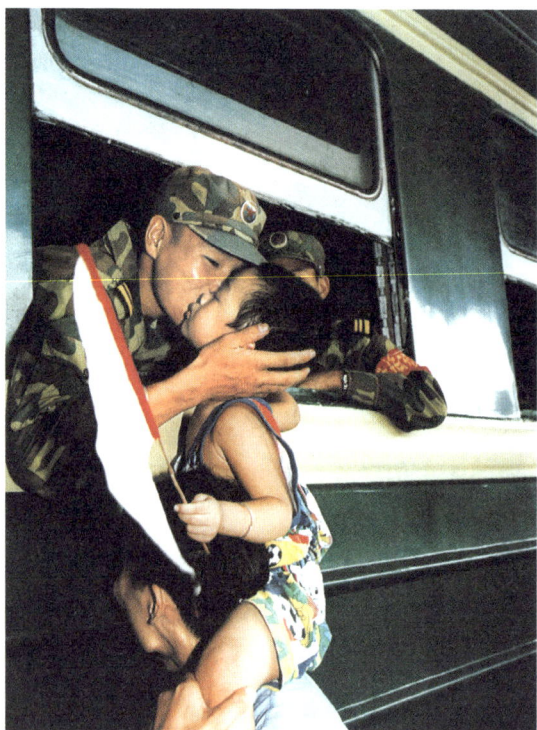
| 再见了，孩子

在军车徐徐经过市民们用松柏精心编织搭起的"凯旋门"时，欢送的热潮一浪高过一浪，看不到尽头的人山人海，如烟如雾的鞭炮遮天蔽日，只见欢送的人影在阳光和雾里晃动。鲜花、彩旗、标语，车声、歌声、鞭炮声，汇成一片："兵哥哥再见！""解放军万岁！"

摄影发烧友钟鸣、刘军等人自己掏钱，将80多幅抗洪英雄的照片连夜放大，在送行的队伍中流动展示，使部队官兵深为感动。这是现在当红明星的待遇，因为抗洪，当年的兵哥哥们也享受了一把。

送行队伍中，有幅标语格外引人注目："解放军叔叔，真的舍不得你们走！"字虽然写得有点拙，心却显得特别纯。在离这不远的地方，有位漂亮的小女孩拼命地挤到军车前，把纤细的手伸向解放军叔叔，大声喊道："叔叔，握握我的手。"可是军车上的解放军像挺立的松柏，行着军礼排成两行，眼看一队队解放军从身边擦肩而过，小女孩急得哭了。

她叫胡军，八一建军节出生，时年9岁，上三年级，家就住在九江城防大堤4-5号闸口下。8月7日下午，江堤决口，洪水追着人跑，小胡军一家撤上了三楼。后来，父亲告诉她，解放军来了，把决口堵住了。这些天，听说驻在离她家不远处的解放军要走，小胡军心里有个秘密，送别那天要和100名解放军叔叔握手，以沾沾他们身上的勇气。15日，小胡军凌晨4点就起了床，自己一溜烟跑到了"凯旋门"，占领有利位置。军车一辆又一辆地开过去，解放军一排又一排地闪过眼前，加上她个子小，而军车很高，小胡军踮着双脚还只握到了30多个叔叔的手，眼看着后面的车子越来越少，情急之下她干脆追着军车跑。就这样，小胡军一直跟到了火车站，终于完成了自己的心愿。

　　九江籍战士毛向春，家里被洪水冲毁了，在九江抗洪的日子里没有回去一次。到了要回去的那天，毛向春打电话跟女朋友说好，那天他从"凯旋门"经过，让她站在右边，可以见上一面。结果到了那天，毛向春还是没有见上女友，后来他女友打电话告诉他"人太多了，我根本挤不进去"。

　　手碰手，心连心。含泪的士兵们一遍又一遍地唱着《唱当兵的人》《说句心里话》《抗洪大军歌》。

　　8时30分，第一辆军车到达九江西站。不足5公里的路，竟走了整整3

| 我们一定会回来看望你们

个半小时！

　　长亭连短亭，一程又一程。

　　8时45分，距列车开动还有5分钟。九江水泥船厂职工、54岁的刘和平和50多位妇女突然挤出沸腾的人群吹起了笛子。人们大声伴唱《送别》和《北京有个金太阳》。

　　此地一为别，孤蓬万里征。站在一旁与士兵们道别的董万瑞中将哽咽了："我为有如此受人民拥戴的士兵感到骄傲！"泪水从将军沧桑的脸上流下。

　　这时，有一位拄着拐杖的老人走来，向着董万瑞竖起了大拇指，连连称道："解放军伟大！共产党伟大！"董万瑞微笑着也向老人竖起了大拇指："人民伟大！"

　　人民有灾难，官兵勇抢险；军队打胜仗，人民是靠山。

　　8时50分，汽笛长鸣，站台上哭声一片。

　　列车渐渐远去，而抗洪官兵的高大形象永远留在了九江人民的心中，有诗为证，印在抗洪纪念卡上。诗名是《致九江抗洪抢险部队官兵》：

> 长江作墨鄱湖泼彩
> 难描绘您高大形象和丰功伟绩
> 庐山历来是九江人的骄傲
> 如今您这座高山超越了她的地位
> 来不及为您竖一座丰碑
> 丰碑已在400万九江人心中矗立
> 矗立的就是那血肉铸成的长堤
> 长堤上镶嵌着一段人间奇迹
>
> 别忘了为您做垫肩的大婶
> 别忘了与您同扛沙包的突击队

更别忘了给您送茶水的小弟和小妹
他们正擎着您那血染的战旗
抹去昨日的泥水和泪水
展示新的姿态和魅力
您一定要再来看看
九江这方浴血鏖战过的热土
这里的水会变柔这里的人会更美

第十三章　千里情缘

● 一个火热的夏季。

● 数段无瑕的回忆。

● 鸿雁声声，牵起两地情。

● 爱的召唤，跨越千里只为你。

1. 108 封书信作彩礼

在外人看来，浙江松阳籍志愿兵徐松富的婚礼实在有点寒酸，没有戒指，没有结婚照，连新房都是租来的，而新娘黄伟梅却很满足。她对满脸愧疚的徐松富说："我爱上的是你这个人，那 108 封信就是你给我的彩礼。"

说到这 108 封信的缘由，还要回到 1998 年 9 月，徐松富所在的部队在九江完成抗洪抢险任务，登上了班师凯旋的列车。九江民众拥上站台，挥泪送别子弟兵。正当徐松富泪湿眼眶时，一包花生飞进了他的怀里。徐松富打开袋子，花生中有张纸条，上面歪歪扭扭地写着几行字："尊敬的解放军叔叔，我家的房子被水淹了，是你们救了我们全家。知道你们要走，我奶奶炒了花生，给你们路上吃，以表达我们全家的心意。叔叔，你能给我回信吗？"落款是"10 岁的吴佳佳"。

回到杭州，徐松富便提笔给吴佳佳写信："吴佳佳，你好，解放军叔叔吃了你奶奶炒的花生，真香！最近你们过得怎么样？房子淹了你们住哪？学校开学没有？我知道你们受灾后，生活肯定特别困难，有什么难处就告诉叔叔，叔叔一定全力帮助你。欢迎来信。"佳佳接到信后，兴奋得眼泪都出来了，虽然爷爷奶奶不识字，她还是坚持让他们"传阅"一下。在爷爷奶奶的鼓励下，佳佳给徐松富回了信。在信中，吴佳佳介绍了家乡重建的情况，也向徐松富说起了家中的困难。

看了佳佳的回信，徐松富内心久久不能平静。其实家在松阳山区的徐松富家里也很艰苦，小时候连衣服、鞋子都买不起，上学的学杂费都是班主任帮助申请免除的。但正因为有这样的经历，徐松富对吴佳佳的现状感受特别强烈，他暗下决心要尽己之能帮助小佳佳。

自此以后，徐松富每次领工资，第一件事就是去邮局给佳佳寄上一两百元。每逢开学，还要买上一些学习用品寄去。还经常给佳佳写信，鼓励她好好学习，长大后做一个对祖国和人民有用的人。当时部队志愿兵工资不高，也就是每个月四五百元，这点工资还要给家里寄上两百，加上资助小佳佳后，所剩无几。徐松富只得节衣缩食，从不沾烟酒，也舍不得买一双皮鞋和一件新衣，战友们上街都穿便衣，他走到哪里都是一身绿军装。

资助小佳佳的事，徐松富从未向人提及过。女友一次在帮助徐松富洗衣时发现了汇款单，才知晓了这件事。经过最初的理解后，时间一长还是因为这事，两人感情亮起了红灯，但徐松富"固执"地选择了坚持。而恰在此时，吴佳佳在来信中诉说了自己的不幸："爸爸触电死了，我不愿再念书，想到外边去打工，帮助妈妈养家。"徐松富强忍着失恋的痛苦，赶忙给佳佳回信："你一定要振作起来，书一定要念下去，无论有多大困难，叔叔帮助你！"在徐松富的耐心鼓励下，佳佳情绪稳定下来，继续自己的学业。

失恋后，徐松富又谈了几个对象，但都由于同样的原因没有成功。她们很难理解：自己生活过得这么拮据，就为了千里之外一个素昧平生的小姑娘；资助个一两次也可以，长年累月地坚持会不会成为负担？这也使得徐松富很苦恼，但他始终初心不改。

失之东隅，收之桑榆。2001年年底，徐松富回家探亲，邂逅了安徽医科大学毕业的黄伟梅。两人谈得颇为投机。小黄在了解他至今没有女友的原因后，含着热泪读完了佳佳写来的 108 封信。小黄为徐松富的大爱和执着所深深感动，春心萌动，芳心暗许。她当即买了件大红色的羽绒衣，当作新年礼物寄给小佳佳。这个举动，同样让徐松富倍感欣慰。寻寻觅觅中，终于找到了一位志同道合的女友。

半年后，这对有情更有义的新人挽手走进了婚姻的殿堂。而这 108 封信，意外地成为"红娘月老"。

2. 玫瑰色的记忆

那个夏天，九江是属于迷彩色的，满城尽览迷彩绿。而这万绿丛中，也有星星点点的玫瑰色。

九江二医院（现为九江学院附属医院）护士刘慧娟就是其中的一位。那年，22 岁的刘慧娟被抽调到驻在九江师专的南京军区某部医疗队，为抗洪官兵送医送药。

在医疗点，她被眼前这群"最可爱的人"感动了。他们小病根本不上医疗队来，小伤从来不会轻易下大堤，即使被干部逼着来了，或者被战友抬着来了，也是尽量选择打针，而不是挂水，因为打针速度快，针头一拔就往大堤奔。刘慧娟打心底里敬重这些勇士们，她决心尽自己最大的努力为官兵减轻伤痛。

这天，来了一位年轻的中尉，名叫曾宪忠，是扛摄像机的新闻干事。扁桃体发炎引起高烧，他无论如何也不肯下堤，被两名战士架着送到了医疗点。但奇怪的是，一瓶盐水刚挂上，不一会儿工夫就挂完了。刘慧娟很是纳闷，怎么可能这么快呢？第二次来挂水的时候，她留了一个心眼，发现原来他趁小刘转身做其他事的时候，将导管的闸门推到了最大。天啊！挂水是直接挂进血管的啊！这怎么行？这样子太危险了。

娇小的刘慧娟对着身高一米八的大个子中尉发脾气了。然而就是这次发脾气，让这位纯洁善良的小护士走进了中尉的心里。

　　可暗生的情愫还没来得及表白，转眼间抗洪结束了，小曾就要随部队回撤了。走的那天，曾宪忠眼巴巴地四处张望，并没有发现刘慧娟的身影，小刘正好值班，没有时间去送行，也没有感受到小曾内心的"电波"。

　　回到部队，小曾的眼前总是浮现那个有点"凶"的女护士。他鼓足勇气给刘慧娟写了一封信，信中介绍了自己的基本情况，问刘慧娟是否还记得他，并随信寄来了一张照片。事实上，在普通百姓的眼里，当兵的都长得差不多，再加上抗洪脸都晒成了酱紫色，刘慧娟确实已经不记得他了。但出于礼貌和对抗洪官兵的敬重，她回了一封信，并附上了自己的传呼号。

　　很快，小刘就接到了来自福建泉州的传呼，电话里几番回忆交流，终于让刘慧娟想起了那个"不听话"的大个子中尉，心里的好感顿生，书信、电话就多了起来。这年正月，曾宪忠打来电话，说自己曾经在九江抗洪待了一个夏天，却没有上过近在咫尺的庐山，很想去庐山看看。小刘心里明白，曾宪忠这是找借口来看她。她想，当年他们抗洪保九江，现在想来庐山转一转，于情于理都应该尽好地主之谊。

　　三天后，一位高大英俊的中尉军官突然站在了面前，让刘慧娟猝不及防，内心怦怦直跳。在有着"匡庐奇秀甲天下"的庐山上，他们欢声笑语、互诉衷肠。小曾的学识和沉稳，给刘慧娟留下了深刻的印象。五天的九江行，也更加坚定了小曾追求刘慧娟的信心。正是：千里姻缘一线牵，万丈险峰庐山恋。

　　1999 年 10 月，这对在抗洪大堤上相识，由峻秀庐山为媒的有情人走到了一起。虽然远隔千里、两地分居，生活上带来了种种不便，但刘慧娟说："做一名军嫂就意味着付出，可不论有多难，我从来没有后悔过当初的选择。曾宪忠作为一名抗洪的战士，不仅我爱他，九江的人民也都爱他。"

3. "三笑"定姻缘

化验员陈娟每天一上班，就是换上工作服，戴上口罩，走进化验室，拨弄那堆有些叫不上来名字的铁矿石，以及材料科送来的钢材样品。日子就这样一天天重复着从指缝中流走。

令陈娟没有想到的是，城防大堤的决口不仅改变了九江钢铁厂，也改变了她的人生轨迹。无法上班的她天天在家里看新闻，看着英勇的解放军一点一点把决口堵上。

8月16日，听说厂里的水也退了。陈娟决定去厂里看看化验室，做一些补救的工作。她惊讶地发现，整个厂区像被蒙上了一层黄色的"外衣"，可以说是面目全非了，化验室也处于淤泥的包围中。门口，一队队的解放军乘着解放牌汽车正在往厂里进。原来，为应对下一次长洪洪峰，上级要求对大堤实行24小时的巡堤查险。这个连队就是负责4—5号闸口新堤的守卫任务，为了方便快速出动，他们住进了离大堤只有百米之遥的九江钢铁厂。

陈娟站在化验室门口，静静地看着这些常在电视中看到的解放军。只见他们从车上跳下来，有的直接去了大堤，有的则拿起铁锹开始清淤，一切都是那么的有条不紊。

负责化验室区块清淤的是炊事班，由司务长艾福言带队。除了笑起来露出洁白的牙齿，艾福言全身都是黑乎乎的，加上瘦得连小号的迷彩服都是松松垮垮的，在人群中很不起眼。可他干起活来却不含糊，只见他撸起袖子、卷起裤管，一干就是一个小时，中间连腰都没有直一下。陈娟看大家干活这么起劲，赶忙打了一些开水递给大家解渴。当递给艾福言的时候，艾福言手上有汗，手一滑，杯子没握住直往地下坠，说时迟那时快，艾福言右手迅速向下一捞，在杯子坠地前一刻接住了杯子。好敏捷的身手！陈娟用正眼看了看面前的这位解放军，只见满脸大汗的他正憨憨地露着白牙看着她笑呢。

　　傍晚时分，淤泥清理完毕，炊事班开始垒锅做饭，却一时找不到合适地方。看到这个情况的陈娟主动邀请他们把锅灶设在化验室前面的空地上。此后，只要有空，陈娟就到炊事班帮助洗菜切菜。令她再次意想不到的是，艾福言做的一手好菜，不管什么食材，到他手里好像变魔术一样，转眼间，一道道色香味俱全的菜就出来了。都说大锅饭难做，但在艾福言的铲子下，大锅同样能出彩。陈娟有了跟艾福言学两手的想法。一次陈娟学做红烧鱼块，结果把料酒与醋拿错了，做出来的鱼又酸又咸。陈娟像做错了事的孩子，低着头等艾福言批评。艾福言啥话也没说，用勺子舀了一点汤尝了尝味道，调了一些生粉，加了一些红糖……不知怎么的，放错调料的红烧鱼块变成了美味可口的醋熘鱼。陈娟尝了一块鱼块，令人不可思议的事情出现了，鱼块酸酸的、甜甜的、鲜鲜的，直接挑逗舌尖的味蕾。陈娟一抬头，看到艾福言正笑眯眯地看着她，笑容里带有一丝得意。

　　自从炊事班设在化验室前的空地后，化验室的体力活基本都由炊事班包了。一次，艾福言走进化验室，发现被浸泡过的墙壁出现了霉斑，散发出一种很不好闻的气味。长期在充满霉味的环境中工作，不但影响心情，也会影响健康。这天，趁化验室的职工休息，艾福言上街自掏腰包买了一桶环保乳胶漆，帮化验室上上下下刷了一遍。当第二天陈娟回来看到焕然一新的化验室时，惊讶得合不拢嘴。回眸一看，远处艾福言正"狡黠"地笑着。

　　从艾福言的身上，陈娟看到了一个有血有肉的解放军形象。他既能在危难之际挺身而出，做出英雄壮举，也能在平常生活中关心入微、充满人间温暖。艾福言与陈娟心中渐渐萌生出朦胧的爱情火花。部队回到营区后，他们通过书信往来和电话交流，由初识到热恋，再到喜结连理，一切都是那么水到渠成。

　　几年后，司务长艾福言交流到了九江县人武部，后又转业至九江市工作。有人问艾福言为什么舍弃美丽的杭州，而在九江安家，艾福言再次憨憨地笑了笑，说："九江与杭州比差距是很大，我和大家一样也喜欢杭州。但九江对我而言，是个充满感情和值得留恋的地方，在这个地方，作为和平时代的军人，我触摸到了军人舍生忘死的感觉，感受到了人民群众对军人的爱戴和尊重，找到了军人的自豪感，也收获了爱情……"

第十四章　沸腾的口号

● 一方有难，八方支援。

● 水涨堤高，人在堤在。

● 战斗口号，直达心灵深处。

● 大堤标语，让人热血沸腾。

在大堤上，除了浴血奋战的英勇将士，红旗林立、标语漫卷、口号震天的场景，也给到过现场的人们留下了极其深刻的印象。

早在 1944 年 4 月，毛泽东在修改谭政起草的《关于军队政治工作问题的报告》时，就提出"政治工作是革命军队的生命线"。'98 抗洪抢险的伟大实践再次证明：政治工作永远是我军的生命线。

可以说，也正是因为人民军队优良传统的鼓舞和激励，部队才能战胜重重艰难险阻，始终保持高昂的革命斗志。

像"红军团""硬骨头六连""红色尖刀连"等具有历史荣誉的部队，官兵们有着极强的集体荣誉感，只要英雄的旗帜一打，传统的口号一喊，部队就能表现出非凡的战斗力和突击力。

再如江堤上矗立的"人在堤在，誓与大地共存亡""长江大堤无娇子，上阵都是硬骨头"等激励人心的标语，表示视死如归决心的各种突击队队旗、袖标，组织火线入党、立功创模活动，以及战地广播、战地快报、战地慰问演出，都烘托出一种决战决胜、你追我赶、争先创优的氛围，使置身其中的官兵时时热血沸腾、勇往直前。

无论军队组织形态如何变革，军事科技手段如何发展，人民军队的"传家宝"始终具有强大的生命力。

　　为了珍藏这些历史的碎片，在这里收集整理了标语、口号45条，虽然绝大多数是官兵自创的，有的还是在大堤上草就的，但每一条都是那么有力量，那么有感染力，那么有战斗味！

1. 兵在官在，人在堤在
2. 一方有难，八方支援
3. 斗世纪洪魔，创人间奇迹
4. 抗洪夺胜利，人民是靠山
5. 军民大团结，携手锁洪魔
6. 磨破的是皮，筑起的是堤
7. 人在大堤在，水涨大堤涨
8. 灾情就是命令，大堤就是战场
9. 坚决严防死守，实现三个确保
10. 军民携手奋战，誓夺抗洪全胜
11. 谁英雄谁好汉，封堵决口比比看
12. 严防死守，誓与长江大堤共存亡
13. 江西父老，你们的红军后代回来了
14. 抗洪抗到水低头，堵口堵到水不流
15. 一个党员一面旗，干部个个铁脊梁
16. 团结奋战抗洪水，不获全胜不收兵
17. 赤胆忠心为人民，舍生忘死斗洪魔
18. 风口浪尖展军旗，人民利益高于天
19. 长江决堤长城挡，洪魔不敌红军强
20. 当年打响第一枪，今日返乡保九江
21. 惊涛骇浪显身手，血肉之躯保大堤
22. 百年洪灾何所惧，人间自有真情在
23. 千里抗洪千里情，长江大堤筑长城

24.长江大堤显本色，浔阳街头见真情

25.狂风巨浪终有时，军民情谊万年青

26.舍生忘死战长江，危难之际写赤诚

27.站着是根固堤桩，倒下是堵挡水墙

28.血肉之躯筑长城，报答老区养育恩

29.伤痛病苦无所惧，倒在火线不下堤

30.长江大堤无娇子，上阵都是硬骨头

31.抗洪抢险逞英豪，拥政爱民当楷模

32.军民团结抗大洪，严防死守保家园

33.风雨同舟鱼水情，红军后代爱人民

34.前辈留下光荣史，发扬光大在今朝

35.千里抗洪千里情，长江大堤筑长城

36.水不退，人不撤，誓与大堤共存亡

37.坚持坚持再坚持，誓夺抗洪全面胜利

38.党的召唤高于一切，人民利益压倒一切

39.完成任务勇猛顽强，遵守纪律秋毫无犯

40.保持人民军队本色，展示文明之师形象

41.与长江大堤共存亡，与九江人民共安危

42.军旗在抗洪中飘扬，青春在抢险中闪光

43.激流处方显英雄本色，危难时更见鱼水深情

44.战烈日斗酷暑严防死守，舍小家为大家无私奉献

45.九八抗洪再显英雄本色，百万军民共育抗洪精神

附录：火热的回忆

在这本书的写作过程中，为了更全面准确地描绘出当时的场景和人物，我接触并采访了不少参加'98 九江抗洪的亲历者和见证者，包括率兵抗洪的师团领导、一线奋战的营连官兵，也包括用文字影像记录历史的军地记者，他们或脉络式地叙述过程，或碎片式地讲述故事，或提纲式地阐述精神，总是那么身临其境、那么滔滔不绝，我从中挑了几个有代表性的人物，让他们把回忆整理成文字，他们都欣然应允，而且都在短时间内交给了我。以下是 3 位师团领导和 1 位地方记者眼中的九江抗洪。

五个大校睡钢板

陶正明

带兵就是带风气、带习惯，一个单位的风气正了，就能使个人养成良好习惯，个人习惯好了，反过来会促进集体好风气的形成！

五个大校在趸船的钢板上，同睡一个通铺。1998 年 8 月，正是炎日酷暑的期间，江西九江大堤发生了历史上的大决口，情况十分危急。我师奉命分批乘火车赶赴九江，参加封堵决口的战斗。地方领导听说了，专门腾出一个单位的招待所的十来间房子作为师指挥所，师领导一人一间，其他几间住机关干部。我们下午 4 点来钟到了九江车站，机关同志立即报告了此事。我们婉谢了地方领导的好意，说这会儿吃住是小事，不能让你们操心，我们会自己想办法的！紧接着，我们分头去看六个团和师直属队的任务区段。因不能行车，我们都是步行，一直忙到晚上 9 点多还没吃饭。按提前预订的地点陆续会合了之后，大家把情况简单地汇报并提出了建议。师长说肚皮在闹意见了，就把带来的方便面和矿泉水拿来，不一会儿就吃完了。

师指挥所设哪里？大家异口同声地说，应该尽量放在离部队近的地方，今天就在大堤上搭帐篷将就下。这天晚上，十几个人分住在两个帐篷内，人多空间小，里面异常闷热。尽管不停地摇扇子，身上还是不停地流汗，实在受不了，大家都走到外面吹吹江风。这一夜谁也没合眼。早上天一放亮，师长就带着我们找地方，在大堤上来来回回好几趟，离部队近的实在找不出来可供容纳十几个人的房子。不知谁说了一句，那儿有个船坞，过去看看能不能住？我们赶过去了看，船坞有两层，上面有几间类似小房子，下层是一个几十平方米的钢板，是供船靠岸用的，专业名称叫趸船。还有一个简易厕所。因洪水袭击，船坞好长时间没用，四周停了数十艘小船，多数是一家一艘，有机械动力的，但人工划桨的占多数。当时我们就定下师指挥部就安在这里，因为四个团都在一公里范围内，很方便，也省去了几部通信的无线电台和几条有线电话。

我们当即着手布置作战室，趸船一侧挂上早准备好的红布，正反两面印上黄字"八三〇一三部队指挥部"，下方挂着九江抗洪军用地图，图上标有上级、友邻单位和各团指挥所的位置、危险地段和责任营连。钢板一边并排铺五张单人草席，一个枕头，一条毛巾被，算是五个师领导的卧室。船坞没有厕所的另一头空地放两张演习指挥桌，上面放一部电话、一部电台、若干对讲机，算是作战值班室，每天有师领导和机关干部轮流担任值班。不值班的就下部队了解情况，晚上碰头汇总，安排第二天的工作。

睡在趸船上，遇到三大煎熬：一是热，钢板经一天太阳火烤，温度一直持续到凌晨才有所下降，人穿裤头躺在草席上，感觉到热浪阵阵。二是吵，五个人有的实在熬不住好不容易睡着了，那打起呼噜声可真是响，有人开玩笑把趸船都震动了，我听见感到很心疼，也很欣慰。还有夜里上级指示和紧急情况的电话声，长江中来往船只的汽笛声，没有一刻能安静的。三是蚊子叮，晚上洗澡要等天黑用桶系着绳子提趸船边的江水，到简易厕所里从头上向下浇，厕所的墙全是用铁皮包的，温度更高，洗一次澡出一身臭汗。这时身上味道特招蚊子，不一会儿，红包一个一个冒出来，两手还要不停地拍打驱赶蚊子！

就是这个趸船指挥部很不平凡，不仅多次召开过常委会、党委会、政工会，还接待过总部、南京军区的首长及工作组，地方领导带队的慰问团，文艺团队的名角大家。记得杭州市的慰问团到了，非要在指挥部和我们共进午餐不可。我们除了机关炊事班送来的饭菜外，还通知附近团里送了一两个菜来。吃着吃着，不一会儿我们听到哽咽声，一位领导站起来说，你们也都快50岁的人了，住在这样的地方，不来难以想象，

| 味道好极了！图中为戚建国

来了看了难以形容！什么叫军人，平时军人干什么，为什么叫伟大，今天我们全明白了！

时间住长了，附近小船的渔民中胆大的也与我们熟悉了，他们知道我们单位和身份。有天下午，一个渔民拿了一条鱼送来了，自报家门说他姓熊，送的鱼是叫雄鱼，是九江长江一带的特产，好不容易才捕到一条，专门送来让首长们尝尝鲜，补补身子！推让谢绝不掉，盛情难却只好收下。师长说：老陶，你是湖北人，江上游就是你的家，你肯定会烧鱼，晚上就看你手艺啦，别忘了分些给机关干部战士。我带着金干事，就近用老熊船上的灶台，烧了一大锅鱼汤，那味道真叫鲜啦！

有个战友吃完鱼，拍拍肚皮，诗兴大发：老熊送雄鱼，犒劳雄师兵，喝了雄鱼汤，老熊喜洋洋！

前不久我和老师长在长江边又相见了，他四年前就已晋升上将，还是那样熟悉亲热。他紧握着我的手，深情地说，老陶呀，我们到了长江边，就想起了九江抗洪，一晃20年过去了，你还记得吗？我说，这么大的事是终生难忘的！你在大堤上面对官兵的豪情壮语又在耳边响起："同志们：我们用血肉之躯为九江人民堵住了生命之堤，我们成功了，胜利了，巍巍庐山可以做证，滚滚长江可以做证，伟大的九江人民更可以做证！历史将永远证明人民解放军是无敌于天下的！"

（作者系原江西省委常委、江西省军区政治委员，九江抗洪时任步兵第一师政治部主任）

猛虎出山

严　杰

1998 年 8 月 7 日 17 时左右，也就是九江城防堤决口 3 小时后，得知原为师二梯队的步兵第二团，随着抗洪主要方向的急转将作为第一梯队首批开赴九江！而原为师第一梯队的我们团，因为安徽无为方向的警报未解除，接到的命令是：“迅即转入一级战备，确保一声令下，立即出动！”

我在为九江安危揪心的同时，真希望能早日与二团的兄弟并肩作战，打一场封堵决口的歼灭战！所以每天我都要向师首长询问我们团什么时间行动，得到的答复就两个字：“待命！”

完成一级战备转进已经 70 多个小时，全团官兵处在引而不发的状态中。作为指挥员，“待命”的滋味是一种煎熬，“待命”的过程更是一种考验！

从这几天我在各营（连）转的情况看，基层官兵此时的心情一点也不比我轻松。二营教导员陈立新告诉我：“这几天我们这些兵，好比围住羊群等待攻击的草原狼，亢奋、焦虑、激动、急躁……”

“那你是怎么办的？”我问道。

“绞尽脑汁稳定部队情绪，防止急躁、盲动！”陈立新的回答让我看到了一位军政双优基层指挥员的清醒。

其实，不只是二营，一营营长金建云、三营营长陈贤忠、炮营营长祝向群都讲到部队恨不得立马拉上去痛痛快快干一场，再等下去要等出毛病来。

8 月 10 日，部队进入一级战备的第 4 天，我照例到各营（连）转，绝大部分干部见面问到我的都是“有新的命令吗？”“什么时候出发？”，应该说保持了应有的戒备状态！

　　但让我担心的苗头还是出现了：少数干部正在进入"松懈麻痹"期，居然问"我们团还会不会走？"，问及原因就是我们团调了几百件救生衣给兄弟团。这跟我这个团长"出动在今夜"的预感完全相反。我们这个"猛虎团"的有些老虎正在打盹，这怎么行？得给有些干部松了的神经再拧拧紧了。

　　转完最后一个连队，回家扒拉完晚饭，我又来到团作战值班室，想看看有没有最新的信息。可除了 8 月 7 日晚接到的"全师部队立即转入一级战备"的命令，就只有例行的汛情通报，并无更多的指挥信息。

　　在完成战备等级转进后，如果真的是"一声令下，立即出动"，部队不会有什么问题。问题是过去了 3 天 3 夜，没有任何动静，就像"狼来了"叫了 N 遍的效应是一样的。部队听多了这种"一声令下，立即出动"，也会由开始的紧张兴奋到逐渐的松懈麻痹。

　　"抓紧通知全体营连主官和机关干部 19 时到军官训练中心召开紧急会议。"我向值班参谋发出了指令。

　　紧急会议开了 10 分钟左右，我点出了少数干部松懈麻痹的几种表现和危害，重点强调了"两个不经""两个完毕"的要求，即：从现在起所有人员在任何时间接到出动命令后要"不经开会、不经准备"打上背包迅即出动。在"两个不经"后加上"打上背包"，就是要求所有抗洪装备物资器材必须全部装载完毕，车辆按出动序列编队完毕。我特别提醒大家，"两个不经""两个完毕"不是口号，而是标准。

　　预感"出动在今夜"，基于以下研判：一是二团从 8 号开始已经在九江前线干了 3 天，决口还没堵上，官兵体力已到了极限，应该到了投入后续兵力增援的时候，我们一团该上了；二是军、师的预先号令发了一次又一次，转来的一个又一个总部、军区的机要电报，都反映出来今年的抗洪形势非同寻常，有打一场更大抗洪战役的态势；三是我上午问师里，我们团是无为方向还是九江方向。师里说做好向九江方向机动准备，证明九江险境并没有排除。当问到什么时候出发，师里说还要等待命令。

今夜显得出奇的静。对了，这就是出动之前的前奏，老山作战时出动前也是一样的氛围。"出动在今夜！"预感很强烈。

应该抓紧洗个澡，真要出发到了抗洪一线洗澡就是个奢望了。我正在痛痛快快淋浴中，一阵急促的电话铃声响起，我顾不得擦干身体，赶紧接过电话，是师叶志胜参谋长的声音："严杰，我们师接到命令，所有部队开赴九江。军区、集团军要求越快越好，哪个团准备好，哪个团先出发！"

"首长，我们团准备好了，让我们先出发！"我坚定地请求。

"我问你，你们团什么时间能够出发？"叶参谋长问。

"23 点之前出发没有问题！"我看了看放在电话机旁边的手表，毫不含糊地回答。此时，时针指向 22 时 05 分。

"好，你们团先走。军区首长在等待发第一列的消息，你们 23 点 30 分出发，到戽山门装载！"叶参谋长多给了 30 分钟。

"是，请首长放心！"放下电话后，我直接把电话打进作战值班室："命令各营连立即登车，23 点完成编队！首长机关按预定编组随各梯队行动！"

迅即，营区响起了紧急集合号音，营部摇响了警报声，连队的小喇叭尖叫，划破了沉寂的夜空，响彻营区的每个角落。

我也迅速到达自己的指挥位置。戚建国师长打来电话，问我带第几梯队，我说带第一梯队。师长说你们调整一下，他带师指挥组随我们团第一梯队行动。我说我跟你走。师长说把高林科政委调到第一梯队，军事政工搭配一下。我抓紧向高政委传达了师长指示，并安排副团长张福军也调整到第一梯队。

22 点 50 分，作训股长蔡德全向我报告："部队登车完毕，各梯队完成出发准备。"

23 点 20 分，第一梯队从营区出发，赶到戽山门正是子夜零时。我带的第二梯队半个小时后也赶到了艮山门货运站。

架着一副眼镜的军代表梁宁见到我打招呼："严团长，你们一团动作真快呀！"

"老哥，军区不是说越快越好吗，我们第一梯队早就装载好了，怎么还不发车？"军代表梁宁大我几岁，我见面都叫他老哥。

"哎呀！兄弟，我们军代处也是突然接到任务，今晚连续要往九江发12趟军列。哪有这么快！我总不能把12个军列车皮都停在这里等吧，得通过铁路局调配呀，铁路局还要把正常的旅客列车运行时间作调整，为咱们让道啊！"

"不过，能早走还是让我们早走！"我说。

"我理解你们的心情，但还得按计划来，否则会打乱列车运行计划的。你们团第一列车梯队2点出发，第二列车梯队4点半出发。"我抬腕看表1点20分，还有40分钟。

平心而论，军代处这么短的时间做了这么多工作，真的是快速反应，像个打仗的样子！

我们团两个梯队都准点从艮山门驶出。

早晨7点左右，军代表告诉我："团长，这趟列车时刻表排出来了，中午12点半到上饶，15点20分到鹰潭，到向塘是18点20分。"

"还是有点慢呀，不过时刻表排出来了，我们可以通知部队按此表组织作息。"

车到金华，有几分钟的临时停车，军供站送上来一些粽子和面包，数量太少，在站台上又买了一部分，仍然不够吃，有的战士只咬上一口算是吃过了。进了上饶，战士们又补充了一些干粮和矿泉水。

在上饶有40分钟的停车时间，要对停放在列车平板上所有车辆进行检查加固。

我跳下车，上饶站的军代表对我说："我们已经安排工人更换可能损坏的固定车辆的三角木，部队也需要配合一下。"

我说：“谢谢你们想得周到。”

军代表接着说：“团长，你们前面梯队出了个情况，有一辆卡车发生严重偏移，差点从列车平板上掉下来！”

“什么情况，怎么会这样？”我心一下子揪了起来。

“原因是多方面的，有些三角木不合规定，还有平板车板局部腐烂，一压就斜，再一个就是列车超速行驶，平时规定货车只有 60 公里时速，现在都提速到 80 公里了。”军代表的解读非常专业到位。

得知这个情况，我让机关督促分队对每一车辆进行了认真细致地检查。自己也同军代表一道，对整个列车梯队过了一遍。

“破平板怎么也调来用？”我不解地问。

“能调这么多平板已经不容易，福建方向的部队也在往九江运。”

看来，军区首长是要在九江来一场大决战！

列车继续前行，下午 6 点列车准时到达向塘，停车半小时。三营营部文书朱其亮在车上激动地叫着：“爸爸！妈妈！”他的父母不知从哪里听到消息，居然在站台上等着看儿子。三营长陈贤忠看看我，我点点头，让他下车吧！

随后，我们也跟着下车。我发现，实际上不只是朱其亮父母在站台上，至少还有十来个战士的父母在站台上来回走动找儿子。

我跟营连干部交代，有好几个战士父母来看儿子，找到了一定要让他们见个面。

我听到战士们父母交代儿子注意安全，要干出样子！朱其亮的父亲交代儿子：“来江西抗洪更要好好干，为我们江西人争光！”

哨声响起，列车很快就要开了。我站在平板上举手向站台上的战士父母行了一个军礼：“放心吧，我会把战士们安全地带回来！”

朱其亮父亲也匆忙中抬起右手敬了个礼：“谢谢团长，我叫他好好干！”其他几位战士父母也拼命向我挥手。

军队打胜仗，人民是靠山！战士上战场，父母给力量！

"把战士们安全地带回来！"是我的承诺，更是我的职责！

列车经过南昌已经是晚上 7 点，窗外万家灯火。三年没有回家的我趴在车窗上，眺望着自己的家，向父母兄妹默默祝福！

牵挂数天的九江，我们来了！

这里非常有必要解开一个谜团，就是刚才军代表讲到的第一列车梯队那辆严重偏移的车辆，是怎么发现的？又是怎么化险为夷的？情况是这样的：

在平板车上押车的汽车连排长肖志强，感到平板车上的车辆发出异样的晃动声，凭经验，他知道可能是固定架松动了。他探出驾驶室仔细一看，前面有台车严重偏位，右侧前轮已濒临平板车的边缘，如不立即停车，就有可能车毁人亡。情况万分危急，必须立刻将情况报告位于车前端的指挥所。肖排长来不及考虑更多，又不便把情况告诉车上的人员，怕引起慌乱，加剧车体的偏离。于是他一头扎进车厢底下，贴着平板车摸黑匍匐爬行。此时，列车正呼啸着向前急行，扑面而来的风吹得他眼睛都难以睁开。但是，此时的肖志强只有一个念头：尽快爬行到前面的客车车厢，去通知火车司机停车。他爬过第一辆车，脚底不小心一滑，差点摔下了车，他紧紧地俯贴在平板上，用手使劲地扒，用脚使劲地蹬，一个信念告诉自己：坚持住，快点再快点，一节、二节……爬过了十五辆车，终于进了客车车厢，当即把情况报告了师首长。当列车停下来的时候，偏离的车辆已经是一个轮子悬空在外。好险！直到这时，这辆车上的人才知道险情，都吓出了一身冷汗。师长戚建国紧紧地拉着肖排长的手，当即宣布嘉奖。

苍天不负我！经历了漫长、艰难的苦苦等待，我们如愿以偿地把"猛虎团"的旗帜插上九江大堤决口处，与二团等兄弟部队并肩战斗，把洪魔牢牢地锁在长江里。我也没有在军旅生涯中留下遗憾。

（作者系浙江省农办副主任，参加边境还击作战荣立二等战功，九江抗洪时任"硬骨头六连"所在团团长）

大堤脸色

王　宏

1998年夏天，注定是一个多事而又多彩的夏天。8月7日下午一时许，九江市城防大堤4至5号闸口决口，消息很快传遍了全国、全世界，媒体目光一下子盯在了这个名不见经传的堤坝。在诸多零零碎碎的记忆里，有几张清晰的脸，让我久久难以忘怀。

部队刚进九江庐山站，眼前是一幅幅悲壮的画面。部队人员车队向决口处进发，受灾的群众用三轮车、手推车、自行车，装着用雨披和防水材料包着的大小不一的包袱，神情紧张，从我们面前仓促而过。雨还在下，在妇女怀里抱着的小孩脸上流着泪水，与雨水混在一起。我清晰地记得，那是一张张无助而又无奈的脸，忧伤中带着失望，仿佛在说，不是说九江大坝固若金汤么，怎么没几天，堤坝就垮了呢？那是一张张充满问号的脸。

董万瑞副司令员是南京军区九江抗洪总指挥，他有一张不怒自威的脸，眉目总是竖着，脸上没有笑容。封堵决口最关键的8月12日，董副司令员指着我说："二团上，拿不下来不要来见我！"脸色刚毅，语气坚定。此时，董副司令员的脸色，是一种最大的信任，给人以信心。虽说慈不掌兵，将军亦有柔情。堵决胜利后，董副司令员送别九江抗洪官兵时，那一张充满泪水和无限深情的脸，至今难以忘怀。

在决战九江的六天六夜里，还有一位不知姓名的老大妈，每天在官兵运送石料的路旁烧着绿豆汤，热情地招呼着每一位官名："同志们，过来喝点绿豆汤！""孩子们，休息一下！"可因为任务紧迫，更因为部队有纪律，没有人上去喝。大妈急了，发现我手臂上有"红军团团长"的标志，便对我数落开了："当官的，也太不关心战士了，你快下命令让他们来喝！"看着战士们飞奔的身影和干涩的嘴唇，我只能苦笑。半天过去后，我发现大妈烧的绿豆汤快馊了，大妈的辛勤劳动眼看着就要浪费了，于是我就下令让大家分头去喝。大妈紧锁的眉头也舒展开了，话也多了，见到我们都热情地打招呼。不知不觉让我想起了母亲慈祥、善良的脸，只可惜，我没能记着她的名字，那是一张普通母亲的脸、妈妈的脸。

决战打响前夕，一位中央电视台七频道的记者来采访我。他拿着话筒与我攀谈起来："团长，你们全团有多少官兵参加抗洪？""团长，你是学什么专业的？"我沉着地回答，突然他话锋一转，"团长，堵住决口你有信心吗？"这一问着实让我一分多钟没有想好怎么回答，如果说没信心，军区、军师领导一定会立即撤了我的职。可要说有信心，我心里知道，长江干堤决口，封堵谈何容易。怎么办？后来豁出去了，我说："有信心！一是我们有党中央、中央军委的正确领导；二是江西省委省政府和全国人民的全力支持；三是我们是人民军队，红军团官兵有压倒一切困难的勇气和决心。"最后，我指着中央派来的长江水利学院老院长和专家组说，"专家组认为理论上是可行的，我们就有信心。"当记者微笑着收起话筒，我的迷彩汗衫已被汗水湿透，有天气炎热的缘故，也因为记者问问题的压力。我记住了，那是一张媒体记者狡黠的脸，但同时我也不得不为他的专业精神所折服。

在九江最该记住的，当然是红军团官兵的脸。他们从受领任务，连夜开拔赴九江，直至九江决口封堵成功，连续奋战，越战越勇，中间基本没有休息。这一张张脸，是人民子弟兵的脸，在九江践行着为人民服务的宗旨，传递着人民军忠于党忠于人民的声音。这一张张脸，是红军后代的脸，如同大堤上飘动的标语："江西父老，你们的红军后代回来了！""当年打响第一枪，今日返乡保九江。"这一张张脸，是共和国最美丽的脸，把人民当父母，视人民的利益高于一切。

二十年过去了，我时常想起大堤上的种种脸色，特别是红军团战友

239

的脸，更是挥之不去，成为永恒。从团长、政委到每位官兵，在红军团红色的军旗下，都有一张统一的被烈日雕刻成为塑像的脸，红色是官兵们永不褪色的本色，胜利是他们向党和人民交出合格答卷的底色。他们用实际行动，向九江人民述说着儿子报答母亲的故事。九江也让红军团有了一个新的名字——抗洪抢险模范团。

（作者系浙江省信访局副局长，参加边境还击作战时荣立一等战功，九江抗洪时任红军团团长）

抗洪前线的另一场战斗

夏学民

1998 年 8 月 10 日午夜，正在采访拍摄省农业厅夜间检查生猪屠宰点的我，突然接到电视台电话，告知有特别紧急任务。我立即赶回台里，领导表情严肃地说："根据省委宣传部紧急指令，现派夏学民、顾中两位同志立即随军急赴九江，报道抗洪救灾！"

来不及回家拿上换洗衣服，我们扛上三大箱摄像器材，接过了新闻中心唯一一部工作手机，风风火火地赶到杭州艮山门火车站。亲自开车送我们的省农业厅畜牧局张火法同志叮嘱我们注意安全，祝我们好运！

我低头看了看手表，此时已是 8 月 11 日凌晨 1 点许。夜色中，我们找到解放军驻浙某部政治部的联络人，于是我们插在身背无线电台的军人队伍中，匆匆登上绿色列车。驶离杭州那一刻，我心头闪过一个念头，此去还能不能再见到我妻子和只有 1 岁的女儿？

上车后才明白，这是执行特殊任务的军列，意味着平生我首次参与军事行动。坐在我身边的陶正明主任简单向记者团介绍了此行的任务：日前九江长江大坝决堤，十万火急！驻浙部队接中央军委和南京军区命令前去抗洪救灾，浙江电视台、浙江日报、钱江晚报5名记者随行采访报道。

军列从杭州出发，沿浙赣铁路向江西方向飞奔，车厢内战士们唱起了战歌，大战前的秣马厉兵激励了我们。我举起摄像机，拍下了浙江电视台第一条九江抗洪新闻片:《解放军驻浙某部紧急驰援九江》。

11日中午，军列途经江西鹰潭，全体官兵下车吃饭，时间限在15分钟之内。车站内场地上早已摆放着数百个搪瓷盆，饭菜早已备好，战士们跳下车，默默无语地大口吃饭。大家心里清楚，也许到九江之后，可能几天几夜吃不上一顿饱饭了。

列车经南昌向北行驶，受淹农田和村庄陆续出现在我们视野中。昌九高速公路上，运送救灾物资的车辆穿梭往来，有的地方排起了长队，越是接近九江我们心就越着急！下午五点半许，军列停靠庐山站，部队换乘卡车直奔九江城区。

晚7点多到达九江城。我们走近长江九江码头，面前出现了一堵沙包垒的防洪墙，抬头一看足有1人多高，我们这才意识到江水水位高出城区地面竟有2米多。我们蹬着梯子上去，跳上两条橡皮冲锋舟，部队首长在前，我们几名记者在后。夜色茫茫，江水湍急，暗流涌动，冲锋舟向位于九江城区上游的长江决堤处艰难行进。我身体匍匐着，一手按住摄像机，一手抓紧绳索，此时我脑海中浮现出电影《渡江侦察记》。突然，我这条冲锋舟熄火了，冲锋舟不自主地地在湍急的漩涡中打转转，冲锋舟失去动力很容易陷入旋涡而沉没，那情形十分危险！经过战士的努力，终于又打着火，继续逆流而上。

大约在江面上行驶了20分钟，我们到达指定部位——九江决口处，眼前景象令人震撼！只见几艘大船沉在决口江面，像挡板一样试图阻挡江水外泄，但江水仍然轰鸣着冲出长江大坝。夜幕下灯光昏暗，先期到达此处的驻浙某红军团官兵正紧张地扛沙包、筑围堰，我能闻到空气中浓重的汗酸味儿，耳边回响着战士们响亮的号子声。很多官兵已连续作战一天一夜，极度疲劳，横七竖八躺地在那艘煤船上睡着了，身上脸上手上全都黑乎乎的，就连吃的面包也沾染上了煤灰。

此情此景深深感染了我们，深一脚浅一脚地四处奔跑，拍下一个个动人场面。虽然我曾在浙江台风里采访拍摄，面对如此危急、如此凶猛的长江洪水，我们战斗力爆棚，对官兵也肃然起敬。时间不知过了多久，汗水浸透了我们身上的迷彩服，摄像机在我们肩上压出一道道血印，仿佛我们浙江记者也成为抗洪战士！

红军团政委魏殿举是一位 40 来岁的壮汉，浙江电视台的蓝色话筒递到他嘴边时，他竟然失声了。作为一名指挥员和战斗员，魏政委正经历着生死决战，上级下了死命令，长江决口要尽快堵上，但制服这个洪水猛兽绝非易事。面对镜头，这个山东大汉满头大汗，焦急万分，甚至一度显示出疲惫和不安。在我后来 20 年的采访经历中，我永远忘不了这个夜晚，在一条按《防洪法》紧急征用并人为凿穿沉没的煤船上，人类与天灾的抗争是如此壮烈！

天亮了，我们这才看清"战场"——几条钢铁煤船横亘在大坝决口中央。听现场指挥员说，要想彻底堵住缺口、封住洪水，几条煤船恐怕要被永远掩埋在长江大堤上。战士们轮班上阵，"硬骨头六连"所在部队的红旗猎猎招展，封堵决口时间紧迫，我们继续采访拍摄第二条电视新闻：《抗洪英雄奋力封堵九江大堤决口》。在众多官兵中，我注意到一位瘦瘦的高个子战士，20 岁出头的样子，他徒手挖煤、装沙袋，汗水浸着煤灰，手上流着通红的鲜血。我赶紧上前采访，问他疼不疼？他大声说不疼！此时，旁边来了一位身穿上校军服的部队摄影者，他举起照相机，连续拍照，照片被《解放军画报》采用了，鼓舞了官兵和人民群众。

我们在九江抗洪前线采访的 13 个日日夜夜，最难忘堵口决战那一天。8 月 12 日，驻浙某部 100 名共产党员组成突击队，要把长江大堤决口最后彻底封堵，他们用钢管扎成脚手架那样的巨大笼子，然后不停地向里面填沙包，口子越小水流越急，沙包扔一个冲走一个，怎么办？情急之下，勇士们手拉手跳进凶猛的洪水中，搭成"集体人墙"，将沙包踩在脚下，压在水底。

抗洪到了关键时刻，殊死搏斗的场景吸引了众多新闻单位，中央电视台、浙江电视台、江西电视台、凤凰卫视等电视台纷纷占据有利机位，单是摄像机就不下 20 台。作为随军记者，我们最接近核心部位，我和顾中腰上系着绳子，轮流下水拍摄，轮流出镜现场播报，抗洪现场出现了另一场战斗——新闻争夺战，与解放军抗洪战斗一起共同奏响雄壮的长江抗洪交响乐！

如今大型场面都有无人机在空中航拍，俯瞰大地一览无余。但是20 年前，专业摄影记者还没开始使用数码相机，就更别提航拍了。如何清晰地展示九江抗洪决战时刻的宏大场面呢？我四处搜寻制高点，顾中留在堵口部位继续近距离拍摄，我和部队摄像员张远扬举着另一台摄像机，手拉手趟着齐腰深的积水，爬上决堤口对面一幢危房的房顶，站在高处，由南向北，从正面用大全景拍下了官兵们决战洪魔的宏大阵势。以这个高度广度角度，冒死拍摄的珍贵镜头是浙江电视台独一无二的，通过中央电视台《新闻联播》播出，产生了非常好的社会反响，也为九江抗洪留下极其珍贵的历史影像档案。每当回忆起这件事，我内心都感到十分自豪。

戚建国师长多次说过，在九江抗洪前线进行着两场战斗：一是部队官兵与洪魔的殊死搏斗，二是新闻记者随军行动、宣传报道抗洪勇士的新闻争夺战。各家新闻单位尤其是电视新闻极大鼓舞了战士们的斗志，广泛传播了抗洪精神，在全国人民中产生了巨大影响力。

外行看热闹，内行看门道。现在有笔记本电脑，可互联网传送，甚至无线接收，易如反掌。但 20 年前，跨省传送电视节目是非常非常麻烦的事情！技术环节是这样的：九江电视台——庐山微波站——江西微波总站——江西电视台——卫星——浙江广电卫星地面站——浙江电视台。每天，我们要等待江西电视台正常节目播完的后半夜，利用其卫星频道资源将片子传回杭州。如果遇到庐山顶上风大，微波天线抖动，我们的传送就会被中断。

白天在大堤上到处奔波拍摄，晚上写稿剪片，午夜去九江电视台传送，夜以继日地工作，睡眠严重不足，三天后我们已十分疲劳。九江白天气温高达40度，摄像机晒得发烫，有几次我们甚至有些轻度中暑。但是，我们告诫自己千万不能生病，实在是生不起病，如果我们倒下了，全国观众如何从浙江电视台上看到这支光荣的驻浙部队正在经历何种磨难，又是如何战胜洪魔、解救洪水中的九江百姓的呢？

一周后，抗洪战线扩大至九江周边地区数十公里范围，我们的"武器"摄像机却不时出一些小故障，于是我们向浙江电视台领导请求增援。马福忠、汤伟军两位同事赶来了，我们心里有说不出的高兴！这样浙江电视台九江抗洪报道组记者增至4人，我们战斗力进一步提升。分工协作，有商有量，每天的发片量大增，少则三四条，多则五六篇。内容上有报告当天最新战况的电话连线，有对水利专家或部队首长的专访，有现场短新闻，有人物特写等。统计下来，我们九江抗洪采访报道短短13天，共发了60条片子。

其中，《"冲突"只为情太深》这个新闻片的创作过程值得回味，在20年后的今天，关于这场突发自然灾害新闻背后的新闻也可以揭秘啦！

我们跟随采访的这支部队是"硬骨头六连"所在部队，驻防杭州。戚建国师长冲在前面，我们对他做了多次采访，当时我曾问他："为什么加固大坝多是人挑肩扛，看不到大型机械装备？""为什么官兵冒着生命危险抗洪了，还要捐出那点微薄的工资或津贴？""为什么部队抗洪住在九江工厂，还要支付水电费？"对此，作为我山东老乡的戚建国师长干脆地说："学民啊，我们部队有红军传统，既要做威武之师，打胜仗！也要做文明之师，爱人民！"

于是，洪水退去后九江被淹城区被部队打扫得干干净净，于是我们看到官兵列队在学校操场为灾民捐款的动人场面，社区干部和九江市民在一旁议论纷纷，终于看不下去了，上前一把夺过捐款箱，可是部队官兵雷打不动继续往里面塞钱，一位大妈哭着抱住一名20多岁的小战士，爱惜地说："孩子，你们受罪了！这钱不能要！"此情此景被我们四人全程抓拍录像，采访记录下来，由汤伟军主笔创作了新闻特写《"冲突"只为情太深》，浙江电视台、中央电视台播出后，在全社会产生了很好的社会反响。

难忘1998年九江抗洪行动，我们亲历了这场与世纪大洪水的殊死决战，切身领教到人民子弟兵"威武之师、文明之师"的形象与力量，感受到了九江民众对解放军抗洪英雄的真诚爱戴。"军爱民，民拥军"这六个字在我脑海里早已化为一幅幅永不褪色的重彩油画、一段段铿锵有力的战斗号角、一次次依依不舍的含泪送别。

为了谁？我的战友！我的九江，我的1998！！！

（作者系浙江大学公共政策研究院客座研究员、浙江卫视新闻中心资深记者）

'98九江抗洪参战部队名录

参战部队		主要指挥员	参加人数
南京军区前指		司令员：陈炳德（中将） 政　委：方祖岐（上将） 副司令员：董万瑞（中将） 副政委：雷鸣球（中将）	55
第1集团军	军前指	军　长：朱文泉（少将） 政　委：赵太忠（少将） 副军长：王敬喜（少将） 副政委：高武生（少将）	76
	步兵第1师（率步兵第1团、2团、3团，炮兵团，坦克团，高炮团）	师　长：戚建国（大校） 政　委：颜晓宁（大校）	10331
	步兵第3师（率步兵第7团、8团、9团，炮兵团）	师　长：裴晓光（大校） 政　委：邹海清（大校）	3866
第27集团军（率工兵团道桥1营）		副军长：俞海森（少将）	222
第31集团军	军前指	军　长：林炳尧（少将） 政　委：张立志（少将） 副政委：王　健（少将） 政治部主任：吴昌德（少将）	56
	步兵第86师（率步兵第256团、257团、258团，炮兵团，高炮团）	师　长：朱光泉（大校） 政　委：马跃征（大校）	10211
	步兵第92师（率步兵第261团、274团、275团）	政　委：文可芝（大校）	2365
	直属工兵团		717
	舟桥第89团		558

参战部队		主要指挥员	参加人数
江苏省军区舟桥第 31 旅（率 2 营）		副旅长：朱克富（上校）	188
江西省军区	省军区前指及直属队	司令员：冯金茂（少将） 政 委：郑仕超（少将） 副司令员：季崇武（少将）	390
	陆军预备役步兵师		
	九江军分区	司令员：吕录庭（大校） 政 委：马永祥（大校）	150（民兵数万）
	赣州军分区		405
南昌陆军学院		副教务长：吴海平（大校）	117
南京军区空军某导弹团		南空副司令员袁亚军（少将）	242
空军航空兵第 14 师（率 41 团）		空 8 军副军长江建增（少将）	
海后武汉办事处			
九江海军基地			
武警江西总队（率一支队、二支队、三支队、九江市支队）		总队长：崔阳生（大校） 政 委：李恩德（少将） 副总队长：赖建安（大校）	1918
武警第 93 师（率武警第 253 团、直属工兵营、侦察连）		师 长：黄谱忠（大校） 政 委：张剑萍（大校）	1200
武警水电二总队		总队长：梅锦煜（大校） 政 委：陈业盛（大校）	150
武警九江消防支队			
南京军区庐山疗养院（率 171 医院）		院 长：罗世旺（大校） 政 委：刘合军（大校）	

后 记

　　这本书能够顺利成稿出版，要感谢百花洲文艺出版社。2017 年 5 月，已从江西省军区政委位上退下来的陶正明将军，到百花洲文艺出版社走访。在得知陶将军当年曾参加九江抗洪后，百花洲文艺出版社与陶将军商定，在 2018 年九江抗洪二十周年之际，出版一部纪实作品以记录这段历史。

　　陶将军把这个任务交给了我，我受领任务后，兴奋期一过，就有些迷茫，也有些为难，毕竟时间已经过去了 20 年，已经物是人非了，也有一些场景在记忆中模糊了。再加上当时自己是红军团的组织干事，虽有立于核心战场之利，从灾情发生、调度三军、集结机动，到围堰堵堤、决战决胜、凯旋离浔，有幸参与了抗洪抢险的全过程，但也有身处基层末端之弊，不可能像当时的高级指挥员站高看远，也不如一些记者能深入各个部队进行全面性采访。所以本书中的人物和场景，除了一些亲身经历的，再加上抗洪部队首长帮助提供的，其他只能局限于抗洪部队留存的一些内部资料，因而难以全面的复盘再现。

　　念兹在兹，无日或忘。在资料的整理过程中，那一幕幕抗洪场景、一个个英雄人物，仿佛又灵动起来，跃然纸上，栩栩如生，清晰可见。自己也一次又一次地被感动，很多时候写着写着要停下来平复心情。那年夏天的长江大堤，集结号一次又一次吹响，官兵们听着号令一次次冲锋，多少英雄儿女把人民利益举过头顶，舍生忘死，顽强拼搏，有的家里被淹无暇顾及，有的数过家门含泪不入，有的隐瞒病情连续奋战，有的面对危险舍生忘死……

这是一种什么样的力量，能够驱使年轻的战士不顾生死，勇往直前，义无反顾。是美国记者埃德加·斯诺眼里的"东方魔力"，还是毛泽东主席笔下"保家卫国"的力量，抑或是金一南将军笔下的"心胜"。

我想，他们身上的不竭力量，主要来源于他们有一个共同的称呼：人民子弟兵。他们来自人民，根植于祖国大地，坚守全心全意为人民服务的宗旨，始终与人民群众同呼吸、共命运、心连心。这就不难解释每当群众有难时，他们为什么都会以忘我的"逆行"姿态，救群众于水火。他们身上所具有的信念的能量、大爱的胸怀、忘我的精神、进取的锐气，不正是中国精神、中国价值、中国力量的真实写照吗？

为更全面、更真实、更鲜活地再现九江抗洪抢险的场景，以及各支部队奋勇抗洪的整体面貌，笔者翻阅了大量与之相关的书籍、报纸及各类汇编，采访了一些参与这场伟大斗争的人物，也两次走进九江这块伟大抗洪精神的诞生地。

写作过程中，率部参加九江抗洪的老领导陶正明、魏殿举给予了悉心指导，并担任本书的顾问。特别是雷鸣球老政委，不顾年逾古稀，两度审阅书稿，逐句逐段地斟酌，一字一词地推敲，神情投入而忘记吃饭，忆起往事而泪湿眼眶，欣然提笔写下千字序言，字里行间寄托着老将军的一片殷殷深情。楼海勇、庞伟、葛其恒等三位战友抽出大量时间对书稿进行审读，提出了不少建设性意见。

另外，本书有些章节的内容参考了《'98抗洪实录》《中华子弟兵》《九江狂澜》《人间奇迹》《聚焦九江》《大江横流显本色》等书中的资料，在此深表谢意！

由于时间仓促，加上笔者视野和篇幅局限，书中人物、事件的记载上可能有疏漏。敬请读者特别是当年九江抗洪的亲历者批评指正，不当之处请予以谅解。